本书是兴义民族师范学院硕士学位授予立项建设重点支持学科中国古代文学的研究成果。

『世说新语』与东晋士族出世研究

姜广振 著

图书在版编目（CIP）数据

《世说新语》与东晋士族出世研究 /
姜广振著 . —北京：中国商务出版社，2022.10
ISBN 978-7-5103-4291-2

Ⅰ . ①世… Ⅱ . ①姜… Ⅲ . ①《世说新语》—小说研
究②士—群体—研究—中国—东晋时代 Ⅳ .
① I207.419 ② D691.2

中国版本图书馆 CIP 数据核字（2022）第 120184 号

《世说新语》与东晋士族出世研究
SHISHUOXINYU YU DONGJIN SHIZU CHUSHI YANJIU

姜广振　著

出　　版：中国商务出版社
地　　址：北京市东城区安外东后巷 28 号　　邮编：100710
责任部门：商务事业部（010-64269744）
责任编辑：周水琴
直销客服：010-64266119
总 发 行：中国商务出版社发行部（010-64208388　64515150）
网购零售：中国商务出版社淘宝店（010-64286917）
网　　址：http://www.cctpress.com
网　　店：https://shop595663922.taobao.com
邮　　箱：bjys@cctpress.com
排　　版：中正书业
印　　刷：三河市龙大印装有限公司
开　　本：710 毫米 ×1000 毫米 1/16
印　　张：15.25　　　　**字　　数：**260 千字
版　　次：2022 年 10 月 第 1 版　　　　**印　　次：**2022 年 10 月 第 1 次印刷
书　　号：ISBN 978-7-5103-4291-2
定　　价：65.00 元

前　言

魏晋时期，名士和名僧在思想上和行为上常有相通之处，士僧互动交流十分频繁，这一点在《世说新语》中尤为突出。玄学与佛学的融合为士僧合流提供了理论基础。同时，魏晋时期许多名士和名僧的出现，为当时的士僧合流提供了强有力的人才支撑。

本书主要内容如下：

一、考察南朝宋初期崇佛之风对《世说新语》的影响。刘宋时期，皇族与僧人之间的关系是比较和谐融洽的，从宋武帝刘裕开始就与僧人有广泛的交游。

二、以《世说新语》为中心，重点考察了东晋士族的出世心态及其事迹。本书所考察的世家大族包括琅邪王氏、陈郡谢氏、太原王氏、颍川庾氏、陈郡殷氏、庐江何氏、高平郗氏等。

三、以《世说新语》为中心，考察僧人的名士化这一现象。《世说新语》中的名僧大都善于清谈，广泛地参与了当时的人物品藻活动，具有魏晋名士所推崇的任诞之风。

四、以《世说新语》为中心，分析了《维摩诘经》思想对东晋士人的影响。分析结论如下：《维摩诘经》促进了士人清谈之风，使士人获得了真正的解脱。《维摩诘经》所提倡的“无分别”思维方式，能够使士人以圆融平等的心态待人处世。

五、考察了《世说新语》中与佛文化有关的词汇。这些词汇从不同方面反映了佛文化的发展变化。

姜广振

2022 年 7 月

目　录

绪　论

本书选择“《世说新语》与东晋士族出世”作为研究主题的目的是明确的，即从一个侧面研究佛教与中古小说的关系。在“佛教与中古小说”领域研究成果斐然，然而绝大多数研究者局限于“佛教与志怪小说”这个领域，研究佛教与志人小说关系者甚少。个中缘由，一是“释氏辅教之书”多为志怪小说，志人小说中涉佛内容则很少，研究资料相对不足。二是魏晋时期的志人小说，存世者不多，且文学成就亦逊于同时期的志怪小说（除《世说新语》外）。以陈洪先生《佛教与中古小说》一书为例，内容几乎没有论及《世说新语》。可见“佛教与志人小说”这个领域的研究是有待补强的。就“《世说新语》与佛教”的研究而言，只是20世纪末才开始。目前甚至没有相关专著成果。专题研究也起步较晚，数量较少，这也是笔者选择《世说新语》与佛教，作为自己研究方向之一的原因。

本书选择“《世说新语》与东晋士族出世研究”作为研究主题还有一个目的，即从一个侧面研究中国中古时期的三教关系。《法华经·方便品》云：

> 诸佛世尊，唯以一大事因缘故出现于世。舍利弗，云何名“诸佛世尊唯以一大事因缘故出现于世”？诸佛世尊，欲令众生开佛知见，使得清净故，出现于世；欲示众生佛之知见故，出现于世；欲令众生悟佛知见故，出现于世；欲令众生入佛知见道故，出现于世。舍利弗，是为“诸佛以一大事因缘故出现于世”。[①]

文中，在舍利弗三次祈请世尊演说妙法后，世尊云：“诸佛世尊，唯以一大事因缘故出现于世”。“一大事因缘”，即指佛陀释迦牟尼为众生开、示成佛之道理，令众生悟、入佛之知见。《法华经》把普度众生当作一件“大事”，

① ［后秦］法华经[M].鸠摩罗什，译.//《大正藏》第9册：7，a.

而佛陀释迦牟尼即是因为此“大事因缘”，才为众生开示悟入成佛之道理、知见的。

由此可见，佛教与儒家、道家虽在形迹上有异，但治国安民的本质是一致的。故梁代著名文论家刘勰在其《灭惑论》中说：“神化变通，教体匪一；灵应感会，隐现无际。若缘在妙化，则菩萨弘其道；化在粗缘，则圣帝演其德。夫圣帝、菩萨，随感现应，殊教合契，未始非佛。”又云：“至道宗极，理归乎一。妙法真境，本固无二。……梵言菩提，汉语曰道。其显迹也，则金容以表圣。应俗，则王公以现生。……经典由权，故孔、释教殊而道契。解同由妙，故梵、汉语隔而化通。”①（《弘明集》卷八）

“儒玄道释户相通，三教从来一祖风。”（王喆《孙公问三教》）“儒释道玄三教祖，由来千圣古今同。”（丘处机《师鲁先生有宴息之所牓曰中室又从而索诗》）全面、系统地研究三教关系，实质上是对中国传统文化的总结。

陈寅恪先生在《冯友兰〈中国哲学史〉下册审查报告》中指出：

> 中国自秦以后，迄于今日，其思想之演变历程，至繁至久，要之，只为一大事因缘，即新儒学之产生，及其传衍而已。

又云：

> 今此书作者，取西洋哲学观念，以阐明紫阳之学，宜其成系统而多新解。然新儒家之产生，关于道教之方面，如新安之学说，其所受影响甚深且远，自来述之者皆无惬意之作。近日当盘大定推论儒道之关系，所说甚繁（东洋文库本），仍多未能解决之问题。盖道藏之秘籍，迄今无专治之人，而晋、南北朝、隋、唐、五代数百年间，道教变迁传衍之始末，及其与儒佛二家互相关系之事实，尚有待于研究。此则吾国思想史上前修所遗之缺憾，更有俟于后贤追补者也。②

可见有关中古时期三教关系之研究，亦有待补强。这也是本书选择“东晋士族出世研究”作为自己的研究任务的一个目的。盖东晋时期，“礼乐征伐自

① [南朝梁]释僧祐撰，李小荣校笺．弘明集校笺[M]．上海：上海古籍出版社，2013：426–428．

② 陈寅恪．金明馆丛稿二编[M]．北京：生活·读书·新知三联书店，2001：282–283．

诸侯出”，士族在享有国家特权的同时，亦须承担相应的保家卫国之责任，所以他们首先是当然的儒学奉持者。又其时玄风大盛、佛法东渐，玄佛道三种思想激烈碰撞，亦对名士有巨大影响。所以，本书完全可以视为三教关系研究的子项之一。

一、研究对象

本书是佛教文化视野下的《世说新语》研究，既不单纯地把《世说新语》作为自己的研究对象，也不单纯地把东晋佛教作为自己的研究对象，而是把二者的交涉作为自己的研究对象。

这里所说的《世说新语》是广义的。既包括刘宋临川王刘义庆所撰《世说新语》正文，亦包括梁代刘孝标为《世说新语》所作的注。

《世说新语》是刘义庆汇集众多典籍而撰写的一部志人小说，此书堪称“魏晋风度”之生动图画，虽系小说家言，却不可仅以小说视之，其于魏晋社会政治、哲学、宗教、文学以及士人之生活风貌、心理状态，莫不有真实记录，其中更有许多与佛教题材有关的故事。陈垣先生在《中国佛教史籍概论》中指出：“《世说新语》为说部最通行之书，其中关涉晋僧几二十人，此二十人中……十之九皆见《高僧传》。”[①] 此话正揭示了《世说新语》浓郁的佛家色彩。《世说》提及僧人的故事共七十三条，有具体姓名者十七人，仅支遁一人的故事就多达四十九条。《世说》载有名士涉佛事迹共七十一条，涉及琅邪王氏、陈郡谢氏、太原王氏、谯国桓氏、庐江何氏、高平郗氏、太原孙氏、陈郡殷氏、汝南周氏等世家大族。这些条目都值得深入研究。

关于《世说新语》刘孝标注，宋人高似孙《纬略》卷九曰：

> 梁刘孝标注此书，引援详确，有不言之妙。如引汉、魏、吴诸史及子传地理之书，皆不必言。只如晋氏一朝史，及晋诸公列传谱录文章，皆出于正史之外，纪载特详，闻见未接，实为注书之法。[②]

---

① 陈垣．中国佛教史籍概论 [M]．上海：上海书店出版社，2001：21．

② 上海师范大学古籍整理研究所编．全宋笔记（第六编第五册）[M]．郑州：大象出版社，1985：301．

《四库全书总目》称：

孝标所注，特为典赡。高似孙《纬略》亟推之。其纠正义庆之纰谬，尤为精核。所引诸书今已佚其十之九，唯赖是注以传。故与裴松之《三国志注》、郦道元《水经注》、李善《文选注》，同为考证家所引据焉。[①]

由此可知刘孝标注具有珍贵的文献价值。孝标以《世说》为框架，援引大量的资料予以详细地考证注释，其字数远超《世说》正文。清人叶德辉在《世说新语注引用书目》序中指出："（刘注）凡得经史别传三百余种，诸子百家四十余种，别集二十余种，诗赋杂文七十余种，释道三十余种。"[②]可看出刘孝标《世说新语注》的深厚功力和珍贵价值。

据《南史》卷四九《刘孝标传》，孝标"居贫不自立，与母并出家为尼僧，既而还俗"[③]等记载，可知孝标年轻时曾出家为僧。本传还云其曾经在洛阳城外云冈石窟从事译经事业数年，故其《世说注》能从容征引佛教文籍。

考刘孝标注所征引之涉佛典籍，见表 0–1。

表 0–1　涉佛典籍与出处

类别	所引典籍	具体出处
佛经类	《维摩诘经》	《文学》35 注
	僧肇《注维摩诘所说经》	《文学》50 注
	《法华经》	《文学》37 注
	《涅槃经》	《言语》41 注
	释氏经	《文学》44 注
	释氏辨空经	《文学》43 注
	《浮屠经》	《文学》23 注
	《大智度论》	《言语》51 注

① [清]永瑢，纪昀等编．四库全书总目[M]．北京：中华书局，1965：1182．

② 刘义庆．世说新语[M]．上海：上海古籍出版社，1982．

③ [唐]李延寿．南史[M]．北京：中华书局，2000：811．

续表

类别	所引典籍	具体出处
传记类	《高逸沙门传》	《言语》48注、63注;《文学》40注、42注、43注、45注;《方正》45注;《雅量》31注;《赏誉》110注;《排调》28注
	《支遁传》	《品藻》67注;《伤逝》11注、13注;《轻诋》24注
	《支遁别传》	《赏誉》88注、98注
	《高坐传》	《赏誉》48注;《简傲》7注
	《安和上传》	《雅量》32注
	《安法师传》	《文学》54注
	《高坐别传》	《言语》39注
	《佛图澄别传》	《言语》45注
	《支法师传》	《文学》36注
	慧远《庐山记》	《规箴》24注
	《塔寺记》	《言语》39注
	《法师游山记》	《规箴》24注
题目论赞类	康法畅《人物论》	《言语》52注
	孙绰《名德沙门题目》	《言语》93注;《文学》45注;《言语》114注;《假谲》11注
	孙绰《名德沙门赞》	《言语》93注;《言语》114注;《假谲》11注
	孙绰《道贤论》	《文学》36注
序目诗文类	《出经叙》	《文学》64注
	释慧远《阿毗昙叙》	《文学》64注
	王珣《法师墓下诗序》	《伤逝》11注
	张野《远法师铭》等	《文学》61注
其他	《牟子》	《文学》23注
	《支道林集》	《文学》35注

总计三十种，尚不包括刘孝标以“经云”二字冠名或转引的佛学材料，以及他本人为疏通文义所做的阐释发挥。

今查《高僧传》，采用孝标注文颇多，条目数乃在《世说》正文之上。由此可见，刘孝标注丰富了《世说》的内容，这一点毫无疑问。

本书所论之士族，其具体范围限定在东晋。因为《世说新语》全部涉佛条目，其时代均属东晋。

具体研究对象如下：

首先，研究宋初社会风气对《世说新语》成书的影响，其中着重论述宋武帝、文帝以及作者刘义庆的近佛事迹，因为这是《世说新语》佛教色彩浓厚的根本原因。

其次，探讨东晋士族与佛教的交涉。这一部分内容很多，涉及琅邪王氏、陈郡谢氏、太原王氏、颍川庾氏、陈郡殷氏、庐江何氏、高平郗氏、谯国桓氏、太原孙氏、汝南周氏等世家大族，还有刘惔、许询、范宁、蔡系、卞壸等名士。就东晋士族与佛教的交涉而言，这一部分属于分论，即分别论述各世家大族与佛教的交涉。

东晋士族与佛教的交涉，还有一点需要把握，即《维摩诘经》思想对东晋士人的影响。《维摩诘经》及经中的维摩诘形象，对东晋士人影响至深，应具体把握其对士人清谈之风的促进、对士人出处矛盾的调和、对士人思维方式的影响等方面。

再次，研究"僧人的名士化"这一现象。具体而言，就是要研究魏晋"名士风流"在僧人身上的具体表现形式，如清谈之风、品题之风、任诞之风等。

最后，对《世说新语》相关词汇要做具体研究，因为它们从不同方面反映了佛教文化在中土的发展变化。

二、研究现状

本书选题"《世说新语》与东晋士族出世研究"属于佛教文化视野下的《世说新语》研究，国内外关于该课题的研究现状及趋势，可概括如下：

从广义上讲，古今学人于文集、著述中对《世说新语》的笺注和批点，乃至诸本中的序跋，其与佛教相涉者，都可以看作是佛教文化视野下《世说新语》研究。

最早为《世说新语》作注的，是南朝齐代的史敬胤，之后有梁代刘孝标。《世说新语》正文中涉佛条目现存八十多条，刘孝标注六十多条。刘孝标注《世说》，

“征引浩博。或驳或申，映带本文，增其隽永，所用书四百余种。”[①] 其中更有许多涉佛典籍。唐刘知几《史通》把《世说新语》称为琐言类小说，并列入“释氏辅教之书”。宋代汪藻《世说叙录》中提到十九位僧人，刘辰翁《世说新语》批注中有约二十则涉及佛教者。明代，王世懋对《世说新语》所作评点涉及佛教者有大约十二则。清代叶德辉《世说新语注引用书目》专列“佛法录外篇”。李慈铭的《越缦堂读书简端记·世说新语》，有十条涉及佛教者。总之，古人对佛教文化视野下《世说新语》研究，仅散见于很少的文集、序跋或其他著述之中，零碎而不成系统，

近现代《世说新语》研究，书目繁多。主要有余嘉锡《世说新语笺疏》、杨勇《世说新语校笺》、程炎震《世说新语笺证》、刘盼遂《世说新语校笺》、刘强《世说新语会评》、李审言《世说笺释》、徐震堮《世说新语校笺》等。其中，余嘉锡先生的《世说新语笺疏》和杨勇先生的《世说新语校笺》在前人成果研究的基础上，不仅发掘了原文中与佛教相关的内容，还新增了许多与佛教相关的内容。另外，此二书还有一种佛教视野下的观照。

狭义的具有现代特征的佛教文化视野下《世说新语》研究，只是20世纪末才开始的。目前没有相关专著成果。专题研究也比较晚，亦较少，而更多的情况是为其他研究成果所涉及。

专题研究的成果的出现时间在20世纪90年代，研究成果的内容主要体现在三个方面：

一是对《世说新语》涉佛内容的概括和分析。如宁稼雨《魏晋士人人格精神：〈世说新语〉的士人精神史研究》（2003），其第六章为“《世说新语》与士族佛学”。其中，《〈世说新语〉中僧人故事对士族精神的超越》《从〈世说新语〉看维摩思想对士人玄学人生的态度的促进》等文对《世说新语》体现的士族佛学理念剖析得具体、直观。另外，宁稼雨著作《魏晋名士风流》（2007）、《〈世说新语〉与中古文化》（1994）、《魏晋风度——中古文人生活行为的文化意蕴》（1992）等书也有涉及“《世说新语》与佛教”的章节，但内容与《魏晋士人人格精神》一书第六章颇为相近，毕竟作者为同一人。

二是《世说新语》编纂者刘义庆的佛家思想。萧艾《世说探幽》（1992）

① 鲁迅. 中国小说史略 [M]. 上海：上海古籍出版社，1998：38.

中篇第三节对刘义庆与佛家的关系有具体探究。

三是《世说新语》与《高僧传》的比较研究。刘强《〈世说学〉引论》（2012）第四章“《世说》接受学研究”第一节“唐前《世说新语》接受考论”第三部分“《高僧传》与《世说新语》”，将两者做了比较分析。认为《世说新语》及刘孝标注多为《高僧传》所借鉴，通过对二者的异文对照，可补订今本《世说》刘注之失。又提出《世说》体例影响《高僧传》体例的观点。

萧艾之《世说探幽》（1992）下篇专列一节对《世说新语》中的支遁与《高僧传》中的支遁进行比较研究，陈列了许多具体史料，并时有评析。但这些研究基本上都是宏观视野，今后的研究还需要更加细致，更加深入。

学位论文方面，与佛教文化视野下《世说新语》研究相关的博士论文仅有一篇，即华中师范大学戴丽琴的博士论文《〈世说新语〉与佛教》（2010）。只是，因为作者攻读的是古典文献学博士学位，所以此论文主要是从文献学的角度来论述《世说新语》与佛教关系，没有全面展开。

如第二章“《世说新语》所载佛徒事迹考”以及第三章“《世说新语》所载名士近佛事迹考”，作者主要是考证《世说新语》所载佛教徒事迹以及《世说新语》所载名士近佛事迹，这纯属文献学的角度。又如第四章“《世说新语》所涉佛教经、论文献考”，也主要是考证《世说新语》中几则条目所提到的《维摩诘经》等四部经、论，未能联系《世说新语》中的具体事实进行论证。其实维摩诘这个人物对东晋士人影响甚大，是可作专章研究的。总之，限于文献学研究角度，此文未能从其他角度对《世说新语》与佛教的关系进行深入探究。

硕士学位论文中与此研究领域相关的有三篇。一篇是苏州大学黄崑威的《从名士与名僧的交往看魏晋思想界——以〈世说新语〉为中心展开》（2006）。一篇是青海师范大学杨恒的《〈世说新语〉所涉僧人、名士交游研究》（2009）。另一篇是上海大学陈修明的《魏晋时期的士僧合流——以〈世说新语〉为研究蓝本》（2009）。这三篇论文，涉及的是魏晋南北朝时期僧人与名士的交游，这个领域是“《世说新语》与佛教”研究者比较关注的领域。上述论文将名僧与名士作为特别的人物类型，研究他们在文学、玄学、佛学方面的交游，分析僧人融入上层社会的方式和僧人名士化的结果，探究《世说新语》所反映的僧人和名士交游的情况，论述尚算全面。但一些问题浅尝辄止，未能够深入分析。

期刊论文方面，与佛教文化视野下《世说新语》研究相关的有十几篇。其中涉及僧人与名士交游的有多篇，如孔繁的《从〈世说新语〉看名僧名士相交游》（1984），皇甫风平的《佛僧的名士化与名士的佛僧化——从〈世说新语〉看魏晋时期佛学与玄学的合流》（1996），黄崑威、戴叶的《〈世说新语〉中的理论互涉》（2010），张乡里的《名士释子共入一流——从《世说新语》看魏晋时佛教在士大夫阶层的传播》（2011），赵建成的《〈世说新语〉中的名僧及其与名士的交游》（2012）。其中孔繁之文颇有创见，他从宗教的角度，研究《世说新语》中僧人和名士在佛学修养上的交游。他指出，佛学大乘般若学与玄学老庄思想契合点是僧人、名士交游的基础，佛学促进玄学的发展是僧人备受推崇，成为清谈领袖的原因。

其他论文，如张跃生《佛教文化与世说新语》（1996）围绕《世说新语》刘孝标注所引用的佛教典籍、名士帝王崇佛之风、僧人的名士化等三个方面的内容进行展开，颇为全面。张蕊青的《从〈世说新语〉看宗教与文学的互动和影响》（2006），论述《世说新语》与佛教的关系。张二平的《从〈世说新语〉看支遁清谈》（2007）和《论支遁清谈——以〈世说新语〉为中心》（2008），详细分析了支遁的形象。普慧《〈世说新语〉与佛教》（2008）与浦日材的《谈〈世说新语〉中的僧人形象》（2011），均在联系社会背景的基础上具体分析了《世说新语》中僧人形象的特点。

还有一些相关的研究成果存在非《世说新语》专题研究领域中。

一是《世说新语》故事与佛家文化渊源的研究。王青先生在《魏晋至隋唐时期几个佛教故事的历史化》（2006）中指出“魏晋至隋唐正史中的很多记载往往源于佛经中的虚构故事”，并举《世说新语·雅量》第4则“王戎识果”、《世说新语·贤媛》第19则陶侃母“剪发待宾”、《世说新语·排调》第31则“郝隆晒腹”三例来论证。[①]此观点亦见于其专著《西域文化影响下的中古小说》（2006）。《西域文化影响下的中古小说》中还指出，《世说新语·汰侈》第3则“武帝尝降王武子家”这一故事，亦有印度影响的痕迹。[②]另，刘惠卿的《佛经文学与六朝“世说体”小说创作》（2007）一文也指出《世说新语·雅量》

① 王青．魏晋至隋唐时期几个佛教故事的历史化[J]．南京师范大学文学院学报，2006（2）．

② 王青．西域文化影响下的中古小说[M]．北京：中国社会科学出版社，2006：420.

第 4 则“王戎识苦李”故事的佛教渊源。[①]陈洪先生《中印寓言故事因缘例说》（1992）指出《世说新语·假谲》第 2 则曹操望梅止渴故事和《世说新语·排调》第 59 则顾长康啖甘蔗“渐至佳境”之语是受佛经故事影响[②]。陈洪先生专著《佛教与中古小说》（2007）则提到了《巧艺》第 4 则“钟会与荀勖互相诳骗”的故事是受佛经影响。[③]值得一提的是，华中师范大学戴丽琴博士论文《〈世说新语〉与佛教》第五章将这些内容联系起来并做了详细考证，颇见苦心。

二是“世说体”受到佛家影响的观点。刘惠卿的《佛经文学与六朝“世说体”小说创作》（2007），从“《佛说维摩诘经》对‘世说体’小说塑造人物形象的影响”“‘世说体’小说对佛经故事的袭用”两方面对这个观点进行了论证[④]。

国外《世说新语》研究主要在日本，与佛教相关的内容却极少，只有一篇论文，即福进文雅的《〈世说新语〉成立的宗教背景》（1979，收入讲谈社《加贺博士退官纪念中国文史哲学论集》）。韩国与“佛教文化视野下的《世说新语》研究”相关的著作有朴美龄的《〈世说新语〉中所反映的思想》一书（1990），其第三章“《世说新语》中所反映的佛教思想”对《世说新语》涉佛具体条目进行了梳理评析。

三、研究的文献、方法与创新之处

学术研究最基本的常识就是文献的选择。文献选择正确与否，直接决定论文写作的成败，因此必须慎之又慎。

本书是佛教文化视野下《世说新语》研究，故研究的第一类文献是《世说新语》及刘孝标注。就研究东晋士族出世现象而言，《世说新语》及刘注的价值甚至比正史还高，这一点前已论及。

本书研究的第二类文献是《宋书》《晋书》《三国志》以及《高僧传》《比丘尼传》等。上引史书尤其《晋书》中的相关人物传记是要烂熟于心的，因为

① 刘惠卿. 佛经文学与六朝“世说体”小说创作 [J]. 求索，2007（3）.

② 陈洪. 中印寓言故事因缘例说 [J]. 徐州师范大学学报（哲学社会科学版），1992（3）.

③ 陈洪. 佛教与中古小说 [M]. 上海：学林出版社，2007：54.

④ 刘惠卿. 佛经文学与六朝“世说体”小说创作 [J]. 求索，2007（3）.

这些内容有助于我们了解其时士族的信仰和立场。《高僧传》《比丘尼传》则是研究高僧思想和生平的重要资料，在《宋书》《晋书》等正宗史书传记涉佛内容极少的情况下，这类书尤足珍贵。

本书研究的第三类文献是佛教思想史料。这一类文献包括佛经及相关佛学研究著作。佛经类书目参考资料以大正藏本为主，如有单行刊本，则以单行本为准，如僧肇《注维摩诘所说经》。佛学相关研究著作，则主要选择任继愈先生之《中国佛教史》、汤用彤先生之《汉魏两晋南北朝佛教史》以及吕澂先生之《中国佛学源流略讲》作为重要参考书目。

本书研究的第四类文献是《全晋文》《弘明集》《广弘明集》。这也是研究思想史的重要资料。

以上四类是主要研究文献，其他如《辨正论》《法苑珠林》《洛阳伽蓝记》《建康实录》等书，或为研究三教交涉的重要史料，或为寺志和方志，就不再一一列举了。

再谈本书的研究方法。本书是佛教文化视野下《世说新语》研究，研究所面临的问题有四：第一，《世说新语》以及相关研究著作版本甚多，涉及注释、笺疏之类的相关成果尤多。第二，《世说新语》作为志人小说，既是文学作品，又具史书性质。以《晋书》而言，其内容即大量引用《世说新语》。第三，《世说新语》涉佛条目在整部书中所占比例虽不算多，然而内容却极为重要。《晋书》对《世说新语》材料大量引用，却极少引用涉佛材料，因为修于李唐的《晋书》崇道，其“列传”所载僧人只有《佛图澄》一人。但这类材料却为释慧皎之《高僧传》大量引用，从这一点来看，本书又属于宗教学研究范畴。第四，本书研究的主要时代在东晋，其时一个重要的时代特征就是玄佛合流，从这一点来看，本选题又属于哲学研究范畴。故本书采取的研究方法即是综合运用版本学、哲学、史学、宗教学、文学等知识，以期在前人已经开拓的研究领域中有所推进。

本书的创新之处体现在两个方面。首先，联系《世说新语》，从“琅邪王氏”“陈郡谢氏”“太原王氏”“颍川庾氏”“陈郡殷氏”“高平郗氏”“庐江何氏”“谯国桓氏”“其他名士”等方面梳理并评析东晋名士的佛教信仰情况，这一工作，迄今没有人做过。其次，以《世说新语》为中心，全面分析《维摩诘经》思想对东晋士人的影响。这一工作，前期成果亦很少。这一部分主要从“对士人清谈之风的促进”“对士人出处矛盾的调和”“对士人思维方式的影响”等方面进行论证。

四、本书的写作原则

本书是佛教文化视野下《世说新语》研究，然而《世说新语》涉佛条目在整部书中所占比例却不大。如前所述，《世说新语》中关于僧人的事迹有七十三则，名士近佛事迹有七十一则。然而两者相加，却只有八十余则。何也？因为其时名士名僧交游频繁，这些人物有时同时出现于一则条目。这就出现了棘手的问题，一方面在论证时需要引用这些材料展开论述，一方面又要尽量避免不必要的重复引用或者分析。兹举一例：

> 支道林、许、谢盛德，共集王家，谢顾诸人曰："今日可谓彦会，时既不可留，此集固亦难常，当共言咏，以写其怀。"许便问主人："有《庄子》不？"正得《渔父》一篇。谢看题，便各使四坐通。支道林先通，作七百许语，叙致精丽，才藻奇拔，众咸称善。于是四坐各言怀毕。谢问曰："卿等尽不？"皆曰："今日之言，少不自竭。"谢后粗难，因自叙其意，作万余语，才峰秀逸，既自难干，加意气凝托，萧然自得，四坐莫不厌心。支谓谢曰："君一往奔诣，故复自佳耳。"[①]（《文学》55）

这则条目篇幅很长，涉及支遁、许询、谢安、王濛四人，更是论述僧人清谈之风的典型篇目。那么按照论述思路，论及四人时要引用，论及第五章第一节"清谈之风"时也要引用，那就太啰嗦了。不过这还不是重要的，重要的是要对引文做分析，但一则条目岂能分析五次？思索再三，后来决定采取如下对策：第一，如需引用相关材料，而这个条目篇幅又甚长，则尽量只引用与论述内容有关的部分，无关的部分则略去。第二，倘若这一则条目中出现几个人物，则只在论证最重要的人物时加以详细分析。第三，倘若有些条目需集中进行论证，那么在之前分论具体人物时便不再详细分析。当然，这只是写作原则，具体情况还需要具体对待。

① 余嘉锡．世说新语笺疏 [M]．北京：中华书局，2007：207. 以下涉及《世说新语》内容均参看此书，不复重注。

五、本书的结构和内容

本书属于佛教文化视野下《世说新语》研究，目的在于考察宋初社会风气尤其是《世说新语》编撰者刘义庆的崇佛之风对《世说新语》成书的影响，梳理并评析其时名士的佛教信仰情况，评析“僧人的名士化”这一奇特现象，分析《维摩诘经》思想对魏晋士人的影响并考察《世说新语》与佛教文化的关系。全文分为五章。结构层次及主要内容分列如下：

第一章为“宋初社会风气对《世说新语》的影响”。本章共分三节。第一节为“宋初诸帝与佛法”。刘宋时期佛教兴盛，《高僧传》所载僧人中约有170 人为刘宋时人。刘宋皇族与僧人之间的关系是比较和谐融洽的，从宋武帝刘裕开始就与僧人有广泛的交游，到宋文帝元嘉年间，开始大力奖掖推崇佛教。本节共分两部分论述，首论武帝近佛事迹，次论文帝近佛事迹。第二节为“刘义庆生平及其近佛事迹”。《世说新语》是刘宋临川王刘义庆撰写的一部志人小说。刘义庆是宋武帝刘裕的侄子，又与宋文帝刘义隆过从甚密，他们先后做过临川烈武王刘道规的养子。刘义庆受这两位帝王影响很深，尤其表现在崇佛之风上。本节分两部分进行论述，首论刘义庆生平，次论刘义庆的近佛事迹。第三节为“崇佛之风对《世说新语》的影响”。宋室诸王亦崇尚佛法，临川王刘义庆尤甚，故《世说新语》对东晋佛教有大量的记载。《世说新语》中与佛教直接相关的内容有佛教徒、佛经、寺庙以及近佛名士等，其中最丰富的内容是僧人以及近佛名士的事迹。再者，对比梁代释慧皎《高僧传》，我们甚至会发现，《世说》及刘孝标注为《高僧传》提供了许多第一手材料。本节分两部分进行论述，第一部分为“《世说新语》涉佛条目概述”，第二部分为“《世说新语》与《高僧传》比较”。

第二章为“从《世说新语》看东晋士族的出世心态”。从《世说新语》中可以看出，其时世家大族，如琅邪王氏、陈郡谢氏、太原王氏、颍川庾氏、陈郡殷氏、庐江何氏、高平郗氏、谯国桓氏、汝南周氏等，均有重要人物崇信佛法。本章共分六节。第一节为“琅邪王氏”，分四部分论述王导、王洽父子、王羲之父子、王胡之之涉佛事迹。第二节为“陈郡谢氏”，分三部分论述谢安、谢万、谢氏子弟（谢玄、谢朗、谢道韫）之涉佛事迹。第三节为“太原王氏”，分两部分论述。第一部分论述王述及其子王坦之、王祎之，第二部分论述王濛及其子王修、其孙王恭近佛事迹。第四节为“颍川庾氏与陈郡殷氏”，分两部分论述。第一部分论述颍川庾氏家族庾亮、庾龢父子近佛事迹，第二部分论述陈郡殷氏家族殷浩、殷仲堪叔侄近佛事迹。第五节为“庐江何氏与高平郗氏”，分两部分论述。第一部分论述庐江何氏家族何充、何准兄弟近佛事迹，第二部分论述高平郗氏家族郗愔、郗超父子近佛事迹。第六节为“其他名士”，分六部分论述。第一部分论述谯国桓氏家族桓彝及其子桓温近佛事迹，第二部分论述汝南周氏家族周顗及其弟周嵩近佛事迹，第三部分论述太原孙氏家族孙绰及其从兄孙盛近佛事迹，第四部分论述许询近佛事迹，第五部分论述刘惔近佛事迹，第六部分论述卞壶、蔡系、范宁等礼法士族近佛事迹。

第三章为“从《世说新语》看僧人的名士化”。“大抵南朝皆旷达，可怜东晋最风流”（杜牧《润州二首》其一）。东晋时期，名士与名僧交游频繁，出现了“僧人的名士化”这一奇特现象。孙绰曾作《道贤论》，以七名僧方竹林七贤，即以支遁比向秀，竺法护比山涛，帛远（法祖）比嵇康，竺法乘比王戎，竺道潜（法深）比刘伶，于法兰比阮籍，于道邃比阮咸。在孙绰看来，这七名僧和七名士都是高雅通达、超群绝俗的人物，可见僧人名士化程度及影响之深。本章共分三节。第一节为“清谈之风”。分为“清谈之内容”“清谈之美”“清谈之评价”三部分论述。第二节为“品题之风”，分别从“重才，尤重清谈之才”“关注仪容之美”“重视人的内在神韵”三个方面进行论述。第三节为“任诞之风”，分别从“纵情适性”“鄙薄世俗”“重情”“放纵”四部分进行论述。

第四章为“从《世说新语》看《维摩诘经》思想对东晋士人的影响”。《维摩诘经》是印度早期大乘佛教的重要经典，在佛教般若思想的发展中占有重要地位，在东晋尤其受到突出的重视与欢迎。首先，经中的维摩诘形象几乎具有东晋清谈名士的所有特征；其次，《维摩诘经》打通入世、出世界限的思想与当时追求“仕隐兼通”“身名俱泰”的士人之心有相通之处；最后，《维摩诘经》“不二法门”所提倡的“无分别”思维方式，能够使士人以圆融平等的心态待人处世。本章共分三节。第一节论《维摩诘经》对士人清谈之风的促进，第二节论《维摩诘经》对士人出、处矛盾的调和，第三节论《维摩诘经》对士人思维方式的影响。

第五章为“《世说新语》相关词汇考”。关于佛教文化对中土的影响，王青先生在《西域文化影响下的中古小说》中指出：“西域文化的输入，使得大量新的表象涌入中土，大大丰富了中国人头脑中原有的表象系统。”王青先生指出这其中有“各种宗教器物”，如“舍利”“佛像”等[①]。在《世说新语》中，读者也可以看到大量佛教词汇，它们从不同方面反映了佛教文化在中土的发展变化。本章将佛教词汇分为“僧”“法”二部分展开论述。第一节为“与僧伽有关的词汇”。第二节为“与‘法’有关的词汇”，分为“经、论部分（书籍）”和“经义部分（义理）”展开论述。

最后是“结语”部分，总结全书。

① 王青．西域文化影响下的中古小说[M]．北京：中国社会科学出版社，2006：93.

第一章 宋初社会风气对《世说新语》的影响

《世说新语》是刘宋临川王刘义庆撰写的一部志人小说。刘义庆是宋武帝刘裕的侄子，又与宋文帝刘义隆过从甚密（他们先后做过临川烈武王刘道规的养子）。义庆受这两位帝王影响很深，尤其表现在崇佛之风上。故本章先论及宋初诸帝与佛法的关系，次论义庆之近佛事迹，最后论述崇佛之风对《世说新语》的影响。

第一节 宋初诸帝与佛法

刘宋时期佛教兴盛。《高僧传》所载僧人中约有一百七十人为刘宋时人。刘宋皇族与僧人之间的关系是比较和谐融洽的，从宋武帝刘裕开始就与僧人有广泛的交游。到宋文帝元嘉年间，开始大力奖掖推崇佛教。

一、武帝近佛事迹

宋武帝刘裕，字德舆，小名寄奴，祖籍彭城（今江苏徐州）。刘裕是一名北府军将领，一生战功赫赫，辛弃疾曾誉其“金戈铁马，气吞万里如虎”（《永遇乐·京口北固亭怀古》）。刘裕之“金戈铁马，气吞万里如虎”事迹主要有：对内平息战乱，先后击败了孙恩、卢循的起义，消灭了桓玄、刘毅等军事集团；对外致力于北伐，取巴蜀、伐南燕、灭后秦，取得了令世人瞩目的成就。刘裕以军功封宋王，最后代晋自立。

宋武帝刘裕与僧人有广泛的交游，他甚至曾假口于僧徒谶语行篡弑之事，如《高僧传》卷七《释慧义传》：

> （慧义）后出京师，乃说云，冀州有法称道人，临终语弟子普严云：“嵩高灵神云，江东有刘将军，应受天命，吾以三十二璧镇金一饼为信。”遂彻宋王。宋王谓义曰：“非常之瑞，亦须非常之人，然后致之。若非法师自行，

> 恐无以获也。”义遂行。以晋义熙十三年（417）七月往嵩高山，寻觅未得。便至心烧香行道，至七日夜，梦见一长须老公，拄杖将义往璧处指示云：“是此石下。”义明便周行山中，见一处炳然如梦所见，即于庙所石坛下，果得璧大小三十二枚，黄金一饼。此瑞详之《宋史》。义后还京师，宋武加接尤重，迄乎践祚，礼遇弥深。①

这也许是刘裕篡位时劝进者所陈符瑞之一，然而假口于僧徒，亦足证其信仰佛教之深。

其实，宋武帝刘裕与佛教的渊源早在其称帝之前即已有之。其结交的僧人除上文提到的释慧义外，还有释慧严、释僧导、释慧观、释慧远等。

从《高僧传》卷七《释慧严传》可以看出慧严为刘裕“素所知重”。刘裕讨伐长安，甚至邀请慧严与其同行，慧严开始并不愿去，认为刘裕虽属伐罪吊民，但僧人乃世外之人，不敢闻命。后刘裕苦邀之，遂行。

刘裕入长安后，亦礼遇名僧，据《高僧传》卷七《释僧导传》载，刘裕闻僧导之名，“乃要与相见，谓导曰：‘相望久矣，何其流滞殊俗！’答云：‘明公荡一九有，鸣鸾河洛，此时相见，不亦善乎！’”刘裕离开长安时，留其子义真镇守关中，临别谓僧导曰：“儿年小留镇，愿法师时能顾怀。”后义真为西虏勃勃赫连所逼，由长安败归，追骑将及，导率弟子数百人遏于中路，谓追骑曰：“刘公以此子见托，贫道今当以死送之，会不可得，不烦相追。”群寇骇其神气，遂回锋而反。刘裕为示对僧导感佩之情，“令子侄内外师焉”。

又僧人慧观也为刘裕敬重。《高僧传》卷七《释慧观传》：“宋武南伐休之，至江陵与观相遇，倾心待接依然若旧。因敕与西中郎游。”西中郎将即后来的宋文帝。

又有京师祇洹寺释道照，善于唱导，言不孤发，独步于宋初，武帝亦与之交游。《高僧传》卷十三《释道照传》：“宋武帝尝于内殿斋，照初夜略叙‘百年迅速，迁灭俄顷。苦乐参差，必由因果。如来慈应六道，陛下抚矜一切。’帝言善久之。斋竟，别嚫三万。临川王道规从受五戒，奉为门师。”

刘裕对庐山慧远及其僧团也表敬重，并给予有力支持。据《高僧传》卷六《释

① ［南朝梁］释慧皎撰．汤用彤校注．高僧传[M]// 汤用彤全集：第6册．石家庄：河北人民出版社，2000：217．以下涉及《高僧传》内容均参看此书，不复重注。

慧远传》记载：

> 卢循初下据江州城，入山诣远。远少与循父嘏同为书生，及见循欢然道旧，因朝夕音问。僧有谏远者曰："循为国寇，与之交厚，得不疑乎？"远曰："我佛法中情无取舍，岂不为识者所察？此不足惧。"及宋武追讨卢循，设帐桑尾，左右曰："远公素王庐山，与修交厚。"宋武曰："远公世表之人，必无彼此。"乃遣使赍书致敬，并遗钱米。于是远近方服其明见。

刘裕追讨卢循之事在义熙六年（410年）。是年卢循任广州刺史，与始兴太守刘道覆合兵北上，连下数郡，杀江州刺史于豫章（郡治在今江西南昌），故谏者称其为"国寇"。所谓慧远与卢循交厚，是指卢循曾接济过慧远僧团粮米等物，又于此攻占江州时，亲自上山探视慧远。但在慧远看来，佛法无取舍之情，佛徒远离世俗，凡有施舍均系檀越、居士，无王、寇之别。刘裕所谓"远公世表之人，必无彼此"，也表达了对慧远佛学造诣的肯定和对慧远个体人格的尊重。

二、文帝近佛事迹

武帝死，其子刘义符即位，是为宋少帝，仅十七岁，大权掌握在徐羡之、傅亮手中。徐、傅二人后废少帝，立刘裕第三子刘义隆，是为宋文帝。

文帝在位期间，积极扶持佛教，对南朝佛教的发展和义学的繁荣有过重要贡献。汤用彤先生在《汉魏两晋南北朝佛教史》中说："南朝佛法之隆盛，约有三时。一在元嘉之世，以谢康乐为其中巨子，谢固文士兼擅玄趣。一在南齐竟陵王当国之时，而萧子良亦并奖励三玄之学。一在梁武帝之世，而梁武亦名士笃于事佛者。"[①] 由此可见南朝佛法之盛。汤先生又云：

> 宋代佛法，元嘉时极有可观。其时文人如谢、颜，辩明佛理，所论为神灭， 为顿渐，盖均玄谈也。而文帝一朝，亦为清谈家复起之世。帝雅重文教，思弘儒术，立四学。雷次宗主儒学。何尚之主玄学。何承天主史学。谢元主文学。此不但列玄学为四科之一，而雷次宗乃慧远弟子，何尚之则赞扬佛法者也。当时宰辅，如王弘，彭城王义康，范泰，何尚之，均称信佛，

① 汤用彤．汉魏两晋南北朝佛教史[M]// 汤用彤全集：第1册．石家庄：河北人民出版社，2000：313.

皆一时名士也。而谢灵运、颜延之亦列朝班。元嘉以文治见称，而佛家义学，固亦此文治之重要点缀也。[①]

上文中“元嘉”即是宋文帝刘义隆的年号（424—453年）。元嘉年间，文帝实行一系列措施，社会生产得到了极大的发展，是南朝国力最强盛的时期。因佛法有助于治理国家，宋文帝遂大力奖掖扶持，其时国力强盛，佛法功不可没。

其时朝廷重臣如王弘、何尚之、颜延之、范泰、谢灵运等，皆一代名士笃于事佛者，故得君臣道合，弘扬佛法。如侍中何尚之对宋文帝的奉佛意图充分理解，他也认为佛法有助于治理社会：

百家之乡，十人持五戒，则十人淳谨矣；千室之邑，百人修十善，则百人和厚矣。传此风训，以遍宇内，编户千万，则仁人百万矣。此举戒善之全具者耳，若持一戒一善，悉计为数者，抑将十有二三矣。夫能行一善，则去一恶，一恶既去，则息一刑；一刑息于家，则万刑息于国。四百之狱，何足难错；雅颂之兴，理宜倍速。[②]（《答宋文帝赞扬佛教事》，《弘明集》卷十一）

至于宋文帝奉佛的深层用意，则是在他与朝臣共议佛法时透露的。元嘉十二年（435），文帝与侍中何尚之，郎中羊玄保探讨佛法，文帝云：

范泰谢灵运每云：“六经典文，本在济俗为治耳。必求灵性真奥，岂得不以佛经为指南耶？”……若使率土之滨，皆纯此化，则吾坐致太平，夫复何事？[③]（《答宋文帝赞扬佛教事》，《弘明集》卷十一）

这就是说，宋文帝奉佛的根本目的，是要保证自己的统治地位，即“坐致太平”。在他看来，佛家义学可使人体认“性灵真奥”，以之与“文治”配合，可获得更好的社会效果。

另外，何尚之还从佛教居士的立场出发，希望通过帝王护法之力，使佛教

---

① 汤用彤. 汉魏两晋南北朝佛教史 [M]// 汤用彤全集：第 1 册. 石家庄：河北人民出版社，2000：314.

② [南朝梁] 释僧祐撰. 李小荣校笺. 弘明集校笺 [M]. 上海：上海古籍出版社，2013：581.

③ [南朝梁] 释僧祐撰. 李小荣校笺. 弘明集校笺 [M]. 上海：上海古籍出版社，2013：576.

获得全面发展，他曾在与宋文帝对答时提到到东晋信佛的名士：

> 渡江以来，则王导、周顗，宰辅之冠盖；王濛、谢尚，人伦之羽仪；郗超、王坦、王恭、王谧，或号绝伦，或称独步。韶气贞情，又为物表。郭文、谢敷、戴逵等，皆置心天人之际，抗身烟霞之间。亡高祖兄弟，以清识轨世。王元琳昆季，以才华冠朝。其余范汪、孙绰、张玄、殷觊，略数十人，靡非时俊。[①]（《答宋文帝赞扬佛教事》，《弘明集》卷十一）

从何尚之在这里列举的时人信佛情况，已经可以看出当时名士信佛已相当普遍。

同时，文帝也承认，他之所以奉持佛法，是因为佛教已成为朝廷上下多数人的信仰，“三世因果，未辨厝怀，而复不敢立异者，正以卿辈时秀，率所敬信故也。”[②]（《答宋文帝赞扬佛教事》）

经过这次讨论，文帝对何尚之、羊玄保甚为倚重，云：“释门有卿，亦犹孔氏之有季路，所谓恶言不入于耳。”（《高僧传》卷七《释慧严传》）

宋文帝与佛教高僧的关系亦甚为融洽。其结交的僧人主要有释慧严、释慧观、竺道生、释道猷、求那跋摩、释僧睿、畺良耶舍等。

释慧严与释慧观是宋武帝旧交。上引《慧严传》言刘裕伐长安，曾邀慧严同行。故文帝待之亦甚厚，“及文帝在位，情好尤密，每见弘赞问佛法”。上引《慧观传》中提到刘裕在文帝刘义隆为西中郎将时，即敕慧观与之交游。文帝即位后，“上巳车驾临曲水宴会，命观与朝士赋诗。观即坐先献，文旨清婉，事适当时。”《慧严传》又云：“帝自是信心乃立，始致意佛经。及见严、观诸僧，辄论道义理。时颜延之著《离识观》及《论检》，帝命严辩其同异，往复终日。帝笑曰：‘公等今日，无愧支、许。’”“严、观”即是指慧严与慧观。

与文帝交结的还有竺道生等人。《高僧传》卷七《竺道生传》载竺道生为“宋太祖文皇深加叹重”。文帝曾设宴招待竺道生等人，“后太祖设会，帝亲同众御于地筵，下食良久，众咸疑日晚。帝曰：‘始可中耳。’生曰：‘白日丽天，

① ［南朝梁］释僧祐撰．李小荣校笺．弘明集校笺[M]．上海：上海古籍出版社，2013：577–578.

② ［南朝梁］释僧祐撰．李小荣校笺．弘明集校笺[M]．上海：上海古籍出版社，2013：576.

天言始中，何得非中？’遂取钵便食。于是一众从之，莫不叹其枢机得衷。”文帝后又延请道生弟子道猷入宫讲述“顿悟”之学，“既至，即延入宫内，大集义僧，令猷申述顿悟。时竞辩之徒，关责互起。猷既积思参玄，又宗源有本，乘机挫锐，往必摧锋，帝乃抚机称快。”（《高僧传》卷七《释道猷传》）。可见文帝于佛理甚精。他甚至亲自能够讲述“顿悟说”。凡此种种，都为其时佛教的发展奠定了基础。

《高僧传》卷三《求那跋摩传》载求那跋摩于元嘉八年正月达于建邺，文帝引见，劳问殷勤，“敕住祇洹寺，供给隆厚，公王英彦，莫不宗奉”。又卷七《释慧义传》云释僧睿“善三论，为宋文所重”。又卷三《畺良耶舍传》云“（畺良耶舍）以元嘉之初，远冒沙河，萃于京邑，太祖文皇深加叹异。”

宋武帝、文帝近佛事迹还见于《法苑珠林》卷一百，其云：“宋高祖武帝，口诵梵本，手写戒经，造灵根、法王等四寺，常供千僧。宋太祖文帝，奉斋不杀，造禅寂寺，常供千僧。宋时合寺一千九百一十三所，译经二白一十部，僧尼三万六千人。”①

汤用彤先生在《汉魏两晋南北朝佛教史》中更进一步指出：“南朝王子颇多信佛，宋有临川王道规，嗣子义庆，江夏王义恭，衡阳王义季，彭城王义康，南郡王义宣，庐陵王义贞，建平王弘，子景素，巴陵王休若，山阳王休佑，竟陵王诞，豫章王子尚。”② 释法琳《辨正论》卷三《十代奉佛上篇》亦云：“宋世诸王，并怀文藻，大习佛经。每月六斋，自持八戒。”③ 这其中，临川王刘义庆、彭城王刘义康、庐陵王刘义贞尤为崇佛。彭城王义康崇佛事，《宋书》本传云其被赐死时认为“佛法自杀不复得人身”而不肯自戕，监刑者只好用被子闷死他。④ 又《宋书·范晔传》载比丘尼法静出入彭城王义康家，与僧人法略助孔熙先谋逆。⑤ 庐陵王义贞则与僧人慧琳交好，竟许诺“得志之日，以灵运、颜

① ［唐］释道世著．周叔迦、苏晋仁校注．法苑珠林校注[M]．北京：中华书局，2003：2890.

② 汤用彤．汉魏两晋南北朝佛教史[M]// 汤用彤全集：第1册．石家庄：河北人民出版社，2000：343.

③ ［唐］释法琳．辨正论[M]//《大正藏》第52册：504，a.

④ ［南朝梁］沈约．宋书[M]．北京：中华书局，2000：1188.

⑤ ［南朝梁］沈约．宋书[M]．北京：中华书局，2000：1203.

之为宰相，慧琳为西豫州都督”（《宋书》本传）[①]。义庆崇佛之事，后有专论。

总体而言，刘宋皇族对与佛教的基本态度还是从有益统治的角度出发。

第二节　刘义庆生平及其近佛事迹

一、刘义庆生平

刘义庆，从《宋书》本传和《南史》本传的记载可知，他是彭城县绥舆里（今江苏徐州铜山区）人，生于东晋安帝元兴二年（403 年），卒于宋文帝元嘉二十一年（444 年），享年四十二岁。

义庆是宋武帝的侄子，长沙景王刘道怜的次子，因为武帝幼弟临川烈武王刘道规无子，故以义庆为嗣（是年义庆十岁）。而在此之前，武帝第三子刘义隆本已过继给道规，“咸以礼无二继，太祖还本，而定义庆为后。”[②]（《宋书·刘道规传》）刘义隆就是后来的宋文帝。

晋安帝义熙十一年（415 年），刘义庆十三岁，袭封南郡公。次年从刘裕伐长安，还拜辅国将军、北青州刺史，但没有到任。义熙十三年（417 年），十五岁，“徙督豫州诸军事、豫州刺史，复督淮北诸军事，豫州刺史、将军并如故”[③]（《宋书》本传）。由此可以看出，刘义庆的政治生涯是从任豫州刺史时开始，但其时年纪尚幼，未必理政。

公元 420 年，刘裕即皇帝位，是为宋武帝，改元永初。刘裕追封幼弟道规为临川王，义庆以嗣子身份袭封，时年十八岁。自此到他四十二岁在京师病逝，大约经历了三个阶段，即京尹时期、荆州时期、江（州）南（兖州）时期。兹叙述如下：

（一）京尹时期（永初元年—元嘉九年）

永初元年，武帝即位，义庆袭封临川王，并被征为侍中，从外地回到京师建康，担任皇帝的近侍。侍中一职在当时比中书监、中书令的地位都高，乃朝廷要职。

---

① ［南朝梁］沈约．宋书[M]．北京：中华书局，2000：1081．

② ［南朝梁］沈约．宋书[M]．北京：中华书局，2000：972．

③ ［南朝梁］沈约．宋书[M]．北京：中华书局，2000：972．

元嘉元年（424 年），义庆二十二岁。是年八月，文帝即位，改元元嘉，因其亦曾过继给刘道规为后，故对义庆颇为信任和倚重，义庆先后“转散骑常侍，秘书监，徙度支尚书，迁丹阳尹，加辅国将军，常侍并如故”[①]（《宋书》本传），这几个职位中，丹阳尹是首都建康所在地丹阳郡的最高长官，属朝廷重臣。而秘书监一职最可注意。此为秘书省的长官，兼统著作局，掌管国家图书著作。故义庆在任秘书监期间，有机会接触并博览大量皇家所藏典籍，这对于其著书立说奠定了良好的基础。

元嘉六年（429 年），义庆二十七岁，加尚书左仆射。这是相当于副宰相之位的高官，可见文帝对他的重视。

元嘉八年（431 年），义庆二十九岁。八月，因太白星犯右执法，义庆惧有灾祸，乞求外镇。文帝不许，下诏温词劝勉。但义庆固求解左仆射，上乃许之，加中书令，进号前将军，常侍、丹阳尹如故。

元嘉九年 （432 年），义庆三十岁。六月，义庆出镇荆州。从以上记载可以看出，这一时期是义庆在朝廷和京畿任职的时期。

（二）荆州时期（元嘉九年—元嘉十六年）

元嘉九年（432年），义庆三十岁。六月，义庆在京任职九年后，出为使持节、都督雍荆益宁梁南北秦七州诸军事、平西将军、荆州刺史。

《宋书・刘义庆传》云：“荆州居上流之重，地广兵强，资实兵甲，居朝廷之半，故高祖使诸子居之。义庆以宗室令美，故特有此授。”[②] 由此可见，刘义庆之所以膺此重任，一是因为他自己有“宗室令望”，即《宋书》本传中刘裕所称“吾家丰城也”[③]。其次则是因为他和文帝的特殊关系，即他们均做过临川烈武王刘道规的养子。《南史・刘义宣传》亦言及此事：“又以临川王刘义庆宗室令望，且临川烈武王有大功于社稷，义庆又居之”。[④]

荆州任职期间，刘义庆留心抚物，体恤民生疾苦，“始至及去镇，迎送物

---

① [南朝梁]沈约．宋书[M]．北京：中华书局，2000：972.

② [南朝梁]沈约．宋书[M]．北京：中华书局，2000：972.

③ [南朝梁]沈约．宋书[M]．北京：中华书局，2000：972.

④ [唐]李延寿．南史[M]．北京：中华书局，2000：99.

并不受”，“在州八年，为西土所安”。[①]而他自己，也因为远离是非之地，内心比较安定，不再有朝臣那种临深履薄、诚惶诚恐的忧惧。这一时期刘义庆甚至著书立说，“撰《徐州先贤传》十卷，奏上之。又拟班固《典引》为《典叙》，以述皇代之美”[②]（《宋书》本传）。

元嘉十六年（439 年），义庆三十七岁。四月，出为江州刺史。

（三）江（州）南（兖州）时期（元嘉十六年—元嘉二十一年）

元嘉十六年四月，荆州刺史刘义庆改授散骑常侍、都督江州、豫州之西阳晋熙新蔡三郡诸军事、卫将军、江州刺史，持节如故。

值得一提的是，此时刘义庆幕中，汇集了众多杰出文士，“太尉袁淑，文冠当时；义庆在江州，请为卫军咨议参军。其余吴郡陆展、东海何长瑜、鲍照等，并为辞章之美，引为佐史国臣”[③]（《宋书》本传）。

任职第二年(元嘉十七年)，在权力斗争中失败的彭城王刘义康(刘裕第四子)由相王高位徙于豫章，与义庆相见而哭。义庆因此为文帝所猜忌，第二年更为南兖州刺史。这一事件的起因在于文帝执政前期的帝党与相党之争。因文帝体弱多病，故常委托其弟彭城王义康处理政事，义康权势日隆却不知谦退，《宋书》本传云：“义康素无术学，暗于大体，自谓兄弟至亲，不复存君臣形迹，率心径行，曾无猜防。私置僮部六千余人，不以言台。四方献馈，皆以上品荐义康，而以次者供御。上尝冬月啖甘，叹其形味并劣，义康在坐曰：‘今年甘殊有佳者。’遣人还东府取甘，大供御者三寸。”[④]他甚至在文帝病重时误判形势，觊觎帝位。文帝病愈后，开始逐步打压义康一派的势力。而刘义庆同情刘义康的行为，当然为文帝所忌。

元嘉十七年（440 年），义庆三十八岁。十月，刘义庆由江州刺史改授南兖州刺史（治所在广陵），都督南兖、徐、兖、青、冀、幽六州诸军事。

这一时期，刘义庆与僧人交往频繁密切，其中有天竺僧人僧伽达多，淮南僧人释昙冏、释道冏以及释道儒等。故《宋书》本传云其“晚节奉养沙门，颇

---

① [南朝梁]沈约．宋书[M]．北京：中华书局，2000：245.

② [南朝梁]沈约．宋书[M]．北京：中华书局，2000：974.

③ [南朝梁]沈约．宋书[M]．北京：中华书局，2000：974.

④ [南朝梁]沈约．宋书[M]．北京：中华书局，2000：1184.

致费损”[①]。

元嘉二十年（443），义庆四十一岁。岁末有疾，“而白虹贯城，野麇入府，心甚恶之，固陈求还”（《宋书》本传）[②]，文帝许之，解州，以本号还朝。

元嘉二十一年（444），义庆四十二岁。是年正月义庆逝于建康，追赠司空，谥曰康王。

二、刘义庆的近佛事迹

从上引《宋书·刘义庆传》和《南史·刘义庆传》的记载可知，刘义庆与武帝刘裕和文帝刘义隆的关系都非同寻常。而这两位帝王又都是十分崇信佛法的，则义庆之崇佛当属必然。

汤用彤先生在《汉魏两晋南北朝佛教史》中指出：“南朝王子颇多信佛，宋有临川王道规、嗣子义庆。”[③]道规即义庆之养父，曾封临川王，他去世后由义庆袭封。《高僧传》卷十三《释道照传》云：“临川王道规从（照）受五戒，奉为门师。”则道规已是佛家弟子，这自然对义庆影响很深。又，释法琳《辨正论》卷三《十代奉佛上篇》则指出义庆崇佛为诸王之最。[④]

《宋书》本传亦指出义庆之崇佛和爱好文义的性格：

> 为性简素，寡嗜欲，爱好文义，文词虽不多，然足为宗室之表。受任历藩，无浮淫之过，唯晚节奉养沙门，颇致费损。少善骑乘，及长以世路艰难，不复跨马。招聚文学之士，近远必至。……太祖与义庆书，常加意斟酌。[⑤]

这一段文字闪烁其词，隐约道出了义庆崇佛和好文的原因，那就是因“世路艰难”而“不复跨马”。所谓“世路艰难”，是指宋文帝即位后，诛杀异己，迫害宗室。其时朝廷重臣，如辅政大臣徐羡之和傅亮、荆州刺史谢晦、兖州刺

① [南朝梁]沈约. 宋书[M]. 北京：中华书局，2000：974.

② [南朝梁]沈约. 宋书[M]. 北京：中华书局，2000：975.

③ 汤用彤. 汉魏两晋南北朝佛教史[M]// 汤用彤全集：第1册. 石家庄：河北人民出版社，2000：343.

④ 其云：“宋世诸王，并怀文藻，大习佛经。每月六斋，自持八戒。笃好文雅，义庆最优。……合内夫娘，并令修戒。麾下将士，咸使诵经。”见释法琳《辨正论》卷三，《大正藏》第52册，第504页，a。

⑤ [南朝梁]沈约. 宋书[M]. 北京：中华书局，2000：974.

史竺灵秀、江州刺史檀道济、雍州刺史刘道真、梁南秦二州刺史裴方明先后被戮。司空、江州刺史檀道济死前悲愤地怒斥文帝："乃坏汝万里长城！"[①]（《南史》卷十五《檀道济传》）皇族内部，为防止诸王争权夺位，文帝猜忌迫害宗室，诛杀彭城王刘义康即是一例。而义庆恰恰与义康交情甚笃，因此受到文帝猜忌。《旧唐书·音乐志二》云："《乌夜啼》，宋临川王义庆所作也。元嘉十七年，徙彭城王义康于豫章。义庆时为江州，至镇，相见而哭。为帝所怪，征还宅，大惧。妓妾夜闻乌啼声，扣斋阁云：'明日应有赦。'其年更为南兖州刺史。作此歌。"[②]

义庆"少善骑乘"，早年即受宋武帝宠爱，誉之为"我家丰城也"。所谓丰城，即是以产于丰城的干将、莫邪宝剑来比喻义庆，表示对他的爱赏，可见义庆在刘宋宗室中的特立和出众。然而处在宋文帝对于宗室诸王怀疑猜忌的统治之下，为了全身远祸，义庆只好寄情文史，奉养沙门。

刘义庆的崇佛主要表现在两方面，一是结交和奉养僧人，一是著述。

义庆交游和奉养的佛徒，《高僧传》载有释道儒、僧伽达多、释昙冏、释道冏等四僧，《比丘尼传》载有释昙晖，兹引如下：

> 释道儒，姓石，渤海人。寓居广陵。少怀清信，慕乐出家。遇宋临川王义庆镇南兖，儒以事闻之。王赞成厥志，为启度出家。（《高僧传》卷十三《释道儒传》）

> 宋元嘉十九年（442），临川王临南兖延之（昙晖）至镇，时年二十一。[③]（《比丘尼传》卷四《释昙晖传》）

> 时又有天竺沙门僧伽达多，僧伽罗多等，并禅学深明，来游宋境。达多……元嘉十八年（441）夏，受临川康王请，于广陵结居，后终于建业。（《高僧传》卷三《畺良耶舍传附僧伽达多传》）

> 释道冏，姓马，扶风人。……宋元嘉二十年，临川康王义庆携（道冏）往广陵，终于彼矣。（高僧传卷十二《释道冏传》）

> 释昙无成，姓马，扶风人。……姚祚将亡，关中危急，成（释昙无成）

① [唐]李延寿．南史[M]．北京：中华书局，2000：293.

② [后晋]刘昫等撰．旧唐书[M]．北京：中华书局，2000：719.

③ [南朝梁]释宝唱．比丘尼传[M]//《大正藏》第50册：946，a.

乃憩于淮南中寺。……时中寺复有昙冏者，与成同学齐名，为宋临川康王义庆所重。《高僧传》卷七《释昙无成传附释昙冏传》

从上引僧伽达多、释道冏、释道儒、释昙晖等僧、尼传记可看出，他们皆是刘义庆为南兖州刺史之时所交游和奉养的，因义庆任南兖州刺史时，镇所在广陵。上引《释昙冏传》云昙冏憩于“淮南中寺”，淮南郡即属南兖州。据《宋书》卷三十五《州郡志》载，南兖州于文帝元嘉八年（431 年）“始割江淮间为境，治广陵。”[①] 则昙冏为义庆所重，也应是在他任南兖州刺史之后。

另据《宋书·王僧达传》，义庆还曾经请僧人慧观为其考察女婿王僧达：

（义庆）令周旋沙门慧观造而观之。僧达陈书满席，与论文义，慧观酬答不暇，深相称美。[②]（《宋书》卷七五《王僧达传》）

慧观与武帝和文帝亦均有交情，故义庆与之交好，亦当在情理之中。王僧达出身琅邪王氏，是东晋丞相王导六世孙。琅邪王氏乃奉佛世家，故王僧达亦信佛，其名字即有“僧”字，亦自当与慧观相熟。这一点也可以看出义庆的择婿观，那就是也应当是奉佛之士。

另，《法苑珠林》卷十四《宋荆州壁画像涂却现缘》亦载义庆崇佛之风：“宋卫军临川康王在荆州城内，筑堂三间，供养经像，堂壁上多画菩萨图相。”[③]

关于义庆的著述，据《宋书》本传称，有《徐州先贤传》十卷和《典叙》三种。另《南史》本传载有《集林》二百卷、《世说新语》十卷。今仅存《世说新语》。另有《隋书·经籍志》载有他的《幽明录》和《宣验记》二书，属志怪小说集。释法琳《辨正论》卷三《十代奉佛上篇》则明确指出他这类书的写作目的：“著《宣验记》，赞述三宝。”[④]

《幽明录》和《宣验记》，此二书在当时被视为释氏辅教之书。鲁迅先生在《中国小说史略》中曾对释氏辅教之书有过集中论述：

释氏辅教之书，《隋志》著录九家，在子部及史部。今惟颜之推《冤魂志》存，引经史以证报应，已开混合儒释之端矣，而余则俱佚。遗文之可考见者，

① [南朝梁] 沈约．宋书 [M]．北京：中华书局，2000：697．

② [南朝梁] 沈约．宋书 [M]．北京：中华书局，2000：1289．

③ [唐] 释道世著，周叔迦、苏晋仁校注．法苑珠林校注 [M]．北京：中华书局，2003．

④ [唐] 释法琳．辨正论 [M]//《大正藏》第 52 卷：504，b．

有宋刘义庆《宣验记》，齐王琰《冥祥记》，隋颜之推《集灵记》，侯白《旌异记》四种。大抵记经像之显效，明应验之实有，以震耸世俗，使生敬信之心，顾后世则或视为小说。[①]

这里提到了《宣验记》。“记经像之显效，明应验之实有，以震耸世俗，使生敬信之心”，说明《宣验记》的编纂目的是为了宣扬佛教，“赞述三宝”。虽然鲁迅先生并没有将《幽明录》列入其中，但是按照他给释氏辅教文学下的定义，《幽明录》是符合的。

《幽明录》和《宣验记》，今有辑本行于世。目前辑录《宣验记》佚文条目最多的是鲁迅《古小说钩沉》本，一共三十五条，涉及敬佛得福、不敬佛受惩、因果轮回与报应、佛像显验等内容，以达到普度众生，阐发佛教教义的目的，这与宋初崇佛之风息息相关。《幽明录》中亦有许多宣扬奉佛事法，鼓吹轮回报应的内容。

另外，从刘义庆的传记中，还可以看出他在日常生活中也很相信妖祥、征祥和佛教的神迹。首先看他在太白星犯右执法时的举动。元嘉八年，太白星犯右执法，义庆惧有灾祸，乞求外镇。文帝不许，下诏曰：“玄象茫昧，既难可了。且史家诸占，各有异同”，让义庆不要轻信虚妄之学。并举例说明：“郑仆射亡后，左执法尝有变，王光禄至今平安。日蚀三朝，天下之至忌，晋孝武初有此异，彼庸主耳，犹竟无他。……设若天必降灾，宁可千里逃避邪？”[②]但义庆却不为所动，一再请求解仆射之职，文帝无奈，乃许之。再如，他在去世前一年在广陵居所看到“白虹贯城”和“野麕入府”，心甚恶之，固陈求还，此事和他面对“太白星犯右执法”时的反应如出一辙。这些说明了他对妖祥现象的笃信。

另外，义庆还颇相信征祥之迹，这表现在他元嘉十九年在南兖州刺史任上的两件事：

元嘉十九年五月，山阳张休宗获白麞，南兖州刺史临川王义庆以献。[③]（《宋书》卷二八《符瑞志·中》）

① 鲁迅．中国小说史略[M]．上海：上海古籍出版社，1998：32.

② [南朝梁]沈约．宋书[M]．北京：中华书局，2000：973.

③ [南朝梁]沈约．宋书[M]．北京：中华书局，2000：542.

元嘉十九年五月，海陵王文秀获白乌，南兖州刺史临川王义庆以献。[①]（《宋书》卷二九《符瑞志·下》）

向朝廷进献白麞、白乌的行为佐证了他是很相信征祥之迹的。再如前引《旧唐书·音乐志二》，义庆因同情刘义康而为文帝所怪，心中大惧。其夜姬妾闻乌啼声，认为是祥瑞（宋代以前，乌啼代表吉兆），叩义庆斋阁云："明日应有赦。"这些则说明了他对征祥现象的笃信。

第三节　崇佛之风对《世说新语》的影响

一、《世说新语》涉佛条目概述

从以上论述可以看出，宋初社会崇尚佛法，临川王刘义庆尤甚，因而《世说新语》对东晋佛教有大量的记载。

《世说新语》之中与佛教直接相关的内容有佛教徒、佛经、寺庙以及近佛名士等，其中最丰富的内容是僧人以及近佛名士的事迹。

《世说新语》中关于僧人的事迹，据笔者详细统计，其散见于《德行》《言语》《政事》《文学》《方正》《雅量》《赏誉》《品藻》《规箴》《容止》《伤逝》《栖逸》《贤媛》《术解》《巧艺》《简傲》《排调》《轻诋》《假谲》等十九门中，共七十三条，见表 1–1。

表 1–1　《世说新语》僧、尼所涉条目表

僧人	条目
支遁（49 条）	《言语》45、63、76、87；《政事》18；《文学》25、30、32、35、36、37、38、39、40、41、42、43、45、51、55；《雅量》31；《赏誉》83、88、92、98、110、119、123、136；《品藻》54、60、64、67、70、76、85；《容止》29、31、37；《伤逝》11、13；《巧艺》10；《排调》28、43、52；《轻诋》21、24、25、30
于法开（2 条）	《文学》45、《术解》10
支愍度（1 条）	《假谲》11
帛尸梨密（3 条）	《言语》39、《赏誉》48、《简傲》7

① ［南朝梁］沈约．宋书 [M]．北京：中华书局，2000：563.

续表

僧人	条目
法冈（1条）	《文学》64
法虔（1条）	《伤逝》11
佛图澄（1条）	《言语》45
济尼（1条）	《贤媛》30
康法畅（1条）	《言语》52
康僧渊（3条）	《文学》47、《栖逸》11、《排调》21
僧伽提婆（1条）	《文学》64
僧意（1条）	《文学》57
释道安（1条）	《雅量》32
释慧远（2条）	《文学》61、《规箴》24
竺法深（7条）	《德行》30、《言语》48、《政事》18、《文学》30、《方正》45、《排调》28、《轻诋》3
竺法汰（2条）	《文学》54、《赏誉》114
竺道壹（1条）	《言语》93
北来道人（1条）	《文学》30
东阳一道人（1条）	《文学》59
胡僧（1条）	《政事》12
豫章小沙弥（1条）	《言语》97
支遁弟子（1条）	《文学》37
于法开弟子（1条）	《文学》45

由此表可以看出，《世说》所载僧人，几乎是后代有关佛教史论著中魏晋僧人的主要阵容，故多为《高僧传》收录。

《世说》所载名士近佛事迹，散见于《德行》《言语》《政事》《文学》《方正》《雅量》《识鉴》《赏誉》《品藻》《容止》《伤逝》《栖逸》《贤媛》《术解》《巧艺》《简傲》《排调》《轻诋》《尤悔》等十九门中，共七十一条（详见第三章“《世说新语》士人涉佛条目表”）。从中可以看出，其时世家大族，如琅邪王氏、陈郡谢氏、太原王氏、谯国桓氏、颍川庾氏、庐江何氏、高平郗氏、太原孙氏、陈郡殷氏、汝南周氏等，均有重要人物崇信佛法。

二、《世说新语》与《高僧传》比较

对比梁代释慧皎《高僧传》，我们会发现《世说新语》及刘孝标注为《高僧传》提供了许多第一手资料。这一点，陈垣先生看得很清楚，他指出：

《世说新语》为说部最通行之书，其中关涉晋僧几二十人，此二十人中，见于《晋书·艺术传》者仅佛图澄一人，然十之九皆见《高僧传》。①

由于修于李唐的《晋书》崇道，所以尽管《晋书》对《世说新语》材料大量引用，却极少引用涉佛条目，《晋书》“列传”所载僧人也只有《佛图澄》一人。而《世说》所见之高僧，绝大部分《高僧传》都有其传，这更凸显《世说新语》涉佛材料的珍贵。

在谈及《高僧传》对《世说》僧人故事的接受时，陈垣举例说：

支道林在当时最负高名，《世说》中凡四五十见，应入《晋书·隐逸传》，然《晋书》遗之。《高僧传》四有长传，而支道林始末毕见。②

萧虹女士也曾将在《世说新语》中出现而未列入《晋书》的人物列了一个名单，然后作结：

《世说新语》中，总共有104人未出现于《晋书》。粗粗一看，即可见这些人多是僧侣、妇女，妇女占四分之一以上（29）。因此，《世说新语》可与《高僧传》和《列女传》一起，看作这一时期上述两类人的宝贵资料。③

可见《世说新语》对于东晋佛教的研究是非常重要的文献。

释慧皎撰写《高僧传》，主张通过“博寻众典”以达到“考寻理味，决正法门”之目的。《世说》所载涉佛条目内容丰富、可靠，其价值为史家所公认，故其为《高僧传》采录，也是理所应当的。据笔者粗略统计，《世说》载支遁事共计四十九条，《高僧传》卷四《支遁传》直接引用约十四条之多。他如僧伽提婆、帛尸梨密、康僧渊、康法畅、竺法深、释道安、竺法汰、于法开等高僧言行事迹，亦多为《高僧传》引用。《高僧传》引《世说》正文之条目共二十七条（见表1-2）。尤可注意的是，《高僧传》对《世说》条目的引用属于大范围“移植”，反映了引用者及其时代对原著的接受，其价值自然不劳词费。

① 陈垣．中国佛教史籍概论 [M]．上海：上海书店出版社，2001：21.

② 陈垣．中国佛教史籍概论 [M]．上海：上海书店出版社，2001：21.

③ 萧虹．世说新语整体研究 [M]．上海：上海古籍出版社，2011：243.

表1–2 《高僧传》与《世说新语》相同的轶事旧闻

《高僧传》卷号	人物	《高僧传》引用《世说新语》条目	备注
1	帛尸梨密（3条）	《言语》39、《赏誉》48、《简傲》7	《世说》共3条，此处引用3条
1	僧伽提婆（1条）	《文学》64	《世说》共1条，此处引用1条
4	康僧渊（3条）	《文学》47、《栖逸》11、《排调》21	《世说》共3条，此处引用3条
4	康法畅（1条）	《言语》52	《世说》共1条，此处引用1条
4	竺法深（2条）	《言语》48、《排调》28	《世说》共7条，此处引用2条
4	于法开（2条）	《文学》45、《术解》10	《世说》共2条，此处引用2条
4	支遁（14条）	《言语》63、《言语》76、《文学》36、《文学》37、《文学》40、《文学》42、《雅量》31、《赏誉》98、《赏誉》110、《品藻》67、《伤逝》11、《伤逝》13、《排调》28、《轻诋》24	《世说》共49条，此处引用14条
5	释道安（1条）	《雅量》32	《世说》共1条，此处引用1条
5	竺法汰（1条）	《赏誉》114	《世说》共2条，此处引用1条

后来刘孝标注《世说》，“征引浩博。或驳或申，映带本文，增其隽永，所用书四百余种”，[①]亦多引佛经禅理以疏通滞义，其引文亦多为释慧皎《高僧传》所借鉴。

兹以《高僧传》卷一《帛尸梨密传》为例，与《世说新语》及刘孝标注做对照比较。《世说》载帛尸黎密事迹共三条，即《言语》第39条、《赏誉》第48条、《简傲》第7条。这三则故事，为《帛尸梨密传》全部引用。此三条之刘孝标注也甚为详细，亦被释慧皎写入《高僧传》。

先看《言语》第39则：

① 鲁迅．中国小说史略 [M]．上海：上海古籍出版社，1998：38.

高坐道人不作汉语。或问此意，简文曰："以简应对之烦。"

刘孝标注云：

《高坐别传》曰："和尚胡名尸黎密，西域人。传云国王子，以国让弟，遂为沙门。永嘉中，始到此土，止于大市中。和尚天姿高朗，风韵道迈。丞相王公一见奇之，以为吾之徒也。周仆射领选，抚其背而叹曰：'若选得此贤，令人无恨。'俄而周侯遇害，和尚对其灵坐，作胡祝数千言，音声高畅，既而挥涕收泪，其哀乐废兴皆此类。性高简，不学晋语。诸公与之言，皆因传译。然神领意得，顿在言前。"《塔寺记》曰："尸黎密冢曰高坐，在石子冈，常行头陀，卒于梅冈，即葬焉。晋元帝于冢边立寺，因名高坐。"

再看《高僧传》卷一《帛尸梨密传》。为方便论述，本书将《帛尸梨密传》分为十四段，可以看出，其中九段直接引用了《世说》正文及刘孝标注。文中加下画线者为《帛尸梨密传》直接引用之语。

以下五段，是与《言语》第39则及刘孝标注有关的：

（1）帛尸梨密多罗，此云吉友，西域人，时人呼为高座。传云：国王之子，当承继世，而以国让弟，暗轨太伯。既而悟心天启，遂为沙门。密天姿高朗，风神超迈，直尔对之，便卓出于物。（见刘注引《高坐别传》："和尚胡名尸黎密……传云国王子，以国让弟，遂为沙门。……和尚天姿高朗，风韵道迈。"）

（2）晋永嘉中，始到中国，值乱，仍过江，止建初寺（即大市寺）。丞相王导一见而奇之，以为吾之徒也，由是名显。（见刘注引《高坐别传》："和尚胡名尸黎密……永嘉中，始到此土，止于大市中。……丞相王公一见奇之，以为吾之徒也。"）

（7）周顗为仆射领选，临入，过造密，乃叹曰："若使太平之世，尽得选此贤，真令人无恨也。"俄而顗遇害，密往省其孤，对坐作胡呗三契，梵响凌云；次诵咒数千言，声音高畅，颜容不变；既而挥涕收泪，神气自若。其哀乐废兴，皆此类也。（见刘注引《高坐别传》："周仆射领选，抚其背而叹曰：'若选得此贤，令人无恨。'俄而周侯遇害，和尚对其灵坐，作胡祝数千言，音声高畅，既而挥涕收泪，其哀乐废兴皆此类。”）

（9）密性高简，不学晋语。诸公与之语言，密虽因传译，而神领意得，顿尽言前，莫不叹其自然天拔，悟得非常。（见《言语》39正文及刘孝标注。刘注引《高坐别传》曰：“……性高简，不学晋语。诸公与之言，皆因传译。然神领意得，顿在言前。”）

（13）密常在石子冈东行头陀，既卒，因葬于此。（见刘注引《塔寺记》：“尸黎密冢曰高坐，在石子冈，常行头陀，卒于梅冈，即葬焉。”）

再看《赏誉》第48则：

时人欲题目高坐而未能，桓廷尉以问周侯，周侯曰：“可谓卓朗。”桓公曰：“精神渊著。”

刘孝标注云：

《高坐传》曰：“庾亮、周顗、桓彝一代名士，一见和尚，披衿致契。曾为和尚作目，久之未得。有云：‘尸利密可称卓朗。’于是桓始咨嗟，以为标之极似。宣武尝云：‘少见和尚，称其精神渊著，当年出伦。’其为名士所叹如此。”

《帛尸梨密传》中，以下几段与上文有关：

（3）太尉庾元规、光禄周伯仁、太常谢幼与、廷尉桓茂伦，皆一代名士，见之，终日累叹，披衿致契。（见刘注引《高坐传》：“庾亮、周顗、桓彝一代名士，一见和尚，披衿致契。”）

（5）桓廷尉尝欲为密作目，久之未得，有云尸梨密可谓卓朗，于是桓乃咨嗟绝叹，以为标题之极。（见《赏誉》48正文及注引《高坐传》。刘注引《高坐传》：“庾亮、周顗、桓彝一代名士，……曾为和尚作目，久之未得。有云：‘尸利密可称卓朗。’于是桓始咨嗟，以为标之极似。”）

（11）桓宣武每云少见高座，称其精神著出当年。（见《赏誉》48正文及注引《高坐传》。刘注引《高坐传》：“宣武尝云：‘少见和尚，称其精神渊著，当年出伦。’”）

再看《简傲》第7则：

高坐道人于丞相坐，恒偃卧其侧。见卞令，肃然改容云："彼是礼法人。"

刘孝标注云：

《高坐传》曰："王公曾诣和上，和上解带偃伏，悟言神解。见尚书令卞望之，便敛衿饰容。时叹皆得其所。"

《帛尸梨密传》中，以下内容与上文有关：

（4）导尝诣密，密解带偃伏，悟言神解。时尚书令卞望之，亦与密致善，须臾望之至，密乃敛衿饰容，端坐对之。有问其故，密曰："王公风道期人，卞令轨度格物，故其然耳。"诸公于是叹其精神洒厉，皆得其所。（本段对《简傲》7正文属间接引用，画线部分则直接引用了刘注。）

再看其他五段内容：

（6）太将军王处仲在南夏，闻王周诸公皆器重密，疑以为失，及见密，乃欣振奔至，一面尽虔。

（8）王公尝谓密曰："外国有君，一人而已。"密笑曰："若使我如诸君，今日岂得在此？"当时为佳言。

（10）密善持咒术，所向皆验。初江东未有咒法，密译出《孔雀王经》，明诸神咒，又授弟子觅历，高声梵呗，传响于今，晋咸康（335–342）中卒，春秋八十余，诸公闻之，痛惜流涕。

（12）琅邪王珉师事于密，乃为之序曰："《春秋》吴楚称子，传者以为先中国而后四夷，岂不以三代之胤，行乎殊俗之礼，以戎狄贪婪，无仁让之性乎？然而卓世之秀，时生于彼，逸群之才，或侔乎兹，故知天授英伟，岂俟于华戎，自此以来，唯汉世有金日磾，然日磾之贤，尽于仁孝忠诚，德信纯至，非为明达足论。高座心造峰极，交俊以神，风领朗越。过之远矣。"

（14）成帝怀其风，为树刹冢所。后有关右沙门来游京师，乃于冢处起寺，陈郡谢琨赞成其业，追旌往事，仍曰高座寺也。

这五段中，第十二段王珣的评语以及第十段提及的帛尸梨蜜咒术，不会为刘义庆看重，因为《世说》是"丛残小语"式的志人小说，"记言则玄远冷峻，记行则高简瑰奇。”[①] 王珣的评语以及帛尸梨密的咒术并不符合这个收录标准，因为前者属于序评，后者属于志怪。而第 14 段则是纠正《世说新语》刘注之误。刘注引《塔寺记》云：“晋元帝于冢边立寺，因名高坐。”此语有误，因为帛尸梨密卒于晋咸康年间，咸康是晋成帝年号，故立寺者应为成帝而非元帝。

综上，《世说新语》（包括刘注）与《高僧传》有着至为复杂与深刻的联系，这也可见出宋初崇佛之风对《世说新语》的影响。

① 鲁迅．中国小说史略 [M]．上海：上海古籍出版社，1998：38.

第二章　从《世说新语》看东晋士族的出世心态

刘宋时的何尚之在《答宋文帝赞扬佛教事》中曾谈到东晋时期信佛的人，其云：

> 渡江以来，则王导、周顗，宰辅之冠盖；王濛、谢尚，人伦之羽仪；郗超、王坦、王恭、王谧，或号绝伦，或称独步。韶气贞情，又为物表。郭文、谢敷、戴逵等，皆置心天人之际，抗身烟霞之间。亡高祖兄弟，以清识轨世。王元琳昆季，以才华冠朝。其余范汪、孙绰、张玄、殷觊，略数十人，靡非时俊。[①]（《弘明集》卷十一）

上引人物中，王导及其孙王珣、王珉（即“王元琳昆季”）、王谧，属于琅邪王氏家族。谢尚为谢安从兄，属于陈郡谢氏家族。王、谢二族是江东巨族，也是东晋政权的主要支撑者，同时亦是玄言清谈场里的中坚人物。王濛、王坦之（王濛从弟）、王恭属于太原王氏家族。文中何尚之所言“亡高祖兄弟”，是指其高祖何准及准兄中书令何充，他们属庐江何氏家族。周顗属于汝南周氏家族。郗超属于高平郗氏家族。孙绰属于太原孙氏家族。均为其时高门大族。其余范汪、张玄、殷觊等，亦为当时名士。

从《世说新语》中亦可以看出，上述世家大族中，均有重要人物信奉佛教。为便于论述，兹将《世说新语》士人涉佛情况见表 2-1。

① ［南朝梁］释僧祐撰．李小荣校笺．弘明集校笺 [M]．上海：上海古籍出版社，2013：577–578.

表 2–1　《世说新语》士人涉佛条目表

士人		涉佛条目
琅邪王氏	王导（5 条）	《言语》39、《政事》12、《方正》45、《简傲》7、《排调》21
	王洽(王导子，1 条）	《赏誉》114
	王胡之（王导从子，3 条）	《品藻》85、《赏誉》136、《品藻》60
	王羲之（王导从子，5 条）	《文学》36、《文学》43、《赏誉》88、《赏誉》92、《品藻》85
	王珣(王洽子，1 条）	《文学》64
	王珉(王洽子，1 条）	《文学》64
	王徽之（羲之子，2 条）	《排调》43、《轻诋》30
	王献之（羲之子，2 条）	《品藻》70、《轻诋》30
陈郡谢氏	谢安（10 条）	《文学》48、《轻诋》24、《文学》39、《文学》55、《品藻》60、《品藻》67、《品藻》70、《品藻》76、《品藻》85、《容止》37
	谢万(谢安弟，4 条）	《排调》43、《雅量》31、《排调》51、《品藻》60
	谢玄（谢安从子，2 条）	《文学》41、《贤媛》30
	谢朗（谢安从子，1 条）	《文学》39
	谢道韫（安兄之女，1 条）	《贤媛》30
太原王氏	王述，1 条	《品藻》64
	王坦之（王述子，5 条）	《文学》35、《品藻》64、《巧艺》10、《排调》52、《轻诋》21
	王祎之（王述子，1 条）	《品藻》64
	王濛（王述从子，12 条）	《政事》18、《文学》42、《文学》55、《赏誉》83、《赏誉》92、《赏誉》98、《赏誉》110、《品藻》42、《品藻》76、《容止》29、《容止》31、《识鉴》17
	王修(王濛子，3 条）	《文学》38、《文学》57、《赏誉》123
	王恭（王修从子，2 条）	《品藻》76、《品藻》85

续表

士人		涉佛条目
颍川庾氏	庾亮（7条）	《言语》41、《言语》52、《方正》45、《赏誉》48、《品藻》70、《栖逸》11、《轻诋》3
	庾龢（庾亮子，2条）	《轻诋》24、《巧艺》8
谯国桓氏	桓彝（2条）	《德行》30、《赏誉》48
	桓温（桓彝子，1条）	《赏誉》48
太原孙氏	孙盛（1条）	《文学》25
	孙绰（孙盛从弟，5条）	《文学》30、《文学》36、《赏誉》119、《品藻》54、《排调》37
庐江何氏	何充（3条）	《政事》18、《排调》22、《排调》51
	何准（何充弟，1条）	《排调》51
高平郗氏	郗愔（2条）	《术解》10、《排调》51
	郗超（郗愔子，2条）	《雅量》32、《品藻》67
汝南周氏	周顗（1条）	《赏誉》48
长平殷氏	殷浩（8条）	《文学》50、《文学》23、《文学》43、《文学》47、《文学》51、《文学》59、《品藻》67、《文学》48
	殷仲堪（殷浩从子，1条）	《文学》61
吴郡顾氏	顾和（1条）	《言语》51
	顾敷（顾和孙，1条）	《言语》51
刘惔（6条）		《言语》48、《政事》18、《赏誉》83、《赏誉》110、《品藻》42、《品藻》76
许询（5条）		《文学》38、《文学》40、《文学》55、《赏誉》119、《品藻》54
卞壶（2条）		《简傲》7、《言语》48
冯怀（1条）		《文学》32
范宁（1条）		《言语》97

续表

士人	涉佛条目
阮裕(阮籍族弟,2条)	《排调》22、《尤悔》11
褚裒(1条)	《文学》25
蔡系(1条)	《雅量》31
戴逵(3条)	《识鉴》17、《伤逝》13、《巧艺》8
张玄之(顾和外孙,2	(《言语》51、《贤媛》30条)
韩伯(1条)	《排调》52
桓伊(1条)	《品藻》42

第一节　琅邪王氏

在今山东省临沂市城北十四公里处的孝友村，是两晋南北朝高门士族琅邪临沂王氏的郡望。在诸多士族高门中，琅邪王氏是一个具有代表性的家族。在不同的历史时期，势力虽有所消长，但总体来看，其影响之大，历时之长，都是其他士族高门难以比拟的。从《世说新语》中，亦可看出其家族人才之盛：

有人诣王太尉，遇安丰、大将军、丞相在坐。往别屋，见季胤、平子。还，语人曰："今日之行，触目见琳琅珠玉。"(《容止》15)

正始中，人士比论，以五荀方五陈：荀淑方陈寔，荀靖方陈谌，荀爽方陈纪，荀彧方陈群，荀顗方陈泰。又以八裴方八王：裴徽方王祥，裴楷方王夷甫，裴康方王绥，裴绰方王澄，裴瓒方王敦，裴遐方王导，裴頠方王戎，裴邈方王玄。(《品藻》6)

上引《容止》篇第15则中的王太尉、安丰、大将军、丞相、平子，分别是《品藻》篇第6则中的王夷甫、王戎、王敦、王导、王澄。王太尉，即王衍，字夷甫，他曾为西晋太尉。《容止》第15则中的季胤是王衍之弟王诩。《品藻》第6则中的王祥是王衍的从祖父。王绥，字万子，是王戎之子。王玄，字眉子，是王衍之子。这其中，王祥、王衍、王戎、王敦、王导尤为杰出，兹略做简析。

王祥，字休徵，晋太保，睢陵公，年八十五卒。王祥是晋初三大孝之一，其最著名的孝行便是为后母"卧冰求鲤"的事迹。《世说新语》中亦有记述其孝行的故事，如《德行》第14则：

王祥事后母朱夫人甚谨。家有一李树，结子殊好，母恒使守之。时风雨忽至，祥抱树而泣。祥尝在别床眠，母自往暗斫之。值祥私起，空斫得被。既还，知母憾之不已，因跪前请死。母于是感悟，爱之如己子。

这则故事里，他以自己的孝行感动了后母。王祥虽以德行著称，然生逢正始玄风大盛时期，亦有清言之才，《德行》第19则王戎评价他："太保居在正始中，不在能言之流。及与之言，理中清远，将无以德掩其言。"

王祥以孝为西晋朝廷重用，官至太尉、太保。王祥之后，其从孙王衍、王戎显名于西晋末年，从孙王导、王敦为东晋初年辅佐重臣。

王衍早知名，以清虚通理著称，仕至太尉，后为石勒所害。其人风姿绰约，《世说新语·赏誉》第16则王戎评之曰："太尉神姿高彻，如瑶林琼树，自然是风尘外物。"《容止》第17则王敦评之曰："处众人中，似珠玉在瓦石间。"（《容止》）

王衍是琅邪王氏兴起过程中的关键人物，《简傲》第六则刘孝标注引《晋阳秋》曰："惠帝时，太尉王夷甫言于选者，以弟澄为荆州刺史，从弟敦为青州刺史。澄、敦俱诣太尉辞。太尉谓曰：'今王室将卑，故使弟等居齐、楚之地，外可以建霸业，内足以匡帝室，所望于二弟也！'"这里，王衍为自己的家族安排好了退路。以胞弟王澄出任荆州刺史，以族弟王敦出任青州刺史。几乎同时，他又安排族弟王导辅助琅邪王司马睿渡江，经营扬州，可谓深谋远虑。

王戎，字濬冲，晋尚书左仆射、司徒，以平吴功封安丰县侯，早年曾与阮籍、嵇康等交友，为竹林七贤之一。王导，字茂弘，晋太保、司徒、大司马、太傅、丞相。王导在晋元帝司马睿为琅邪王时与之交好，他预料到国家将乱，劝司马睿渡江。晋室中兴之功，王导实居其首。王敦，字处仲，晋大将军，王导从兄。王导协赞中兴，王敦居功甚伟。

《世说新语》中，琅邪王氏与佛教有涉的人物主要有：第四代王导；第五代王洽（王导子）、王胡之（王廙子，王导从子）、王羲之（王旷子，王导从子）；第六代王珣、王珉兄弟（王洽子）和王徽之、王献之兄弟（羲之子）。（此世系据杨勇《世说新语校笺》所附《琅邪临沂王氏谱》）[①]

---

① 杨勇．世说新语校笺 [M]．北京：中华书局，2006．下文所引各世族之家谱均据此书，不复重注。

以下拟作具体论述。

一、王导

王导是东晋政权的奠基者，也是元、明、成三朝辅佐重臣。东晋偏安一隅，国势至衰，但正因有王导力挽狂澜，才转危为安。当时，王导被称为“江左管夷吾”，是中兴第一名臣：

> 温峤初为刘琨使来过江。于时，江左营建始尔，纲纪未举。温新至，深有诸虑。既诣王丞相，陈主上幽越、社稷焚灭、山陵夷毁之酷，有《黍离》之痛。温忠慨深烈，言与泗俱；丞相亦与之对泣。叙情既毕，便深自陈结，丞相亦厚相酬纳。既出，欢然言曰：“江左自有管夷吾，此复何忧！”（《世说新语·言语》第 36 则）

由此可知王导一身系天下安危。身为国家重臣，王导常以戮力王室，克复神州为己任。对此，《世说新语》给予了掠影式的介绍：朝臣“新亭对泣”，他加以劝导。（《言语》31）元帝嗜酒，他流涕谏止。（《规箴》11）元帝立储有失，他迫其更改。（《方正》23）对于明帝，他则起到了托孤大臣的教诲作用，如在明帝问前世所以得天下之由时，他丝毫不为司马懿父子遮丑，“王乃具叙宣王创业之始，诛夷名族，宠树同己。及文王之末，高贵乡公事。明帝闻之，复面着床曰：“若如公言，祚安得长！”（《尤悔》7）受此教导，此后东晋诸帝待臣下始终宽厚有加。

但王导位望虽重却为人谦退，不似堂兄王敦专权跋扈。司马睿称帝建立东晋后，对王导极为感激。他在接受群臣朝拜时，甚至邀请王导与他同登御床，为王导坚决拒绝，曰：“使太阳与万物同晖，臣下何以瞻仰？”（《宠礼》第 1 则）这便是他能区别于王敦而全身远祸的真正原因。

王导亦尚玄谈。如《文学》第 21 则写他过江后，“止道《声无哀乐》《养生》《言尽意》，三理而已，然宛转关生，无所不入。”其时清谈名士如殷浩、王濛，谢尚等，均是他座上常客，如《文学》第 22 则写他召集以上诸人共谈析理，“既共清言，遂达三更”。

《世说新语》中与王导有涉的僧人主要有竺法深、康僧渊、帛尸梨密等，另外还有几个不知名胡僧，兹列举如下并略做简析。

首先看《政事》第12则，此条写王导与胡僧、吴人的交游：

王丞相拜扬州，宾客数百人并加沾接，人人有说色。唯有临海一客姓任及数胡人为未洽。公因便还到过任边，云："君出，临海便无复人。"任大喜说。因过胡人前，弹指云："兰阇，兰阇！"群胡同笑，四坐并欢。

王导历仕元、明、成三朝，领导南迁士族，联合江南士族，奠定东晋的统治基础。所以他很注重结交吴人和胡人，以取得他们的支持。《世说·言语》第29则："元帝始过江，谓顾骠骑曰：'寄人国土，心常怀惭。'荣跪对曰：'臣闻王者以天下为家，是以耿、亳无定处，九鼎迁洛邑，愿陛下勿以迁都为念。'"顾荣之语虽存敬意，但可以看出渡江之初晋室政权是不稳固的。为使江南士族归心朝廷，王导注重结援吴人，如前引《方正》第24则就记载了他请婚陆太尉的事迹。

本条中，临海（今浙江临海）任姓客人，即属吴人。王导故意对之评价甚高，使之闻言大喜。对于胡僧，王导则用胡地的礼节来问候。"兰阇""弹指"说明这几个胡人为僧人。"弹指"是古印度的一种礼节，六朝时期亦流行于中土僧徒间。"兰阇"，关于它的汉译原文，杨勇先生引饶宗颐之说，解释为"安宁寂静"①。可见王导很善于处理此类政事。此条刘孝标注引《晋阳秋》曰："王导接诱应会，少有牾者。虽疏交常宾，一见多输写款诚，自谓为导所遇，同之旧昵。"

值得一提的是，王导的吴语也说得很熟练，如《排调》第13则："刘真长始见王丞相，时盛暑之月，丞相以腹熨弹棋局，曰：'何乃渹？'刘既出，人问王公云何，刘曰：'未见他异，唯闻作吴语耳。'"刘孝标注引《语林》亦曰："真长云：'丞相何奇，止能作吴语及细唾也。'"把王导说吴语当作奇事。王导能做到这一点殊为不易，因为南渡士族一开始是轻视蛮语的，如《言语》第68则："王仲祖闻蛮语不解，茫然曰：'若使介葛卢来朝，故当不昧此语。'"

王导崇佛及说吴语，有其明确的政治目的，那就是笼络社会各阶层，试看《晋书》卷六五《王导传》：

及徙镇建康，吴人不附，居月余，士庶莫有至者，导患之。会敦来朝，导谓之曰："琅邪王仁德虽厚，而名论犹轻。兄威风已振，宜有以匡济者。"

① 杨勇．世说新语校笺[M]．北京：中华书局，2006：136.

会三月上巳，帝亲观禊，乘肩舆，具威仪，敦、导及诸名胜皆骑从。吴人纪瞻、顾荣，皆江南之望，窃觇之，见其如此，咸惊惧，乃相率拜于道左。导因进计曰："古之王者，莫不宾礼故老，存问风俗，虚己倾心，以招俊乂。况天下丧乱，九州分裂，大业草创，急于得人者乎！顾荣、贺循，此土之望，未若引之以结人心。二子既至，则无不来矣。"帝乃使导躬造循、荣，二人皆应命而至，由是吴会风靡，百姓归心焉。自此之后，渐相崇奉，君臣之礼始定。①

可见王导之绥靖政策效果甚著。再看其他几则王导与其他僧人交游的条目：

高坐道人于丞相坐，恒偃卧其侧。见卞令，肃然改容云："彼是礼法人。"（《简傲》7）

康僧渊目深而鼻高，王丞相每调之，僧渊曰："鼻者，面之山；目者，面之渊。山不高则不灵，渊不深则不清。"（《排调》21）

后来年少，多有道深公者。深公谓曰："黄吻年少，勿为评论宿士。昔尝与元明二帝、王庾二公周旋。"（《方正》45）

上引条目中，高坐道人帛尸梨密和康僧渊亦是胡僧，竺法深则是王导之从弟。总的说来，王导与僧人交游的目的是利用佛教为朝廷的统治服务，这是其朝廷重臣的身份决定的。

如前所述，竺法深是王导从弟，大将军王敦之弟。另据《高僧传》卷四《释道宝传》，琅邪王氏中还有一人年少就出家了，即王导之弟。其云："时剡东仰山，复有释道宝者。本姓王，琅邪人，晋丞相道之弟。弱年信悟，避世辞荣，亲旧谏止，莫之能制。香汤澡浴，将就下发，乃咏曰：'安知万里水，初发滥觞时。'后以学行显焉。"

除以上记载外，《法苑珠林》卷三八《感应缘》还有一段记载：

《会稽记》云："东晋承（丞）相王导云："初过江时，有道人神采不凡，言从海来相造。昔与育王共游，鄮县下真舍利起塔镇之。育王与诸真人捧塔飞行，虚空入海。诸弟子攀引，一时俱堕，化为乌石。石犹人形，

① ［唐］房玄龄等撰．晋书［M］．北京：中华书局，2000：1157．

其塔在铁围山也。”①

此当为传闻虚构之语，不足为凭。

二、王洽父子

（一）王洽

王洽字敬和，王导第三子，历任散骑、中书郎、中军长史、司徒左长史、建武将军、吴郡内史。《赏誉》第114则刘孝标注引《中兴书》云其“年二十六而卒。”《晋书》本传则云其卒年为三十六。王洽在王导诸子中最知名，与颍川荀羡俱有美称。谢安在写给王羲之的书信中曾称誉王洽：“敬和栖托好佳”（《赏誉》141）。其时世论以王洽比太原王坦之，洽子王珣惜其父名高而早卒，叹曰：“人固不可以无年！”（《品藻》83）

《世说新语》中王洽与佛教有涉的条目仅有一则，然可以看出他是真正供养三宝的人：

> 初，法汰北来，未知名，王领军供养之。每与周旋，行来往名胜许，辄与俱。不得汰，便停车不行。因此名遂重。（《赏誉》114）

所谓“法汰北来”之事，此条刘孝标注引车频《秦书》曰：“释道安为慕容晋所掠，欲投襄阳，行至新野，集众议曰：‘今遭凶年，不依国主，则法事难举。’乃分僧众，使竺法汰诣扬州，曰：‘彼多君子，上胜可投。’法汰遂渡江，至扬土焉。”此事是指东晋兴宁三年（365），道安为避战乱，率众弟子南下，准备追踪晋室。途经河南新野，分散徒众，各使教化。法汰奉命去扬州（治所在建康）时，道安告诉他：“彼多君子，上胜可投”，意即有相宜的文化环境。法汰到建康后，由于王洽的供养和礼敬，声名日显。又因为法汰于般若学说颇有造诣，深得东晋上流社会的欢迎，遂名重京城。《高僧传·竺法汰传》云：

> 汰下都止瓦官寺，晋太宗简文皇帝深相敬重，请讲《放光经》。开题大会，帝亲临幸，王侯公卿，莫不毕集。汰形解过人，流名四远，开讲之日，黑白观听，士女成群。及咨禀门徒，以次骈席，三吴负衮至者千数。

① ［唐］释道世著．周叔迦、苏晋仁校注．法苑珠林校注[M]．北京：中华书局，2003：1210.

由此可见王洽奉养之功。汤用彤先生曾在综论魏晋佛法兴盛之原因时就此事指出：

> 晋时最重世族。西晋时阮瞻、庾敳已与僧游，东晋时王、谢子弟常与沙门交友。史谓竺法汰北来未知名，王领车供养之。每与周旋，行来往名胜许，辄与俱。不得汰，便停车不行，因此名遂重。盖世尚谈客，飞沉出其指顾，荣辱定其一言。贵介子弟，依附风雅，常为能谈玄理之名俊，其赏誉僧人，亦固其所。此则佛法之兴得助于魏晋清谈，原因二也。[①]

关于王洽与法汰的关系，《高僧传·竺法汰传》中也有记载："领军王洽，东亭王珣、太傅谢安，并钦敬无极。"另外，在《高僧传·支遁传》中提到王洽与许询、刘惔、殷浩、郗超诸名士与支遁"皆著尘外之狎"。

陆澄《法论目录》中则记载了王洽和支遁的交游，其文于支遁《即色游玄论》下注曰："王敬和问，支答"[②]（《出三藏记集》卷一二），可见王洽对佛学亦颇有研究。

从这些记载来看，王洽较之于他的父亲王导，对佛教的感情和信奉的程度都要深一些。

（二）王珣、王珉兄弟

王珣，王洽子，字元琳，小字法护，少以清秀称，学涉通敏，文高当世。大司马桓温辟为主簿，至重之，常称"王掾必为黑头公，未易才也。"（《雅量》39）郗超时为桓温记室参军，与王珣并有奇才，超为人多须，珣状短小，时人为之语曰："髯参军，短主簿，能令公喜，能令公怒。"（《宠礼》3）王珣从桓温讨袁真，封东亭侯，累迁尚书左仆射、领选、进尚书令。

王珉，洽少子，字季琰，小字僧弥，有才艺，善行书，曾代献之为中书令，时称"大小王令"。

王珣兄弟本来皆是谢氏之婿，后以猜嫌致隙。谢安既绝珣婚，复离珉妻，

---

① 汤用彤．汉魏两晋南北朝佛教史 [M]// 汤用彤全集：第 1 册．石家庄：河北人民出版社，2000：143.

② ［梁］释僧祐撰．苏晋仁，萧鍊子点校．出三藏记集 [M]．北京：中华书局，1995：429.

由是二族遂成仇衅。然谢安逝后，王珣还是前去吊唁并哭祭，事详《伤逝》篇第15则。

《世说新语》中王珣、王珉与佛教有涉的条目仅有如下一则，然而可以看出他们是真正信奉五戒、归依三宝的人：

> 提婆初至，为东亭第讲《阿毗昙》。始发讲，坐裁半，僧弥便云："都已晓。"即于坐分数四有意道人，更就余屋自讲。提婆讲竟，东亭问法冈道人曰："弟子都未解，阿弥那得已解？所得云何？"曰："大略全是，故当小未精核耳。"（《文学》64）

提婆，即僧伽提婆。此条刘孝标注引《出经叙》曰："提婆以隆安初游京师，东亭侯王珣迎至舍，讲《阿毗昙》。提婆宗致既明，振发义奥，王僧弥一听，便自讲，其明义易启人心如此。"又注引释慧远《阿毗昙叙》曰："《阿毗昙心》者，三藏之要领，咏歌之微言。源流广大，管综众经，领其宗会，故作者以心为名焉"。由此可知，《阿毗昙心论》博大精深。然王珉听到一半就说："我已经全都懂了"，竟能讲解给其他僧人听，足见其悟性之高。

这则故事，其实间接说明了王氏兄弟与佛教的关系比其父更进一步。王洽只是奉养三宝，而王氏兄弟已是归依佛门的在家信徒了。之所以这么说，首先，王珣对法纲、提婆以"弟子"相称，说明他已归依佛门。其次，《阿毗昙心论》博大精深，如要深入领悟，非有很深的佛学造诣不可。

此事，《晋书·王珉传》和《高僧传·僧伽提婆传》均有载。《僧伽提婆传》云：

> （提婆）至隆安元年（397）来游京师，晋朝王公及风流名士，莫不造席致敬。时卫军东亭侯琅邪王珣，渊懿有深信，荷持正法，建立精舍，广招学众。提婆既至，珣即延请，仍于其舍讲《阿毗昙》，名僧毕集。提婆宗致既精，词旨明析，振发义理，众咸悦悟。时王弥亦在座听，后于别屋自讲，珣问法纲道人："阿弥所得云何？"答曰："大略全是，小未精核耳。"其敷析之明，易启人心如此。其冬，珣集京都义学沙门释慧持等四十余人，更请提婆重译《中阿含》等。罽宾沙门僧伽罗叉执梵本，提婆翻为晋言，至来夏方讫。

这里还谈到了提婆因王珣所请，译出《中阿含经》之事。"集京都义学沙门释慧持等四十余人”参与译经，这是极耗心力的事，此事亦足证王氏兄弟已归依佛门。

除此之外，《高僧传》中还有王氏兄弟礼敬或师事竺法汰、竺道壹、慧持、帛尸梨密等高僧的记载。如《竺法汰传》云：“领军王洽、东亭王珣、太傅谢安，并钦敬无极。”又《竺道壹传》云：“竺道壹姓陆，吴人也。少出家，贞正有学业，而晦迹隐智，人莫能知，与之久处方悟其神出，琅邪王珣兄弟深加敬事。”又《慧持传》云：“持乃送姑至都止于东安寺，晋卫军琅邪王珣深相器重。”《帛尸梨密传》则指出：“琅邪王珉师事于密。”这亦可以看作其归依三宝的明证

《世说新语》刘孝标注中亦谈到王珣与佛教的交涉，如《伤逝》第13则“戴公见林法师墓”，刘孝标注引王珣《法师墓下诗序》曰：“余以宁康二年，命驾之剡石城山，即法师之丘 也。高坟郁为荒楚，丘陇化为宿莽，遗迹未灭，而其人已远。感想平昔，触物凄怀。”足见他与支遁交厚。再如《言语》第93则“道壹道人好整饰音辞”条，刘孝标注引王珣《游严陵濑诗叙》中谈到了竺道壹。

从以上论述可以看出，王珣王珉兄弟是著名的佛教信徒，这当然与其家庭的熏陶是分不开的。其祖王导对佛教的支持，其父王洽对高僧的奉养，使得他们终于归依佛门。

王导另外一个孙子王谧（系王劭之子），字稚远，也尊奉佛教，精研佛法。在沙门敬王之争中，王谧亦是护法居士，他曾作《答桓太尉书》（载《弘明集》卷十二），为沙门不必敬王辩护。王谧认为，佛教与世俗礼教同样贵重。佛教所行者虽殊方异俗，但礼敬之意甚深。又外国之君对沙门均示礼敬，这并非因为沙门本身贵重，而是因为其信奉的佛祖尊贵。佛教传入中国，已历数百年，影响至社会各阶层，这表明它适应了社会需要。王谧的行为在当时是对何充、慧远等人的有力支持，最终迫使朝廷同意沙门不敬王者。

三、王羲之父子

王羲之为王导从子，是王导之后琅邪王氏的领门人物。陈寅恪在《崔浩与寇谦之》一文中指出：“盖六朝天师道信徒以‘之’字为名者颇多，‘之’字在其名中，乃代表其宗教信仰之意。……故‘之’字非特专之真名，可以不避讳，亦可省略。六朝礼法士族最重家讳，如琅邪王羲之、献之父子同以‘之’字为名，

而不以为嫌犯，是其最显著之例证也。”[①] 他在《天师道与滨海地域之关系》一文中把琅邪王氏列为两晋南北朝天师道世家的首位。考琅邪王氏，以“之”字命名而不以为犯祖讳者[②]，仅出现于羲之祖父王正一支。王正三子：王廙、王旷、王彬，均不以“之”子命名。但是王廙的儿子王胡之等三子，王旷的儿子王羲之，王彬的儿子王彪之，都带有“之”字。可知王羲之父子为天师道信徒，然而其亦崇佛。

（一）王羲之

王羲之，字逸少，父旷，淮南太守。元帝之过江也，王旷首创其议。羲之少朗拔，为从父王敦所赏，云：“汝是我佳子弟，当不减阮主簿。”（《赏誉》55）时人目之为：“飘如游云，矫如惊龙。”（《容止》30）太傅郗鉴赏其风姿，以女妻之（《雅量》19）。王氏世事天师道，故羲之入世之心甚淡，《晋书》卷八十《王羲之传》云：“（羲之）雅好服食养性，不乐在京师。初渡浙江，便有终焉之志。会稽有佳山水，名士多居之，谢安未仕时亦居焉。孙绰、李充、许询、支遁等皆以文义冠世，并筑室东土，与羲之同好。”又云：“羲之既去官，与东土人士尽山水之游，弋钓为娱。又与道士许迈共修服食，采药石不远千里，遍游东中诸郡，穷诸名山，泛沧海，叹曰：“我卒当以乐死。”本传又载羲之《与谢万书》：“顷东游还，修植桑果，今盛敷荣，率诸子，抱弱孙，游观其间，有一味之甘，割而分之，以娱目前。”[③] 可见其并不热衷功名。

羲之累迁江州刺史、右军将军、会稽内史。在会稽内史任上，组织了著名的兰亭集会，并以此自矜。《世说·企羡》第3则云：“王右军得人以《兰亭集序》方《金谷诗序》，又以己敌石崇，甚有欣色。”

《世说新语》中与王羲之交结的僧人主要是支遁，这是因为羲之曾长期任会稽内史，而支遁属于会稽僧团。如《文学》第36则就写到了王羲之初任会稽内史时与支遁的互动：

> 王逸少作会稽，初至，支道林在焉。孙兴公谓王曰：“支道林拔新领异，

---

① 陈寅恪. 金明馆丛稿二编 [M]. 北京：生活・读书・新知三联书店，2001：121.

② 决不可以把琅邪王氏家族所有名字中带“之”的人均当作道教徒，因为后代子孙亦有偶尔以“之”字命名的，但并不是父子皆然，故不算犯祖讳。

③ [唐] 房玄龄等撰. 晋书 [M]. 北京：中华书局，2000：1396–1399.

胸怀所及乃自佳，卿欲见不？”王本自有一往隽气，殊自轻之。后孙与支共载往王许，王都领域，不与交言。须臾支退。后正值王当行，车已在门，支语王曰：“君未可去，贫道与君小语。”因论《庄子·逍遥游》。支作数千言，才藻新奇，花烂映发。王遂披襟解带，留连不能已。

“王逸少作会稽”，即是指王羲之初任会稽内史。羲之出身名门，且久负盛名，又是地方最高长官，故有“一往隽气”，对支遁“殊自轻之”。与支遁相见，王羲之竟不与交言。最后支遁主动要求谈论《庄子·逍遥游》，以清谈之才打动王羲之。此条刘孝标注引《支法师传》曰：“法师研十地，则知顿悟于七住；寻庄周，则辩圣人之逍遥。当时名胜，咸味其音旨。”可知《庄子·逍遥游》，是支遁清谈最擅长的辩题之一，无怪乎王羲之亦“披襟解带，留连不能已”。

此条亦见于《高僧传》卷四《支遁传》，其云：

王羲之时在会稽，素闻遁名，未之信，谓人曰：“一往之气，何足言？”后遁既还剡，经由于郡，王故诣遁，观其风力。既至，王谓遁曰：“《逍遥篇》可得闻乎？”遁乃作数千言，标揭新理，才藻惊绝。王遂披衿解带，流连不能已。仍请住灵嘉寺，意存相近。

《世说新语》中还有关于王羲之、支遁的几则条目，属于人物品题的内容：

王右军叹林公：“器朗神俊。”（《赏誉》88）

林公谓王右军云：“长史作数百语，无非德音，如恨不苦。”王曰：“长史自不欲苦物。”（《赏誉》92）

王孝伯问谢公：“林公何如右军？”谢曰：“右军胜林公，林公在司州前亦贵彻。”（《品藻》85）

除《世说》正文外，《文学》第43则刘孝标注引《语林》亦谈到王羲之与支遁的交游：

浩（殷浩）于佛经有所不了，故遣人迎林公，林乃虚怀欲往。王右军驻之曰：“渊源思致渊富，既未易为敌，且己所不解，上人未必能通。纵复服从，亦名不益高。若佻脱不合，便丧十年所保。可不须往！”林公亦以为然，遂止。

（二）王徽之

王徽之，字子猷，羲之第五子。徽之为人卓荦不羁，后世传诵的事迹甚多，如《任诞》第 47 则写他大雪夜访戴逵，经宿方至，造门不前而返。人问其故，王曰："吾本乘兴而行，兴尽而返，何必见戴？"又《任诞》第 46 则写其尝暂寄人空宅住，便令种竹。或问："暂住何烦尔？"王曰："何可一日无此君？"其高情雅致如此。

徽之祖尚浮虚，"居官无官官之事，处事无事事之心"，桓冲曾引之为参军，蓬首散带，不问府事，桓问曰："卿何署？"答曰："不知何署，时见牵马来，似是马曹。"桓又问："官有几马？"答曰："'不问马'，何由知其数？"又问："马比死多少？"答曰："'未知生，焉知死？'"（《简傲》11）皆答非所问。桓冲曾谓王曰："卿在府久，比当相料理。"徽之不答，只以手版拄颊云："西山朝来，致有爽气。"（《简傲》13）如此言行，不惟大违礼教，抑且荒废政务，然其为琅邪王氏子弟，桓冲亦无可奈何。徽之后仕至黄门侍郎，终因不耐俗务，弃官东归。

《世说新语》中与王徽之交游的僧人主要有支遁，共两则：

> 王子猷诣谢万，林公先在坐，瞻瞩甚高。王曰："若林公须发并全，神情当复胜此不？"谢曰："唇齿相须，不可以偏亡。须发何关于神明！"林公意甚恶，曰："七尺之躯，今日委君二贤。"（《排调》43）

> 支道林入东，见王子猷兄弟，还，人问："见诸王何如？"答曰："见一群白颈乌，但闻唤哑哑声。"（《轻诋》30）

（三）王献之

王献之，羲之幼子，字子敬。起家州主簿、秘书郎，转丞，以选尚新安公主（献之前妻为其舅郗昙女，后离婚），谢安请为长史，寻除建威将军、吴兴太守，征拜中书令，时谓大令（王珉为小令）。献之善隶书，妙绝时伦，与父俱得名。

谢安与献之颇为交好，亦甚钦爱之，《品藻》第 77 则："人有问太傅：'子敬可是先辈谁比？'谢曰：'阿敬近撮王、刘之标。'"王、刘即王濛、刘惔，为其时名士之冠。又《品藻》第 74 则，献之与徽之、操之一起去见谢安，"子猷、子重多说俗事，子敬寒温而已。"谢安评其三人曰："小者最胜"，因为"吉

人之辞寡，躁人之辞多"。孝武帝为女择婿，亦以献之为标准，认为："正如真长、子敬比，最佳。"（《排调》60）

献之性格不同于徽之，《品藻》第80则："王子猷、子敬兄弟共赏《高士传》人及赞，子敬赏'井丹高洁'。子猷云：'未若长卿慢世。'"然献之亦颇为放达，如《简傲》第17则：

> 王子敬自会稽经吴，闻顾辟疆有名园。先不识主人，径往其家。值顾方集宾友酣燕，而王游历既毕，指麾好恶，傍若无人。顾勃然不堪曰："傲主人，非礼也；以贵骄人，非道也。失此二者，不足齿之伧耳！"便驱其左右出门。王独在舆上回转，顾望左右移时不至，然后令送著门外，怡然不屑。

此则故事中，献之集孤高与慢世于一身，触怒了顾辟疆。故《忿狷》第6则谢安评之云："子敬实自清立，但人为尔，多矜咳，殊足损其自然。"

《世说新语》中没有与王献之直接交游的僧人，仅有一则他与谢安品评支遁的条目：

> 王子敬问谢公："林公何如庾公？"谢殊不受，答曰："先辈初无论，庾公自足没林公。"（《品藻》70）

另，上引《轻诋》第30则云"支道林入东，见王子猷兄弟"，其中或有献之。

四、王胡之

王胡之，王廙子，王导从子，字修龄，历吴兴太守，征侍中、丹阳尹、秘书监，并不就。拜使持节，都督司州诸军事、西中郎将、司州刺史。

胡之治身清约，以风操自居，《方正》第52则写其尝在东山甚贫乏，陶侃之子陶范送一船米遗之，却不肯取。只答语："王修龄若饥，自当就谢仁祖索食，不须陶胡奴米。"胡之轻陶范，实琅邪王氏轻新出门户陶氏也。

胡之常遗世务，曾至吴兴印渚中看，叹曰："非唯使人情开涤，亦觉日月清朗。"（《言语》81）其高情远致如此。谢安亦称赏之："司州可与林泽游"（《赏誉》125）。胡之亦好谈谐，谢安誉之为："司州造胜遍决"（《赏誉》129），加之有秀悟之称，故为当世所重。

《世说新语》中没有直接与王胡之交游的僧人，只有几则支遁、谢安、王胡之品评的故事：

> 或问林公："司州何如二谢？"林公曰："故当攀安提万。"（《品藻》60）

> 林公云："见司州警悟交至，使人不得住，亦终日忘疲。"（《赏誉》136）

> 王孝伯问谢公："林公何如右军？"谢曰："右军胜林公，林公在司州前亦贵彻。"（《品藻》85）

通过以上论述，我们对琅邪临沂王氏与佛教的关系可以做一个大致的概括。王导父子与佛教关系，有一个与时俱进的演变过程。王导与僧人交游的目的是利用佛教为朝廷的统治服务，这是其朝廷重臣的身份决定的。较之于王导，其子孙对佛教的感情和信奉的程度都要深一些，如其子王洽供养三宝，其孙王珣、王珉兄弟则是著名的佛教信徒。王导从子羲之父子以及王胡之，由于信奉天师道的原因，对佛教的感情和信奉的程度不够深厚，不过，总的来说还是支持佛教的。

第二节　陈郡谢氏

在东晋，陈郡阳夏谢氏虽是一等高门士族，但较之于琅邪王氏，只是新出门户而已。如《简傲》篇第9则：

> 谢万在兄前，欲起索便器。于时阮思旷在坐，曰："新出门户，笃而无礼。"

琅邪王氏家族可以上溯到西汉，陈郡谢氏却只能上溯到西晋谢衡的父亲谢瓒，谢瓒以前就模糊不清了。

陈郡谢氏第一个在史书中有专传的人物是谢衡之子谢鲲。鲲字幼舆，少知名，通简有高识，不修威仪，好《老》《易》，善音乐，以琴书为业。避乱江东，为豫章太守。谢鲲曾与诸多以放浪形骸著称的名士交往，颇为时人诟病，如王隐《晋书》曰："魏末，阮籍嗜酒荒放，露头散发，裸袒箕踞。其后贵游子弟阮瞻、王澄、谢鲲、胡毋辅之之徒，皆祖述于籍，谓得大道之本。故去巾帻，脱衣服，露丑恶，同禽兽。甚者名之为通，次者名之为达也。"（《德行》23刘孝标注引）又《江左名士传》曰："鲲通简有识，不修威仪。好迹逸而心整，形浊而言清。居身若秽，动不累高。邻家有女，尝往挑之。女方织，以梭投折其两齿。既归，傲然长啸，曰：'犹不废我啸歌。'"（《赏誉》97 刘孝标注引）其不事形骸如此。故邓粲《晋纪》称之为"八达"之一（《品藻》17 刘孝标注引）。

但谢鲲也是陈郡谢氏列入士族名士行列的第一位代表人物，除去任诞放荡的秽行外，倒颇有名士风度，其从子谢安曾评价他："若遇'七贤'，必自把臂入林。"（《赏誉》97）明帝曾问他与庾亮之优劣，其自评曰："端委庙堂，使百僚准则，臣不如亮；一丘一壑，自谓过之。"（《品藻》17）故顾恺之画像，将谢鲲置于岩石中。

谢鲲与胡僧帛尸梨密颇为交厚，《高僧传》卷一《帛尸梨密传》云：

太尉庾元规、光禄周伯仁、太常谢幼与、廷尉桓茂伦，皆一代名士，见之，终日累叹，披衿致契。

鲲子谢尚，字仁祖，小字坚石，初为王导掾，袭爵咸亭侯、镇西将军，年五十卒。赠散骑常侍、卫将军、开府、仪同三司。谢尚美姿仪，善清谈，属江左名士，其近佛事迹前引何尚之《答宋文帝赞扬佛教事》中亦有记载。

陈郡谢氏真正建立卓越功勋而位至三公的人是谢安。《全晋文》卷八三《谢安传》略曰：

年四十余，桓温请为征西司马，除吴兴太守，征拜侍中，迁吏部尚书中护军。孝武即位，为尚书仆射，领吏部，加后将军，总中书事；又领扬州刺史，进中书监骠骑将军，录尚书事，加司徒复加侍中，都督扬、豫、徐、兖、青五州、幽州之燕国诸军事假节，拜卫将军开府仪同三司，封建昌县公。苻坚入寇，加征讨大都督。坚破，进拜太保，都督扬荆、司、豫、徐、兖、青、冀、幽、并、宁、益、雍、梁十五州军事，加黄钺。①

谢安淝水之战的功业，使得陈郡谢氏自此跻身于高门士族行列，其家族权势甚至令世人侧目，如《世说·方正》第 57 则，韩康伯竟用王莽比谢家：

韩康伯病，拄杖前庭消摇。见诸谢皆富贵，轰隐交路，叹曰："此复何异王莽时！"

再看《贤媛》第 26 则：

① 严可均辑．全上古三代秦汉三国六朝文 [M]．北京：中华书局，1958：1937.

> 王凝之谢夫人既往王氏，大薄凝之。既还谢家，意大不说。太傅慰释曰："王郎，逸少之子，人才亦不恶，汝何以恨乃尔？"答曰："一门叔父，则有阿大、中郎；群从兄弟，则有封、胡、遏、末。不意天壤之中，乃有王郎！"

文中，"阿大""中郎"分别指谢安从兄谢尚和谢据。"封、胡、遏、末"，分别指谢韶、谢朗、谢玄、谢渊，均是谢安从子。其中名声最著者是谢玄，官至都督徐、兖、青、司、冀、幽、并七州军事，封康乐公。也正因谢家声势显赫，家族女子亦不把丈夫放在眼里，这甚至可以看作琅邪王氏和陈郡谢氏两大家族实力此消彼长的一个缩影。

《世说新语》中，陈郡谢氏与佛教有涉的人物主要有：第三代谢安、谢万兄弟（鲲弟谢裒子）；第四代谢道媪、谢玄姐弟（安兄谢奕子女）及谢朗（安兄谢据子）。[①]

一、谢安

谢安，谢鲲弟谢裒子，字安石，历官吴兴太守，侍中，中护军、尚书左仆射、太保，年六十六卒，赠太傅、谥文靖。以平苻坚功，封庐陵郡公。

谢安算是东晋中期最重要的政治人物之一。他少有重名，其风姿神识深受王导、王濛等士林领袖的推重，但初无仕宦意，居会稽上虞，与支道林、王羲之、许询共游处。出则渔弋山水，入则谈说属文，六七年间，朝廷征召不至，"虽弹奏相属，继以禁锢，而晏然不屑也。"（《赏誉》77刘孝标注引《续晋阳秋》）"尝往临安山中，坐石室，临浚谷，悠然叹曰："此去伯夷何远！"[②]（《晋书》卷七九《谢安传》）

谢安一生最重要功绩，按时间顺序，一为阻止桓温篡夺皇位，保存晋室。一为淝水之战挫败前秦入侵企图，使晋祚延长几十年。前一事发生在简文帝死后。在遗诏中，简文要求桓温辅佐他的儿子，"效诸葛武侯、王丞相故事"，桓温大怒，认为是谢安、王坦之从中作梗，故迁怒于二人，试看《世说·雅量》第29则：

> 桓公伏甲设馔，广延朝士，因此欲诛谢安、王坦之。王甚遽，问谢曰："当作何计？"谢神意不变，谓文度曰："晋祚存亡，在此一行。"相与俱前。

---

① 此世系据杨勇《世说新语校笺》所附《陈国阳夏谢氏谱》。

② [唐]房玄龄等撰．晋书[M]．北京：中华书局，2000：1379.

王之恐状，转见于色。谢之宽容，愈表于貌。望阶趋席，方作洛生咏，讽："浩浩洪流。"桓惮其旷远，乃趣解兵。

此事反映了谢安的沉着勇毅。谢安阻止桓温篡夺皇位，还表现在他此后的机智成熟上。桓温病危之时，要求朝廷颁赐"九锡"，谢安故意拖延此事，与写锡文者在文辞末节上争执数月，事未竟而桓已卒。

不仅如此，谢安还是清谈场上的常客，当时玄家以王濛、刘惔为清谈领袖，谢安与之鼎足而三，故时人有"长史虚，刘尹秀，谢公融"之称。（《品藻》84）因其酷好清谈，《言语》第70则曾写到王羲之对他的劝诫："虚谈废务，浮文妨要，恐非当今所宜。"谢安回答是："秦任商鞅，二世而亡，岂清言致患邪？"谢安之所以并不认同"清谈误国"之说，是因为他虽好清谈，但亦有治国之雄才，正如《晋书》卷七九《谢安传》所言："人皆比之王导，谓文雅过之。"

《世说新语》中，与谢安交游的僧人主要是支遁，交游的目的主要是清谈。先看一例：

支道林、许、谢盛德，共集王家，谢顾诸人曰："今日可谓彦会，时既不可留，此集固亦难常，当共言咏，以写其怀。"许便问主人："有《庄子》不？"正得《渔父》一篇。谢看题，便各使四坐通。支道林先通，作七百许语，叙致精丽，才藻奇拔，众咸称善。于是四坐各言怀毕。谢问曰："卿等尽不？"皆曰："今日之言，少不自竭。"谢后粗难，因自叙其意，作万余语，才峰秀逸，既自难干，加意气凝托，萧然自得，四坐莫不厌心。支谓谢曰："君一往奔诣，故复自佳耳。"（《文学》55）

《渔父》是庄子所著的《庄子·杂篇》中的一篇。全文写了孔子见到渔父以及和渔父对话的全过程。渔父批评孔子"性服忠信、身形仁义""饰礼乐、选人伦"，都是"苦心劳形以危其真"。又指出他不在其位而谋其政，乃是"八疵""四患"的行为。渔父之"真"，就是"受于天"，主张"法天""贵真""不拘于俗"。本条可以看出谢安清谈水平之高，支遁是谈论《庄子》的高手，尤其精研《逍遥游》，能"拔理于郭、向之外"（《文学》32），而谢安居然比他更胜一筹，且风姿超卓，故为众人叹服。

此外，还有几则谢安与支遁之间的品评：

郗嘉宾问谢太傅曰："林公谈何如嵇公？"谢云："嵇公勤著脚，裁

可得去耳。”又问：“殷何如支？”谢曰：“正尔有超拔，支乃过殷；然亹亹论辩，恐殷欲制支。”（《品藻》67）

王孝伯问谢太傅：“林公何如长史？”太傅曰：“长史韶兴。”问：“何如刘尹？”谢曰：“噫！刘尹秀。”王曰：“若如公言，并不如此二人邪？”谢云：“身意正尔也。”（《品藻》76）

王孝伯问谢公：“林公何如右军？”谢曰：“右军胜林公，林公在司州前亦贵彻。”（《品藻》85）

谢公云：“见林公双眼黯黯明黑。”孙舆公见林公：“棱棱露其爽。”（《容止》37）

王子敬问谢公：“林公何如庾公？”谢殊不受，答曰：“先辈初无论，庾公自足没林公。”（《品藻》70）

或问林公：“司州何如二谢？”林公曰：“故当攀安提万。”（《品藻》60）

以上诸条之详析，见于本书第五章“僧人的名士化”之“品题之风”部分，兹不赘述。

《世说新语》中，还有一则能体现谢安佛理水平的故事：

殷、谢诸人共集。谢因问殷：“眼往属万形，万形来入眼不？”（《文学》48）

文中，殷、谢二人所谈论的，是《成实论》中高深的佛理。《成实论》提倡“人法二空”，弘扬苦、集、灭、道四谛之理。此条刘孝标注引《成实论》曰：“眼识不待到而知虚尘，假空与明，故得见色。若眼到色到，色闲则无空明。如眼触目，则不能见彼。当知眼识不到而知。”由此可以看出，谢安对佛理有较深的理解。

《雅量》第31则刘孝标注引《中兴书》亦谈到支遁与谢安的交游：“安先居会稽，与支道林、王羲之、许询共游处。出则渔弋山水，入则谈说属文，未尝有处世意也。”

除《世说》之外，《高僧传》卷四《支遁传》中还载有谢安写给支遁的书信：“思君日积，计辰倾迟。知欲还剡自治，甚以怅然。人生如寄耳，顷风流得意之事，殆为都尽。终日戚戚，触事惆怅，唯迟君来，以晤言消之。一日当千载耳。此多山县，闲静，差可养疾，事不异剡，而医药不同。必思此缘，副其积想也。”文中，谢安表达了对支遁的思念之情。

谢安还曾与其他高僧交游，《高僧传》卷五《竺法汰传》云：“汰下都止瓦官寺……领军王洽、东亭王询、太傅谢安，并钦敬无极。”又卷四《于法开传》载其与于法开友善。又据卷六《竺法旷传》，谢安为吴兴太守时，还曾礼敬法旷。法旷山中隐居，谢安故往展敬，“而山栖幽阻，车不通辙，于是解驾山椒，陵峰步往”。另外，卷五《释道安传》还载有习凿齿《与谢安书》，信中极力称赞释道安。而从习凿齿书中得知，道安也有与谢安“思得一叙”的愿望。（引文见第二章）

谢安之孙谢混，是山水诗形成过程中起重要作用的大诗人，其人亦崇佛，《高僧传》卷一《帛尸梨密传》云：

> 蜜常在石子岗东行头陀，既卒，因葬于此。成帝怀其风，为树刹冢所。后有关右沙门来游京师，乃于冢处起寺，陈郡谢琨赞成其业，追旌往事，仍曰高座寺也。

谢琨即谢混，由此可见谢氏家族与佛教之关系是一脉相承的。

二、谢万

谢万，字万石，谢安弟，才器隽秀，虽器量不及安，而善自炫曜，故早有时誉。万善属文，能谈论，曾作《八贤论》，论及渔父、屈原、季主、贾谊、楚老、龚胜、孙登、嵇康，其旨以处者为优，出者为劣。历仕吏部郎、西中郎将、豫州刺史、散骑常侍。后因北伐失利被废为庶人，寻病卒。

谢万成名虽在其兄谢安之前，然其军事、政治才能远不及谢安。故万虽总藩任之重，安虽处衡门，其名犹出万之右。如《方正》第55则：“桓公问桓子野：‘谢安石料万石必败，何以不谏？’子野答曰：‘故当出于难犯耳。’桓作色曰：‘万石挠弱凡才，有何严颜难犯！’”又《品藻》第55则：“王右军问许玄度：‘卿自言何如安石？’许未答，王因曰：‘安石故相为雄，阿万当裂眼争邪？’”可知谢万才具平平。故谢安常对万提携照顾，方保其无事。试举两例：

> 谢万北征，常以啸咏自高，未尝抚慰众士。谢公甚器爱万，而审其必败，

乃俱行，从容谓万曰："汝为元帅，宜数唤诸将宴会，以说众心。"万从之。因召集诸将，都无所说，直以如意指四坐云："诸君皆是劲卒。"诸将甚愤恨之。谢公欲深著恩信，自队主将帅以下，无不身造，厚相逊谢。及万事败，军中因欲除之。复云："当为隐士。"故幸而得免。（《简傲》14）

谢中郎在寿春败，临奔走，犹求玉帖镫。太傅在军，前后初无损益之言。尔日犹云："当今岂须烦此！"（《规箴》21）

谢万身为主帅，却傲诞无礼，不亲近士卒，故谢安劝其"宜数唤诸将宴会，以说众心"。后谢万兵败，将士念及谢安恩德，才未做对谢万不利之事。此事简文帝曾语郗超："万自可败，那得乃尔失士卒情？"超曰："伊以率任之性，欲区别智勇。"（《品藻》49）而上引《规箴》第21则，尤证谢万之不堪大任。后谢万被废为庶人，谢安随后出仕，因为此时陈郡谢氏家族地位受到了威胁。

《世说新语》中与谢万交游的僧人主要是支遁，谢万曾在征虏亭为其送别，事见《雅量》第31则：

支道林还东，时贤并送于征虏亭。蔡子叔前至，坐近林公；谢万石后来，坐小远。蔡暂起，谢移就其处。蔡还，见谢在焉，因合褥举谢掷地，自复坐。谢冠帻倾脱，乃徐起，振衣就席，神意甚平，不觉瞋沮。坐定，谓蔡曰："卿奇人，殆坏我面。"蔡答曰："我本不为卿面作计。"其后，二人俱不介意。

此条刘孝标注引《高逸沙门传》曰："遁为哀帝所迎，游京邑久，心在故山，乃拂衣王都，还就岩穴。"文中，蔡系字子叔，济阳人，司徒蔡谟第二子，有文理，仕至抚军长史。谢万和蔡系为了坐得离支遁近一些，为争座位不惜大打出手。这则故事反映了支遁影响之大。

然《高僧传》卷四《支遁传》所记与《世说》颇有不同：

遁淹留京师，涉将三载，乃还东山。上书告辞……（哀帝）诏即许焉，资给发遣，事事丰厚。一时名流，并饯离于征虏。蔡子叔前至，近遁而坐，谢安石后至，值蔡暂起，谢便移就其处。蔡还，合褥举谢掷地，谢不以介意。其为时贤所慕如此。"

此处与蔡系争执的是谢安。此说或许颇有道理，因为谢安与支遁交情极深。另，《晋书·谢万传》对此记述又有不同：

（万）尝与蔡系送客于征虏亭，与系争言。系推万落床，冠帽倾脱。万徐拂衣就席，神意自若，坐定，谓系曰："卿几坏我面。"系曰："本不为卿面计。"然俱不以介意，时亦以此称之。

文中居然未提支遁之名而以"客"字代之，足见《晋书》对佛教之态度与《世说新语》迥异。

除此之外，《世说》载谢万涉佛事迹还有三则，均属人物品评：

或问林公："司州何如二谢？"林公曰："故当攀安提万。"（《品藻》60）

王子猷诣谢万，林公先在坐，瞻瞩甚高。王曰："若林公须发并全，神情当复胜此不？"谢曰："唇齿相须，不可以偏亡。须发何关于神明！"林公意甚恶，曰："七尺之躯，今日委君二贤。"（《排调》43）

二郗奉道，二何奉佛，皆以财贿。谢中郎云："二郗谄于道，二何佞于佛。"（《排调》51）

三、谢玄、谢朗、谢道韫

在陈郡谢氏众多子弟中，谢玄、谢朗、谢道韫最为谢安赏识。

谢玄，谢奕第三子，安从子，字幼度，小字遏，神理明俊，善微言，官至晋都督徐、兖、青、司、冀、幽、并七州军事，以破苻坚功，封康乐公。

在谢氏子弟中，玄最有经国才略，《识鉴》第22则写淝水之战前，苻坚之军长驱南下，东晋形势危急，"于时朝议遣玄北讨，人间颇有异同之论。唯超（郗超）曰：'是必济事。吾昔尝与共在桓宣武府，见使才皆尽，虽履屐之间，亦得其任。以此推之，容必能立勋。'"对其推崇备至。后谢玄果不负众望，取得了决战的胜利。

谢朗，谢据子，安从子，字长度，小字胡儿，文义艳发，名亚于玄，仕至东阳太守。

谢道韫，谢玄之姐。谢道韫此人，非唯闺房之秀，且巾帼不让须眉。其证如下：首先，谢道韫尚清谈，其才在王献之之上。史载献之尝与宾客谈议，"词理将屈，道韫遣婢白献之曰：'欲为小郎解围。'乃施青绫步障自蔽，申献之前义，客不能屈”[①]。（《晋书》卷九六《谢道韫传》）王羲之七子中以王献之最为杰出，风流为一时之冠，谢道韫能为之解围，反映出她思维之敏捷。其次，谢道韫有文才，《言语》第71则刘孝标注引《妇人集》云其“所著诗、赋、诔、颂传于世。”其“咏雪”之语亦传诵千古。再次，谢氏子弟中杰出者谢玄，亦受道蕴教育提携。《贤媛》第28则：“王江州夫人语谢遏曰：‘汝何以都不复进？为是尘务经心，天分有限？’”谢遏即谢玄。又，《贤媛》第26则载谢道韫大薄其夫王凝之。由此可知道韫实是一奇女子，可惜生不逢时，未能建功立业。

谢安注重家族教育，常集聚谢氏子弟探讨文学和义理，如：

谢公因子弟集聚，问：“毛诗何句最佳？”遏称曰：“昔我往矣，杨柳依依；今我来思，雨雪霏霏。”（《文学》52）

谢太傅问诸子侄：“子弟亦何预人事，而正欲使其佳？”诸人莫有言者，车骑答曰：“譬如芝兰玉树，欲使其生于阶庭耳。”（《言语》92）

晋武帝每饷山涛恒少，谢太傅以问子弟，车骑答曰：“当由欲者不多，而使与者忘少。”（《言语》78）

谢太傅寒雪日内集，与儿女讲论文义，俄而雪骤，公欣然曰：“白雪纷纷何所似？”兄子胡儿曰：“撒盐空中差可拟。”兄女曰：“未若柳絮因风起。”公大笑乐。（《言语》71）

上引诸例，均是谢安亲自召集谢氏子侄进行教育的事迹，第一、二、三例中与谢安对答的是谢玄，可知其文武全才。第四例中则是谢朗和谢道韫。这些条目中，谢安语言循循善诱，颇有教育家的风范。正因为谢安的着意培养，遂使陈郡谢氏家族芝兰玉树，人才辈出。

《世说新语》中与谢玄、谢朗结交的僧人主要是支遁，他们交游的目的主要是清谈，如：

谢车骑在安西艰中，林道人往就语，将夕乃退。有人道上见者，问云：“公何处来？”答云：“今日与谢孝剧谈一出来。”（《文学》41）

林道人诣谢公，东阳时始总角，新病起，体未堪劳。与林公讲论，遂

① ［唐］房玄龄等撰．晋书[M]．北京：中华书局，2000：1679．

至相苦。母王夫人在壁后听之，再遣信令还，而太傅留之。王夫人因自出，云："新妇少遭家难，一生所寄，唯在此儿。"因流涕抱儿以归。谢公语同坐曰："家嫂辞情慷慨，致可传述，恨不使朝士见！"（《文学》39）

上引《文学》第41则中的"安西"，指谢玄父安西将军谢奕，他卒于晋穆帝升平二年（358年）秋八月。谢玄能清言，善名理，守丧期间，支遁能前往与之谈玄，可见二人交情非浅，亦可见谢玄的清谈水平颇高。《文学》第39则，可以看出谢朗有逸才，善言玄理。他年纪既小，又新病久愈，清谈对手又是名僧支遁，两人讲论，竟能相苦，足见其佛玄修养颇深。此事亦见《晋书》卷七九《谢朗传》：

朗善言玄理，文义艳发，名亚于玄。总角时，病新起，体甚羸，未堪劳，于叔父安前与沙门支遁讲论，遂至相苦。其母王氏再遣信令还，安欲留，使竟论，王氏因出云："新妇少遭艰难，一生所寄惟在此儿。"遂流涕携朗去。安谓坐客曰："家嫂辞情慷慨，恨不使朝士见之。"①

《世说新语》中还有一则济尼品评谢道韫的条目：

谢遏绝重其姊，张玄常称其妹，欲以敌之。有济尼者，并游张、谢二家，人问其优劣，答曰："王夫人神情散朗，故有林下风气；顾家妇清心玉映，自是闺房之秀。"（《贤媛》30）

王夫人即凝之妻道韫，顾家妇即张玄之妹。从字面上看，"清心玉映""闺房之秀"并没有什么不妥，但如果了解到晋人对名士气质的推崇，就明白这是贬义词。而堪与竹林名士媲美的王夫人风采，才是人们所赞美和崇尚的气质标准。

值得一提的是，谢玄之孙，大诗人谢灵运与佛教也有很深的渊源。谢灵运与高僧慧远有很深的交情，《高僧传》卷六《释慧远传》记载了谢灵运与庐山慧远初次见面的情形："陈郡谢灵运负才傲俗，少所推崇，及一相见，肃然心服。"能让性情孤高、才华满腹的谢灵运心服，这是相当不容易的，亦可见慧远之高才。及慧远圆寂，谢灵运亲为他作诔，感念甚深。

在谢灵运今存全部二十九篇文章中，与佛学相关者有十四篇之多，近占半数。谢灵运不但僧侣交游往来，他还通晓梵文，并亲自参与了佛经的勘定工作。

---

① [唐]房玄龄等撰. 晋书[M]. 北京：中华书局，2000，1389.

《世说·言语》第108则记录了谢灵运的一则故事：

谢灵运好戴曲柄笠，孔隐士谓曰："卿欲希心高远，何不能遗曲盖之貌？"谢答曰："将不畏影者，未能忘怀。"

"将不畏影者未能忘怀"，此语亦深具佛玄至理。这句话的意思是说明真正的修道之人并不介意形式上的东西，也是回讽对方不能忘怀世俗名利。

这一切说明，陈郡谢氏家族在信仰上无疑是支持佛教的。

第三节 太原王氏

太原晋阳王氏，据《世说·言语》第66则刘孝标注引《王长史别传》曰："濛字仲祖，太原晋阳人。其先出自周室，经汉、魏，世为大族。"可见其是老牌世族。东晋时期，太原王氏亦是一流高门，试看《世说新语》中几则条目：

王爽与司马太傅饮酒，太傅醉，呼王为"小子"。王曰："亡祖长史，与简文皇帝为布衣之交；亡姑、亡姊，伉俪二宫。何小子之有？"（《方正》65）

王蓝田拜扬州，主簿请讳，教云："亡祖、先君，名播海内，远近所知；内讳不出于外。余无所讳。"（《赏誉》74）

王文度为桓公长史时，桓为儿求王女，王许咨蓝田。既还，蓝田爱念文度，虽长大犹抱着膝上。文度因言桓求己女婚。蓝田大怒，排文度下膝，曰："恶见文度已复痴，畏桓温面？兵，那可嫁女与之！"文度还报温云："下官家中先得婚处。"桓公曰："吾知矣，此尊府君不肯耳。"后桓女遂嫁文度儿。（《方正》58）

《方正》第65则，王爽口中的"亡祖长史"指的是江左清谈大家王濛。王濛女王穆之为东晋哀帝之后，孙女王法惠为东晋孝武帝之后。所以，王爽即使面对孝武帝的弟弟太傅司马道子，也有一种自矜门第的优越感。《赏誉》第74则，王蓝田即王濛从父王述。《方正》第58则，桓温向下属王坦之求婚，这种情况，按常理王家不会被拒绝，然而坦之却遭到父亲王述痛斥："当兵的，哪能把女儿嫁给他！"个中原因，即是因为太原王氏世为大族，而谯国桓氏则属于新出门户。

《世说新语》中，太原王氏与佛教有涉的人物主要有：第六代王述；第七代王坦之、王祎之兄弟（述子）及王濛（述从子）；第八代王修（王濛子）；第九代王恭（王修弟王蕴子）。[①]

以下拟作具体论述。

一、王述及其子王坦之、王祎之

（一）王述、王祎之

王述，字怀祖，祖湛，父承，并有高名。述早孤，事亲孝谨，由是为有识所知，袭爵蓝田侯。王述身上最突出的特点是真率，如《赏誉》第78则，谢安说他“掇皮皆真。”《赏誉》第91则，简文帝评价他：“才既不长，于荣利又不淡；直以真率少许，便足对人多多许。”王述每受职，不为虚让。坦之谏，认为按道理应推辞一番以示谦逊。述曰：“汝谓我堪此否？”坦之曰：“何为不堪，但克让是美事，恐不可阙。”述曰：“既云堪，何为复让！人言汝胜我，定不如我。”（《方正47》）又《忿狷》第2则载其食鸡子性急之事。凡此诸例，皆可见其真性。然正因如此，王述为羲之所轻，二人竟至交恶。后王述成为羲之上司，迫使羲之辞官，以愤慨至终。（事详《仇隙》第5则）

王祎之，述次子，字文邵，小字僧恩，少知名，尚寻阳公主。仕至中书郎，未三十而卒，赠散骑常侍。

《世说新语》中王述、王祎之父子与佛教有涉的条目仅有如下一则：

> 王僧恩轻林公，蓝田曰：“勿学汝兄，汝兄自不如伊。”（《品藻》64）

林公指支遁。这里王述告诫其小儿子：“不要像你兄长那样轻视林公，他不如林公。”依王述之事事较真的性格，其言当不虚。王坦之和支遁的关系，在名僧与名士的关系中是特例。他们绝不相得，互不服气。王坦之批评支遁诡辩，更认为“沙门不得为高士”。支遁亦贬坦之为“尘垢囊”，认为他没有名士气质。

① 此世系据杨勇先生《世说新语校笺》所附《太原晋阳王氏谱》。

（二）王坦之

王坦之，王述长子，字文度，弱冠与郗超俱有重名，时人为之语曰："扬州独步王文度，后来出人郗嘉宾。"（《赏誉》126）坦之器度淳深，标的当时，以一流名士自许，时江虨为仆射，领选，欲拟坦之为尚书郎。王曰："自过江来，尚书郎正用第二人，何得拟我！"（《方正》46）坦之历中书令、北中郎将、左卫将军，年四十六卒，赠安北将军。

王坦之在简文孝武之时，是朝廷重臣，与谢安齐名。他在阻止桓温篡位一事上，是有功劳的。《晋书》卷七五《王坦之传》曰：

> 简文帝临崩，诏大司马温依周公居摄故事。坦之自持诏入，于帝前毁之。帝曰："天下，傥来之运，卿何所嫌！"坦之曰："天下，宣、元之天下，陛下何得专之！"帝乃使坦之改诏焉。温薨，坦之与谢安共辅幼主，迁中书令，领丹阳尹。俄授都督徐兖青三州诸军事、北中郎将、徐兖二州刺史，镇广陵。……临终，与谢安、桓冲书，言不及私，惟忧国家之事，朝野甚痛惜之。追赠安北将军，谥曰献。[①]

《世说新语》中与王坦之有涉的僧人主要是支遁，如《文学》第35则：

> 支道林造《即色论》，论成，示王中郎，中郎都无言。支曰："默而识之乎？"王曰："既无文殊，谁能见赏？"

此条刘孝标注引《维摩诘经》曰："文殊师利问维摩诘云：'何者是菩萨入不二法门？'时维摩诘默然无言。文殊师利叹曰：'是真入不二法门也。'"文中，王坦之效仿的是"维摩之默"，而支遁不能尽悟，故为坦之所轻。

再如《排调》第52则：

> 王文度在西州，与林法师讲，韩、孙诸人并在坐，林公理每欲小屈。孙兴公曰："法师今日如著弊絮在荆棘中，触地挂阂。"

西州，此借指扬州。文中"韩、孙"指韩康伯、孙绰。支遁在这次与王坦之的辩论中，完全处于下风。孙绰的评价甚是形象生动："法师今天像身穿破絮走入荆棘中，随处遭牵扯挂碍。"再结合上引《文学》第35则，可知王坦之清谈水平亦颇高，其轻视支遁，并非无因。

① [唐]房玄龄等撰．晋书[M]．北京：中华书局，2000：1308-1310.

再如《轻诋》第 21 则：

> 王中郎与林公绝不相得。王谓林公诡辩，林公道王云："著腻颜帢，絺布单衣，挟《左传》，逐郑康成车后，问是何物尘垢囊！"

这里王坦之与支遁的分歧，实际上就是以郑玄为代表的旧式人格标准与东晋名士注重现实享乐和精神美感的新人格标准的矛盾。支遁所不屑一顾的，是王坦之从衣着到学术仍然模仿汉代儒生的保守行为，而以支遁为代表的新型名士风采，显然是主流取向的代表。《轻诋》第 24 则刘孝标注引《支遁传》曰："遁每标举会宗，而不留心象喻，解释章句，或有所漏，文字之徒，多以为疑。谢安石闻而善之曰：'此九方皋之相马也，略其玄黄，而取其俊逸。"可见他不是故步自封之人。再如《轻诋》第 25 则：

> 王北中郎不为林公所知，乃著论《沙门不得为高士论》，大略云："高士必在于纵心调畅。沙门虽云俗外，反更束于教，非情性自得之谓也。"

此条仍是支、王相轻的故事。王坦之因为不为支遁赏识，便著述《沙门不得为高士论》，意在嘲讽支遁不守佛家清规，入世之心太重。

除《世说》涉佛事迹之外，《高僧传》卷四《于法开传》载其与于法开友善。《晋书》卷七五《王坦之传》记载了他与僧人竺法师的交往：

> 初，坦之与沙门竺法师甚厚，每共论幽明报应，便要先死者当报其事。后经年，师忽来云："贫道已死，罪福皆不虚。惟当勤修道德，以升济神明耳。"言讫不见。坦之寻亦卒，时年四十六。[①]

王坦之有四子：恺，愉，国宝、忱。这是这一支在东晋的末代人。王恺病逝，王愉及其子孙十余人被刘裕诛灭。王国宝及从弟王绪在与同族王恭的政治斗争中失败，被司马道子诛灭。王忱病死在荆州刺史任上。只有次子王愉的孙子在沙门僧彬的保护下幸免于难，后显贵于北魏。此事见于《魏书》卷三八《王慧龙传》：

> 王慧龙，自云太原晋阳人，司马德宗尚书仆射愉之孙，散骑侍郎缉之子也。幼聪慧，愉以为诸孙之龙，故名焉。初，刘裕微时，愉不为礼，及得志，愉合家见诛。慧龙年十四，为沙门僧彬所匿。百余日，将慧龙过江，

---

① [唐]房玄龄等撰. 晋书[M]. 北京：中华书局，2000：1310.

为津人所疑，曰："行意匆匆彷徨，得非王氏诸子乎？"僧彬曰："贫道从师有年，止西岸，今暂欲定省，还期无远，此随吾受业者，何至如君言。"既济，遂西上江陵，依叔祖忱故吏荆州前治中习辟疆。时刺史魏咏之卒，辟疆与江陵令罗修、前别驾刘期公、土人王腾等谋举兵，推慧龙为盟主，克日袭州城。而刘裕闻咏之卒，亦惧江陵有变，遣其弟道规为荆州，众遂不果。罗修将慧龙，又与僧彬北诣襄阳。司马德宗雍州刺史鲁宗之资给慧龙，送渡江，遂自虎牢奔于姚兴。其自言也如此。泰常二年，姚泓灭，慧龙归国。[①]

由此可见，坦之次子王愉一门与僧侣的关系，攸关家族存亡绝续。而王慧龙则是北魏太原晋阳王氏的开创者。太原晋阳王氏在北朝与崔、卢、李、郑四姓合为五族，"世之言高华者，以五姓为首。"

坦之第三子王国宝，与比丘尼妙音有过交往，此事见于《晋书》卷七十五《王国宝传》载范宁劝孝武帝黜免国宝：

国宝乃使陈郡袁悦之因尼支妙音致书与太子母陈淑媛，说国宝忠谨，宜见亲信。

又《高僧传》卷七《僧彻传》亦记载太原晋阳王氏涉佛之事：

释僧彻，姓王，本太原晋阳人。少孤，兄弟二人寓居襄阳。彻年十六入庐山造远公，远见而异之。问曰："宁有出家意耶？"对曰："远尘离俗，固其本心。绳墨镕钧，更唯匠者。"远曰："君能入道，当得无畏法门。"于是投簪委质，从远受业……远亡后，南游荆州，止江陵城内五层寺，晚移琵琶寺……宋元嘉二十九年卒。春秋七十。

此条记载，据学者王青先生推测，不可信从。他认为，晋阳王彻兄弟二人寓居襄阳实有不可告人之隐情，二人应当是和王慧龙一起逃亡襄阳的王氏后裔。王彻兄弟出家的目的，是为了躲避刘裕的迫害。[②]

---

① ［北齐］魏收．魏书[M]．北京：中华书局，2000：593.

② 王青．魏晋南北朝时期的佛教信仰与神话[M]．北京：中国社会科学出版社，2001：184.

二、王濛及其子王修、其孙王恭

（一）王濛

王濛，讷子，字仲祖，晋司徒左长史，年三十九卒。

王濛是典型的美男子，如《容止》第33则：“王长史为中书郎，往敬和许。尔时积雪，长史从门外下车，步入尚书，著公服，敬和遥望叹曰：‘此不复似世中人！’”又《品藻》第44则：“刘尹、王长史同坐，长史酒酣起舞。刘尹曰：‘阿奴今日不复减向子期。’”均对王濛仪容之美赞誉有加。王濛亦以此自怜，如《品藻》第44则刘孝标注引《语林》曰：“王仲祖有好仪形，每览镜自照，曰：‘王文开那生如馨儿！’”再如《伤逝》第10则“王长史病笃”，写其在病重之时，“寝卧灯下，转麈尾视之，叹曰：“如此人，曾不得四十！”哀伤自己貌美而短寿。

王濛与沛国刘惔关系甚密，其时凡称风流者，皆推二人为首。《赏誉》第109则载王濛语：“刘尹知我，胜我自知。”刘孝标注引《王濛别传》曰：“濛与沛国刘惔齐名，时人以濛比袁曜卿，惔比荀奉倩，而共交友，甚相知赏也。”王濛去世时，刘惔临殡，“以犀柄麈尾着柩中，因恸绝”（《伤逝》10），可知二人情谊之深。

《世说新语》中与王濛交游的僧人主要是支遁，交游的目的主要是清谈或品题，试举几例：

> 支道林、许、谢盛德，共集王家，谢顾诸人曰：“今日可谓彦会，时既不可留，此集固亦难常，当共言咏，以写其怀。”（《文学》55）

> 支道林初从东出，住东安寺中。王长史宿构精理，并撰其才藻，往与支语，不大当对。王叙致数百语，自谓是名理奇藻。支徐徐谓曰：“身与君别多年，君义言了不长进。”王大惭而退。（《文学》42）

这两则内容是有关支遁、王濛清谈的。《文学》第55则，王濛家里即是清谈场所，参与者包括支遁、谢安、许询等人，足证其在名士中的地位。《文学》第42则，反映了王濛与支遁在佛学上的差距，也可看出《世说》在一定程度上是抑名士而扬名僧的。

再看两则王濛对支遁的品评：

> 王长史叹林公：“寻微之功，不减辅嗣。”（《赏誉》98）

王、刘听林公讲，王语刘曰："向高坐者，故是凶物。"复更听，王又曰："自是钵釪后王、何人也。"（《赏誉》110）

《赏誉》第98则中，王濛对支遁的评价极高，他认为支遁在探寻玄学精微义理方面，可以比肩玄学大师王弼。《赏誉》第110则，仍是赞誉支遁可以比肩王弼、何晏。刘孝标注引《高逸沙门传》中王濛亦有此评，其云："王濛恒寻遁，遇祇洹寺中讲，正在高坐上，每举麈尾，常领数百言，而情理俱畅。预坐百余人，皆结舌注耳。濛云听讲众僧：'向高坐者，是钵釪后王、何人也。'"这说明佛学与玄学有其相通之处。

又如《言语》第18则：

王、刘与林公共看何骠骑，骠骑看文书，不顾之。王谓何曰："我今故与深公来相看，望卿摆拨常务，应对玄言，那得方低头看此邪？"何对曰："我不看此，卿等何以得存？"诸人以为佳。

这里，王濛、刘惔、支遁的行为就近似于"空谈误国"了，故为何充严词拒绝。《世说》涉及王濛与支遁的事迹还有五则，均为人物品题：

林公谓王右军云："长史作数百语，无非德音，如恨不苦。"王曰："长史自不欲苦物。"（《赏誉》92）

王长史谓林公："真长可谓金玉满堂。"林公曰："金玉满堂，复何为简选？"王曰："非为简选，直致言处自寡耳。"（《赏誉》83）

林公道王长史："敛衿作一来，何其轩轩韶举！"（《容止》29）

王长史尝病，亲疏不通。林公来，守门人遽启之曰："一异人在门，不敢不启。"王笑曰："此必林公。"（《容止》31）

王孝伯问谢太傅："林公何如长史？"太傅曰："长史韶兴。"问："何如刘尹？"谢曰："噫！刘尹秀。"王曰："若如公言，并不如此二人邪？"谢云："身意正尔也。"（《品藻》76）

这些条目的简析，详见第五章"僧人的名士化"之"品题之风"，兹不赘述。除与僧人交游外，王濛近佛事迹中还有两例是在瓦官寺与俗士共游，如：

刘丹阳、王长史在瓦官寺集，桓护军亦在坐，共商略西朝及江左人物。

或问："杜弘治何如卫虎？"桓答曰："弘治肤清，卫虎奕奕神令。"王、刘善其言。(《品藻》42)

戴安道年十余岁，在瓦官寺画。王长史见之，曰："此童非徒能画，亦终当致名。恨吾老，不见其盛时耳！"(《识鉴》17)

可见寺庙已不仅仅是僧人居所，士人已将其当成文化活动的场所。

(二)王修

王修字敬仁，小字苟子。太原晋阳人。明秀有美称，起家著作佐郎，琅邪王文学，转中军司马，未拜而卒，时年二十四。昔王弼之殁，与王修同岁，故修弟熙叹曰：'无愧于古人，而年与之齐也。'"足见王修有异才。

王修是一个自幼爱好玄理的名士，受其父影响至深，试看如下两例：

谢太傅未冠，始出西，诣王长史，清言良久。去后，苟子问曰："向客何如尊？"长史曰："向客亹亹，为来逼人。"(《赏誉》76)

刘尹至王长史许清言，时苟子年十三，倚床边听。既去，问父曰："刘尹语何如尊？"长史曰："韶音令辞，不如我，往辄破的，胜我。"(《品藻》48)

正因王修平素好学，所以其颇有清谈才华，士人对其评价也很高。如王修十三岁作《贤人论》，刘惔评价："见敬仁所作论，便足参微言。"(《文学》83)谢尚亦曾评价他"文学镞镞，无能不新。"(《赏誉》134)

《世说新语》中与王修有交游的僧人主要有僧意和支遁，例文如下：

僧意在瓦官寺中，王苟子来，与共语，便使其唱理。意谓王曰："圣人有情不？"王曰："无。"重问曰："圣人如柱邪？"王曰："如筹算，虽无情，运之者有情。"僧意云："谁运圣人邪？"苟子不得答而去。(《文学》57)

林公云："王敬仁是超悟人。"(《赏誉》123)

许掾年少时，人以比王苟子，许大不平。时诸人士及林法师并在会稽西寺讲，王亦在焉。许意甚忿，便往西寺与王论理，共决优劣，苦相折挫，王遂大屈。许复执王理，王执许理，更相覆疏，王复屈。许谓支法师曰："弟

子向语何似？”支从容曰：“君语佳则佳矣，何至相苦邪？岂是求理中之谈哉？”（《文学》38）

上引《文学》第57则，僧意、王修清谈之内容“圣人有情或无情”，是玄学重要议题之一。后两则条目则属于品题。《赏誉》第123则，支遁欣赏的是王修的捷悟能力。《文学》第38则，王修家学渊源，自是玄谈高手。然而许询名气不亚于其父王濛，故以与王修齐名为耻。

（三）王恭

王恭，王蕴子，字孝伯，清廉贵峻，志存格正。起家着作郎，历丹阳尹、中书令。出为五州都督前将军，青、兖二州刺史。他后因起兵反对司马道子失败而被杀。

王恭美姿仪，《容止》第39则云：“有人叹王恭形茂者，云：‘濯濯如春月柳。’”《企羡》篇第6则载：“孟昶未达时，家在京口。尝见王恭乘高舆，被鹤氅裘。于时微雪，昶于篱间窥之，叹曰：‘此真神仙中人！’”

王恭常言：“名士不必须奇才，但使常得无事，痛饮酒，熟读《离骚》，便可称名士。”（《任诞》53）恭亦喜欢服食五石散，他曾在京行散（服五石散后须靠行走来散发药性），至其弟王睹户前，问：“古诗中何句为最？”王睹未答，王恭咏：“所遇无故物，焉得不速老？”（《文学》101）可见他服散的根本原因，是有感于生命短促和时光流逝。

关于王恭的清谈才能，《赏誉》第155则云：“王恭有清辞简旨，能叙说而读书少，颇有重出。有人道孝伯常有新意，不觉为烦。”可知其亦善言谈，只是读书不多，言论多有重复。

恭亦有大志，尝云：“仕宦不为宰相，才志何足以骋！”[①]（《晋书》卷八四《王恭传》）因王恭妹为孝武帝皇后，故为帝提拔重用，以恭为都督兖青冀幽并徐州晋陵诸军事、平北将军、兖青二州刺史、假节，镇京口。执政及帝崩，会稽王司马道子执政。道子一来与孝武帝不和，二来宠信太原王氏另一支即王国宝兄弟（王坦之子），委以机权。这导致了太原王氏整个家族的悲剧。太原王氏两支互相攻杀，伤亡殆尽。这一点于《世说》中亦有体现：

① ［唐］房玄龄等撰．晋书[M]．北京：中华书局，2000：1455．

王大、王恭尝俱在何仆射坐。恭时为丹阳尹，大始拜荆州。讫将乖之际，大劝恭酒，恭不为饮，大逼强之转苦。便各以裙带绕手。恭府近千人，悉呼入斋；大左右虽少，亦命前，意便欲相杀。何仆射无计，因起排坐二人之间，方得分散。所谓势利之交，古人羞之。（《忿狷》7）

王大即王忱，小字佛大，坦之第四子，王国宝之弟。

王恭笃于事佛，是一个真正的佛教徒。《晋书》卷八四《王恭传》曰：

恭性抗直，深存节义，读《左传》至“奉王命讨不庭”，每辍卷而叹。为性不弘，以暗于机会，自在北府，虽以简惠为政，然自矜贵，与下殊隔。不闲用兵，尤信佛道，调役百姓，修营佛寺，务在壮丽，士庶怨嗟。临刑，犹诵佛经，自理须鬓，神无惧容，谓监刑者曰：“我闇于信人，所以致此，原其本心，岂不忠于社稷！但令百代之下知有王恭耳。”家无财帛，唯书籍而已，为识者所伤。”①

《世说新语》中王恭与佛教有涉的条目有如下两则，均属人物品评：

王孝伯问谢太傅：“林公何如长史？”太傅曰：“长史韶兴。”问：“何如刘尹？”谢曰：“噫！刘尹秀。”王曰：“若如公言，并不如此二人邪？”谢云：“身意正尔也。”（《品藻》76）

王孝伯问谢公：“林公何如右军？”谢曰：“右军胜林公，林公在司州前亦贵彻。”（《品藻》85）

从以上论述可知，太原晋阳王氏与佛教关系渊源有自。而其与僧人的交往甚至关乎家族之存亡绝续。所以后世太原王氏子孙更有着坚定的佛教信仰，如《冥祥记》作者王琰便是其中笃于奉佛者。

第四节　颍川庾氏、陈郡殷氏

一、颍川庾氏

颍川郡，今河南许昌。颍川庾氏是许昌鄢陵人，家族中入晋名声早著者为《意赋》的作者庾敳。其次是其从子庾亮、庾冰，此二人都是朝廷极为倚重之臣。

① ［唐］房玄龄等撰．晋书［M］．北京：中华书局，2000：1457.

庾亮有三子：庾彬，庾羲、庾龢。

《世说新语》中，颍川庾氏与佛教有涉的人物主要有：第五代庾亮；第六代庾龢（庾亮子）。[①]

（一）庾亮

庾亮，字元规，明穆皇后之兄。明帝死后，庾亮以外戚身份辅佐成帝，加给事中，徙中书令。苏峻之乱后，引咎出为平西将军。陶侃死后，代侃都督江荆豫益梁雍六州军事，领江荆豫三州刺史，进号征西将军、开府仪同三司。镇武昌，征为司徒，领扬州刺史，录尚书事，固辞不释。寻卒，追赠太尉，谥曰文康。

王导辅政之时，以宽和得众。庾亮任法裁物，颇以此失人心，终导致苏峻起兵叛，《世说新语》中曾言及此事：

> 石头事故，朝廷倾覆，温忠武与庾文康投陶公求救。陶公云："肃祖顾命不见及。且苏峻作乱，衅由诸庾，诛其兄弟，不足以谢天下。"（《容止》23）

陶侃欲杀亮以止苏峻之乱，然后来为庾亮风姿折服，遂罢，可知其风度绝佳。

然庾亮与其弟庾冰专尚礼教不一样，《晋书》本传云："（亮）善谈论，性好《庄》《老》，风格峻整，动由礼节，闺门之内不肃而成，时人或以为夏侯太初、陈长文之伦也。"又孙绰《太尉庾亮碑》曰："公雅好所托，常在尘垢之外。虽柔心应世，蠖屈其迹，而方寸湛然，固以玄对山水。"可见他在思想信仰上是礼玄双修，在政治上服膺礼教，在人生上崇尚玄学。[②]庾亮从父庾敳曾作《意赋》，庾亮有惑，问曰："若有意邪，非赋之所尽；若无意邪，复何所赋？"敳云："正在有意无意之间。"（《文学》75）可见二人皆善清言。

庾亮所交游的僧人，《世说新语》及刘孝标注所明载的有竺法深、康法畅、康僧渊、帛尸梨密。先看有关竺法深的两则：

> 后来年少，多有道深公者。深公谓曰："黄吻年少，勿为评论宿士。昔尝与元明二帝、王庾二公周旋。"（《方正》45）

---

① 此世系据杨勇先生《世说新语校笺》所附《颍川鄢陵庾氏谱》。

② [清]严可均辑. 全上古三代秦汉三国六朝文[M]. 北京：中华书局，1958：1814.

深公云："人谓庾元规名士，胸中柴棘三斗许。"（《轻诋》3）

上引二文，《方正》篇竺法深以曾与庾亮交游为荣，然《轻诋》篇里竺法深对庾亮却颇有微词。这固然因为庾亮入世之心很重，但还有一个因素，那就是庾亮与丞相王导是政敌。王导是竺法深俗家从兄，庾亮权重之后，颇为轻王，曾欲东下建康废掉王导，故法深颇为不满。

再看庾亮与康僧渊交游的事迹：

康僧渊在豫章，去郭数十里立精舍，旁连岭，带长川，芳林列于轩庭，清流激于堂宇。乃闲居研讲，希心理味。庾公诸人多往看之。（《栖逸》11）

此条前已作析。豫章郡，治所在今江西南昌，是江州刺史辖地。陶侃死后，庾亮领江荆豫三州刺史，故得与僧渊交游。

与庾亮交游者还有僧人康法畅：

庾法畅造庾太尉，握麈尾至佳。公曰："此至佳，那得在？"法畅曰："廉者不求，贪者不与，故得在耳。"（《言语》52）

庾法畅当为康法畅，前已作析。这里，庾亮欣赏的是康法畅"执麈尾、善清言"的名士气质。

庾亮与僧人帛尸梨密的交游，见于《言语》篇第39则刘孝标注引《高坐传》，其云："庾亮、周顗、桓彝一代名士，一见和尚，披衿致契。"此事《高僧传》卷一《帛尸黎密传》亦载。

《世说》庾亮涉佛事迹还有两则，一则为谢安品评庾亮、支遁，一则为庾亮评卧佛：

王子敬问谢公："林公何如庾公？"谢殊不受，答曰："先辈初无论，庾公自足没林公。"（《品藻》70）

庾公尝入佛图，见卧佛，曰："此子疲于津梁。"于时以为名言。（刘孝标注引《涅槃经》云："如来背痛，于双树间北首而卧，故后之图绘者为此象。"）（《言语》41）

上引《品藻》第70则，谢安虽说"先辈初无论"，然其意对庾亮颇为推崇。盖庾亮美姿容，时人曾誉之为"丰年玉"（《赏誉》69）。庾亮病逝时，何充临葬，云：

"埋玉树著土中，使人情何能已已！"（《伤逝》9）可知其风姿绝佳。这是形貌丑陋的支遁所难以比拟的。上引《言语》第41则，"津梁"，桥梁，引申为起桥梁作用的事物，此处是接引之意。佛说法接引，普度众生，以脱离苦海，到达彼岸。庾亮认为，佛祖过分操劳世俗的拯救，才疲累不堪，此语形象地道出了佛祖普度众生的伟大情怀。

（二）庾龢

庾龢，庾亮第三子，小字道季，仕至丹阳尹，中领军。

庾龢风情率悟，以文谈致称于时，《品藻》第82则中谢安评之云："道季诚复钞撮清悟。"庾龢于己才亦颇为自负，《品藻》第63则载庾龢自评："思理伦和，吾愧康伯；志力强正，吾愧文度。自此已还，吾皆百之。"他认为，在谈玄论理方面，除了王坦之和韩伯外，自己要强过他人百倍。《言语》第79则中庾龢对谢朗说："若文度来，我以偏师待之；康伯来，济河焚舟。""济河焚舟"，示必死之心，仍是说只有王、韩才值得自己认真对付。其清谈场主要交游人物有谢朗、王坦之、韩伯、王恭、谢安、郗超等。

在《世说新语》中，庾龢与僧人没有直接的交游，其近佛事迹，一为质疑谢安论支遁语，一为评戴逵之画佛像：

> 庾道季诧谢公曰："裴郎云：'谢安谓裴郎乃可不恶，何得为复饮酒！'裴郎又云：'谢安目支道林如九方皋之相马，略其玄黄，取其俊逸。'"谢公云："都无此二语，裴自为此辞耳！"庾意甚不以为好……（《轻诋》24）

> 戴安道中年画行像甚精妙。庾道季看之，语戴云："神明太俗，由卿世情未尽。"戴云："唯务光当免卿此语耳。"（《巧艺》8）

上引《轻诋》篇谢安论支遁语，虽为谢安所极力否认，然刘注所引《支遁传》及《高僧传·支遁传》亦载。上引《巧艺》篇，由于庾龢对画中人物神情过于重视，所以连戴逵这样的大手笔，也被讥讽笔下人物俗而无神，这也说明神明对人物画的重要。

二、陈郡殷氏

《世说新语》中，陈郡长平（今河南西华）殷氏与佛教有涉的人物主要有：第五代殷浩，第六代殷仲堪（殷浩从子）。[①]

（一）殷浩

殷浩，字渊源，祖识，濮阳相。父羡，字洪乔，豫章太守，亦有令名。浩好《老子》《易经》，善玄言清谈，为风流谈论者所宗。简文帝司马昱曾问之："卿何如裴逸民？"答曰："故当胜耳。"（《品藻》34）裴逸民，玄学名家裴頠也。

殷浩曾居其父墓所守孝，栖迟积年，累聘不至。王濛、谢尚、刘惔等士人曾去其居所拜访，相谓曰："渊源不起，当如苍生何？"深为忧叹。（《识鉴》18）时庾亮、庾冰兄弟及何充等朝廷重臣相继去世，穆帝幼冲，桓温专权。会稽王司马昱以抚军大将军辅政，为制衡桓温，于是起用殷浩，而且一开始便委之重任，永和六年（350 年），殷浩受任中军将军、假节、都督扬豫徐兖青五州军事，翌年率军北伐，以图恢复中原。因不谙军事，连遭败绩，故为桓温弹劾，被废为庶人。

关于殷浩，桓温对其看得很清楚，他曾对郗超说："阿源有德有言，向使作令仆，足以仪刑百揆。朝廷用违其才耳。"（《赏誉》117）桓温曾问殷："卿何如我？"殷云："我与我周旋久，宁作我。"（《品藻》35）及至殷浩被废，桓温评之云："少时与渊源共骑竹马，我弃去，己辄取之，故当出我下。"（《品藻》38）。

《世说新语》中，殷浩直接与之交游的僧人有康僧渊和支遁，他对康僧渊有提携之力：

> 康僧渊初过江，未有知者，恒周旋市肆，乞索以自营。忽往殷渊源许，值盛有宾客，殷使坐，粗与寒温，遂及义理，语言辞旨，曾无愧色，领略粗举，一往参诣。由是知之。（《文学》47）

此条前已作析。康僧渊既精通佛家大、小品《般若经》，又深受中国传统文化熏陶，故受殷浩敬重。此事《高僧传》卷四《康僧渊传》亦载，其云：

---

① 此世系据杨勇先生《世说新语校笺》所附《陈郡长平殷氏谱》。

（康僧渊）晋成之世，与康法畅、支敏度等俱过江，渊虽德愈畅、度，而别以清约自处。常乞丐自资，人未之识。后因分卫之次，遇陈郡殷浩。浩始问佛经深远之理，却辩俗书性情之义。自昼至曛，浩不能屈，由是改观。

“始问佛经深远之理，却辩俗书性情之义”，即是说康僧渊学贯中西，儒、玄、佛三家兼通。“自昼至曛，浩不能屈”，这一点尤其不易，因为殷浩在清谈名士中是数一数二的人物。

再看一则殷浩与支遁清谈的条目：

支道林、殷渊源俱在相王许。相王谓二人：“可试一交言。而‘才性’殆是渊源崤、函之固，君其慎焉！”支初作，改辙远之；数四交，不觉入其玄中。相王抚肩笑曰：“此自是其胜场，安可争锋！”（《文学》51）

相王即会稽王司马昱。支遁、殷浩，均是清谈场中常客，且均精研玄、佛之理。然就“才性”之辨而言，殷浩水平在支遁之上。

除结交僧人外，殷浩还精研佛经，这一点在他被废为庶人后尤为明显：

殷中军见佛经，云：“理亦应在阿堵上。”（《文学》23）

殷中军被废，徙东阳，大读佛经，皆精解。（《文学》59）

殷中军被废东阳，始看佛经。初视《维摩诘》，疑“般若波罗密”太多，后见《小品》，恨此语少。（《文学》50）

例文中，《维摩诘经》《小品》，均属般若学经典。而玄学和般若学在当时颇有相通之处，故玄学名士体悟般若学相对容易。所以殷浩认为“理亦应在阿堵上”并能“大读佛经，皆精解”。

再如：

殷中军读《小品》，下二百签，皆是精微，世之幽滞。尝欲与支道林辩之，竟不得。今《小品》犹存。（《文学》43）

玄佛二家有相通之处，悟性甚高的殷浩钻研起来就相对容易，其才识连名僧支遁等都深为忌惮，本条刘孝标注引《高逸沙门传》曰：“殷浩能言名理，自以有所不达，欲访之于遁。遂邂逅不遇，深以为恨。其为名识赏重，如此之至焉。”又引《语林》曰：“浩于佛经有所不了，故遣人迎林公，林乃虚怀欲往。王右军驻之曰：‘渊源思致渊富，既未易为敌，且己所不解，上人未必能通。

纵复服从，亦名不益高。若佻脱不合，便丧十年所保。可不须往！’林公亦以为然，遂止。”文中，王羲之之所以阻止支遁与殷浩相会，是因为殷浩不仅是清谈大家，更精通佛学，他不明白的，支遁未必能精解，稍有疏忽，即可能声名全毁，支遁于是止足，可见就连最有名的僧人对其才也深为忌惮。

在当时名士的评价中，也认为殷浩清谈才能在支遁之上：

> 郗嘉宾问谢太傅曰：“林公谈何如嵇公？”谢云：“嵇公勤著脚，裁可得去耳。”又问：“殷何如支？”谢曰：“正尔有超拔，支乃过殷；然亹亹论辩，恐殷欲制支。”（《品藻》67）

《世说新语》中，还有一则殷浩与谢安论佛理的故事：

> 殷、谢诸人共集。谢因问殷：“眼往属万形，万形来入眼不？”（《文学》48）

据刘孝标注引《成实论》内容，其已属于佛理中之幽滞难通者，故可见二人于佛理均精通。

（二）殷仲堪

殷仲堪，殷浩从子，殷融之孙，曾任都督荆益宁三州军事、振威将军、荆州刺史。他与权臣桓玄结为军事同盟，讨伐会稽王司马道子及其子司马元显，后旋为桓玄所杀。

殷仲堪少有美誉，好学而有理思，曾云：“三日不读《道德经》，便觉舌本间强”（《文学》63）。《文学》第60则云：“殷仲堪精核玄论，人谓莫不研究。”可知其善清言。仲堪为人至孝，其父患病，仲堪衣不解带数年，自分剂汤药，误以药手拭泪，遂眇一目。顾恺之曾为之作画，“明点童子，飞白拂其上，使如轻云之蔽日。”以高超的画艺遮盖了对方眼睛的缺陷。（《巧艺》11）

《世说新语》中殷仲堪曾与慧远谈论《易》理：

> 殷荆州曾问远公：“《易》以何为体？”答曰：“《易》以感为体。”殷曰：“铜山西崩，灵钟东应，便是《易》耶？”远公笑而不答。（《文学》61）

仲堪其时为荆州刺史，镇江陵，于赴荆州途中，亲登庐山，与慧远会面，表示敬意。《高僧传·释慧远传》亦载此事，其云："殷仲堪之荆州，过山展敬，与远共临北涧，论《易》体要，移景不倦。既而叹曰：'识信深明，实难为度。'"

殷仲堪于《易》之"感"颇有研究，其曾致谢玄书以说此理：

胡亡之后，中原子女鬻于江东者不可胜数。骨肉星离，荼毒终年，怨苦之气，感伤和理，诚丧乱之常，足以惩戒……禽兽犹不可离，况于人乎！……虽曰戎狄，其无情乎！苟感之有物，非难化也。必使边界无贪小利，强弱不得相陵，德音一发，必声振沙漠。二寇之党，将靡然向风。何忧黄河之不济，函谷之不开哉！[①]（《晋书》卷五四《殷仲堪传》）

文中，殷仲堪反对抄掠人口为奴，要求施以自然感应之理，而行其爱育苍生之意。其《答桓玄书》亦谈及"感"理，可见他于此道颇为精通。

《世说新语》刘孝标注中还载有殷仲堪与孝武帝宠信的尼僧结交的事情，"尤悔"篇第17则刘孝标于"桓公初报破殷荆州"下注引周祇《隆安记》曰："仲堪以人情注于玄，疑朝廷欲以玄代己，遣道人竺僧慫赍宝物遗相王宠幸、媒尼、左右，以罪状玄，玄知其谋，而击灭之。"相王，即司马道子，其时以琅邪王身份辅政，他与孝武帝颇有佞佛之举。

另，《比丘尼传》卷一《妙音尼传》载殷仲堪之为荆州刺史，亦是靠比丘尼的推举：

荆州刺史王忱死，烈宗意欲以王恭代之。时桓玄在江陵，为忱所折挫，闻恭应往，素又惮恭。殷仲堪时为黄门侍郎，玄知殷仲堪弱才，亦易制御，意欲得之。乃遣使凭妙音尼为堪图州。既而烈宗问妙音："荆州缺，外闻云谁应作者？"答曰："贫道道士，岂容及俗中论议？如闻内外谈者，并云无过殷仲堪，以其意虑深远，荆楚所须。"帝然之，遂以代忱。权倾一朝，威行内外。[②]

桓玄虽然对佞佛之风甚为痛恨，可是为了达到自己的政治目的，也不得不违心行事，这也是促使他后来下决心整顿佛教的原因。

---

① ［唐］房玄龄等撰．晋书[M]．北京：中华书局，2000：1416．

② ［南朝梁］释宝唱．比丘尼传[M]//《大正藏》第50卷：936，c．

第五节　庐江何氏、高平郗氏

一、庐江何氏

《世说新语》中，庐江潜县（今安徽霍山）何氏与佛教有涉的人物主要有：第二代何充、何准兄弟。[①]

东晋南朝时期，庐江何氏与佛教之关系极为密切，是颇具代表性的崇佛世家。东晋时期，以何充、何准为代表，不仅捐助寺庙、优待僧尼，而且利用其主政之地位，维护佛教的权益，成为当时最重要的护法之士。刘宋元嘉年间，何准四世孙何尚之上书文帝，以为佛教可以济世助治，使宋文帝确立了支持佛教发展的政策。

何充，字次道，思韵淹通，有文义才情。累迁会稽内史、侍中、骠骑将军、扬州刺史、尚书令。封都乡侯，赠司徒。

何充此人，与朝廷重臣王导和庾亮均有亲戚关系。何充是丞相王导妻姊之子，后娶太尉庾亮之妹为妻，而明帝的皇后亦为庾亮之妹。有这几层关系，何充仕途顺利，升迁很快。然王导和庾亮是一对政敌，如《轻诋》第4则："庾公权重，足倾王公。庾在石头，王在冶城坐，大风扬尘，王以扇拂尘曰：'元规尘污人！'"可知二人心结很深。何充在处理与他们的关系上选择站在王导一面，故王导待之甚笃，常有传位意：

> 何次道往丞相许，丞相以麈尾指坐，呼何共坐曰："来，来，此是君坐。"（《赏誉》59）

> 丞相治扬州廨舍，按行而言曰："我正为次道治此尔！"何少为王公所重，故屡发此叹。（《赏誉》60）

《赏誉》60刘孝标注引《晋阳秋》亦云："导有副贰已使继相意，故屡显此指于上下。"由于王导、庾亮的大力提携，何充历任显职。王导、庾亮去世后，他与庾冰共同辅政成、康二帝。庾冰逝后，他又专辅穆帝，足见位高权重。

《世说新语》中与何充直接交游的僧人有支遁，如《政事》第18则：

---

① 此世系据杨勇先生《世说新语校笺》所附《庐江何氏谱》。

> 王、刘与林公共看何骠骑，骠骑看文书，不顾之。王谓何曰："我今故与深公来相看，望卿摆拨常务，应对玄言，那得方低头看此邪？"何对曰："我不看此，卿等何以得存？"诸人以为佳。

史称，何充"虽无澄正改革之能，而强力有器局，临朝正色，以社稷为己任。凡所选用，皆以功臣为先，不以私恩树亲戚，谈者以此重之"[①]（《晋书》卷七七《何充传》）。再结合本则条目，足见他反对玄虚之学。

何充不尚清谈，却雅好佛学，奉事沙门。如《排调》第51则：

> 二郗奉道，二何奉佛，皆以财贿。谢中郎云："二郗谄于道，二何佞于佛。"

二郗，指太尉郗鉴的两个儿子郗愔及弟郗昙，他们奉事天师道，郗愔之子郗超则崇信佛教。何充执政后，全盘继承了王导的崇佛政策，且有过之无不及。本条刘孝标注引《晋阳秋》曰："何充性好佛道，崇修佛寺，供给沙门以百数。久在扬州，征役吏民，功赏万计，是以为遐迩所讥。充弟准，亦精勤，唯读佛经，营治寺庙而已矣。"余嘉锡在笺疏中指出："《法苑珠林》五十五引《冥祥记》曰：'晋司空庐江何充，字次道，弱而信法，心业甚精。常于斋堂，置于空座，筵帐精华，络以珠宝，设之积年，庶降神异。后大会，道俗甚盛。'"可见其奉佛之笃也。然《晋书》本传又载何充"所昵庸杂，信任不得其人，而性好释典，……靡费巨亿而不吝也。亲友至于贫乏，无所施遗，以此获讥于世。"[②]如此崇佛，自非佛法所倡。

《排调》第22则载何充往瓦官寺礼拜之事：

> 何次道往瓦官寺礼拜甚勤，阮思旷语之曰："卿志大宇宙，勇迈终古。"何曰："卿今日何故忽见推？"阮曰："我图数千户郡，尚不能得；卿乃图作佛，不亦大乎？"

阮裕，阮籍族弟，字思旷。《品藻》第27则阮裕评何充："布衣超居宰相之位，可恨！"《排调》第22则刘孝标注引《语林》又云阮裕得知何充将任宰辅，叹曰："我当何处生活？"可知二人素来不睦。何充信佛甚笃，故礼拜甚勤，致为阮裕嘲讽。然阮裕此语，还可看出其对佛法的轻视，其原因如下：

① [唐]房玄龄等撰. 晋书[M]. 北京：中华书局，2000：1350.

② [唐]房玄龄等撰. 晋书[M]. 北京：中华书局，2000：1350.

阮思旷奉大法，敬信甚至。大儿年未弱冠，忽被笃疾。儿既是偏所爱重，为之祈请三宝，昼夜不懈。谓至诚有感者，必当蒙佑。而儿遂不济。于是结恨释氏，宿命都除。（《尤悔》11）

以上所引《排调》篇两则何充近佛事，《晋书》卷七七《何充传》亦载。

何准，字幼道，何充第五弟，其女为穆章皇后。何准高尚寡欲，弱冠知名，州府交辟，并不就。充居宰辅之重，权倾一时，而准散带衡门，不及人事。何充做骠骑将军时，曾劝其从仕，准曰："予第五之名，何必减骠骑？"（《栖逸》5）可知其淡泊名利。

何准亦笃于事佛，其近佛事迹已见上引《排调》第51则。

二、高平郗氏

高平金乡郗氏家族初兴于汉末魏初的郗虑、发展于西晋的郗隆、显贵于东晋的郗鉴、兴盛于郗超。《世说新语》中，高平郗氏与佛教有涉的人物主要有：第二代郗愔，第三代郗超（郗愔子）。[①]

（一）郗愔

郗愔，字方回，郗鉴长子。郗鉴是东晋初期著名将领，在平定王敦之乱时立下大功，后经营京口多年，对东晋北府兵的建立有奠基之功，官至司空而位至太尉。郗愔历辅国将军、会稽内史、都督徐兖青幽扬州之晋陵诸军事、领徐兖二州刺史、侍中、司徒等。太元九年卒，时年七十二。

郗愔信奉天师道，故入世之心不重，《晋书·郗愔传》曰："会弟昙卒，（愔）益无处世意。在郡优游，颇称简默，与姊夫王羲之、高士许询，并有迈世之风，俱栖心绝谷，修黄老之术。后以疾去职，乃筑宅章安，有终焉之志。十许年间，人事顿绝。"郗愔父郗鉴、子郗超均有治国理政才干，郗愔则不然，《捷悟》第6则："郗司空在北府，桓宣武恶其居兵权。郗于事机素暗，遣笺诣桓：'方欲共奖王室，修复园陵。'世子嘉宾出行，于道上闻信至，急取笺，视竟，寸寸毁裂，便回还更作笺，自陈老病，不堪人间，欲乞闲地自养。宣武得笺大喜，即诏转公督五郡，会稽太守。"可知其不谙政事。

① 此世系据杨勇先生《世说新语校笺》所附《高平金乡郗氏谱》。

《世说新语》载郗愔与佛教识含宗代表人物于法开有交往：

郗愔信道甚精勤，常患腹内恶，诸医不可疗，闻于法开有名，往迎之。既来便脉，云："君侯所患，正时精进太过所致耳。"合一剂汤与之。一服即大下，去数段许纸，如拳大，剖看，乃先所服符也。（《术解》10）

此则故事，尊佛抑道，用于法开精妙的医术反衬道术之无能，颇似刘义庆《宣验记》《幽明录》文风。于法开此人，亦是般若学名家，本来名气很大，后来被支道林超越，遂隐居于剡县，潜心于医术，遂成一代名医。本条刘孝标注引《隋书·经籍志》，说他曾撰有医书《议论备豫方》一卷。郗愔及其弟郗昙信天师道，患病后所服道符却不起作用，只好求助于僧人。于法开医术精妙，药到病除。本条刘孝标又注引《晋书》曰："法开善医术，尝行，莫投主人，妻产而儿积日不坠。法开曰：'此易治耳。'杀一肥羊，食十余脔而针之。须臾儿下，羊膋裹儿出。"其技术精妙如是。谢安、王坦之与于法开友善，尝问之："法师高明刚简，何以医术经怀？"答曰："明六度以除四魔之病，调九候以疗风寒之疾，自利利人，不亦可乎？"正是佛家追求的自利利他精神。

（二）郗超

郗超，郗愔子，字景兴，一字嘉宾，少卓荦不羁，有旷世之度，交游士林，每存胜拔。善谈论，义理精微。桓温辟为征西大将军掾，温迁大司马，又转为参军。时王珣为温主簿，亦为温所重。超多髯，珣身短，府中语曰："髯参军，短主簿，能令公喜，能令公怒。"（《宠礼》3）超后迁中书侍郎、司徒左长史，权倾内外，以致朝臣谢安、王坦之、王献之等均感畏惧。《简傲》第15则："王子敬兄弟见郗公，蹑履问讯，甚修外生礼。及嘉宾死，皆着高屐，仪容轻慢。命坐，皆云：'有事，不暇坐。'既去，郗公慨然曰：'使嘉宾不死，鼠辈敢尔！'"《雅量》第30则："谢太傅与王文度共诣郗超，日旰未得前。王便欲去，谢曰：'不能为性命忍俄顷？'"其权重当时如此。

郗愔、郗超二人父慈子孝。桓温欲行篡逆，郗超亦为之谋，以父忠于王室，不令知之。将亡，出一箱书，付门生曰："我亡后，若父亲大损眠食，可呈此箱。"愔后果哀悼成疾，门生依旨呈之，则悉与温往反密计。愔怒曰："小子死恨晚矣！"不复哭。（《伤逝》12刘孝标注引《续晋阳秋》）足见其父子深情。

郗超入世之心虽重，然亦崇佛敬僧。《世说新语》中郗超与之交游的名僧主要有释道安：

> 郗嘉宾钦崇释道安德问，饷米千斛，修书累纸，意寄殷勤。道安答，直云："损米。"愈觉有待之为烦。（《雅量》32）

这是道安在襄阳弘法时的事情。郗超对释道安甚为崇拜，赠粮写信，殷勤结交，也盼望因此能引起对方重视。千斛的总量是一万二千斤，足见郗超之慷慨。道安是本无宗创始人，在现实生活中亦以"本无"为指导思想，追求庄子所说的"无待""逍遥"境界，追求精神上的自由和心灵的解脱。郗超之举在其看来，实属烦琐，故道安只礼节性地回复了两个字"损米。""有待"之"待"，是依靠之意。"愈觉有待之为烦"，是指世人还不能摆脱对外物的依赖，形体须凭借粮米等才能生存下去，得不到真正的解脱。对此，余嘉锡先生笺疏云："盖嘉宾之书，填砌故事，言之累牍不能休。而安公答书，乃直陈其事，不作才语。读之言简意尽，愈觉必待词采而后为文者，无益于事，徒为烦费耳。"可谓一语中的。

此事《高僧传》卷五《释道安传》亦载，略有不同：

> 高平郗超遣使遗米千斛，修书累纸，深致殷勤。安答书云："损米，弥觉有待之为烦。"

这里，"弥觉有待之为烦"之句，成了道安的答语。杨勇、徐震堮之《校笺》同《高僧传》，而余嘉锡笺疏云："详审文义，'愈觉有待之为烦'一句，乃记者叙事之辞，非安公语也。"笔者认为，当以《高僧传》为是，盖《世说》叙事，采取的是"中立型叙事视角"，也就是说叙述者不是故事中的人物，不通过人物的角度进行叙述。它与一般的全知视角最大的不同，就在于其叙述者对故事不进行干预，不在故事中插入议论，不公开表明自己的观点。

《排调》第51则云："二郗奉道"。由于郗超父、叔所信奉的是天师道，故其所奉养的并不仅仅是沙门。据《晋书》卷六七《郗超传》载，郗超"性好闻人栖遁，有能辞荣拂衣者，超为之起屋宇，作器服，畜仆竖，费百金而不吝"。[①]《世说》"栖逸"篇亦有类似记载：

> 郗超每闻欲高尚隐退者，辄为办百万资，并为造立居宇。在剡，为戴

① [唐]房玄龄等撰．晋书[M]．北京：中华书局，2000：1198．

公起宅，甚精整。戴始往旧居，与所亲书曰："近至剡，如官舍。"郗为傅约亦办百万资，傅隐事差互，故不果遗。（第 15 则）

有趣的是，其钱财来源之一竟是其父的积蓄，《俭啬》第 9 则："郗公大聚敛，有钱千万。嘉宾意甚不同，常朝旦问讯。郗家法：子弟不坐。因倚语移时，遂及财货事。郗公曰：'汝正当欲得吾钱耳！乃开库一日，令任意用。'"

《世说新语》中还有一则郗超与谢安品评支遁的事迹：

郗嘉宾问谢太傅曰："林公谈何如嵇公？"谢云："嵇公勤著脚，裁可得去耳。"又问："殷何如支？"谢曰："正尔有超拔，支乃过殷；然亹亹论辩，恐殷欲制支。"（《品藻》67）

据《高僧传·支遁传》记载，郗超与支遁颇为交好，曾在与亲友的书信中对其推崇备至："林法师神理所通，玄拔独悟。实数百年来，绍明大法，令真理不绝，一人而已。"《高僧传》卷七《于法开传》云："（法开）每与支道林争即色空义，庐江何默申明开难，高平郗超宣述林解，并传于世。"由此可知郗超精研佛理。支遁亦推崇郗超，《言语》第 75 则刘孝标注引《郗超别传》曰："超精于理义，沙门支道林以为一时之俊。"

郗超对佛教理论有较深的研究，尤其熟悉般若学各家主张，据《祐录》卷十二所载宋陆澄《法论目录》，其著作颇丰，代表作《奉法要》今尚存（载于《弘明集》卷一三）。"奉法要"的意思是探讨奉持佛法的要点。此文对在家修行的佛教徒应该如何奉持佛教基本教义进行说明，试图把佛教基本教义和传统儒家学说中的伦理道德折中贯穿起来，对普及佛教基本教义起了很大的作用。

第六节　其他名士

一、谯国桓氏

谯国（今安徽亳州）桓氏，据杨勇先生《世说新语校笺》所附"谯国龙亢桓氏谱"可以看出，谯国桓氏自东汉大儒桓荣至桓典凡五世皆显赫于世，入晋后名著者为第九代桓彝，第十代桓温、桓冲，第十一代桓玄。

《世说新语》中，谯国桓氏与佛教有涉的人物主要有：第九代桓彝；第十代桓温（桓彝子）。

桓彝，字茂伦，少孤，识鉴明朗，避乱渡江，历散骑常侍、宣城内史，为苏峻所害，赠廷尉、改赠太常。

桓彝子桓温，字元子，少有豪迈风气，为温峤所知，其父遂名之为温。温峤闻之笑曰："果尔，后将易吾姓也。"[①]（《晋书》卷九八《桓温传》）温尚南康长公主，累迁徐州刺史、荆州刺史、琅邪内史，进征西大将军，封南郡公。薨，谥宣武侯。

桓温是个了不起的英雄。《世说·容止》第27则引刘惔评桓温语云："鬓如反猬皮，眉如紫石棱，自是孙仲谋、司马宣王一流人。"桓温因其连年征讨，对世情人生的感悟迥异于当时名士，《言语》第55则："桓公北征，经金城，见前为琅邪时种柳，皆已十围，慨然曰："木犹如此，人何以堪！'攀枝执条，泫然流泪。"见出其重情的一面。《言语》第58则更描绘了其赤胆忠心的英雄形象："桓公入峡，绝壁天悬，腾波迅急，乃叹曰：'既为忠臣，不得为孝子，如何？'"正因如此，他反对玄虚之学，《轻诋》第11则："桓公入洛，过淮、泗，践北境，与诸僚属登平乘楼，眺瞩中原，慨然曰："遂使神州陆沈，百年丘墟，王夷甫诸人，不得不任其责！"再如《排调》第24则："桓大司马乘雪欲猎，先过王、刘诸人许。真长见其装束单急，问："老贼欲持此何作？"桓曰："我若不为此，卿辈亦那得坐谈？"

桓彝、桓温父子涉佛事迹，《世说新语》有两则，先看《赏誉》第48则：：

时人欲题目高坐而未能，桓廷尉以问周侯，周侯曰："可谓卓朗。"桓公曰："精神渊著。"

桓廷尉即桓彝，桓公即桓温。帛尸梨密出家前是西域某国王之子，以国让弟，其风姿深得士族激赏。本条刘孝标注引《高坐传》曰："庾亮、周顗、桓彝一代名士，一见和尚，披衿致契。曾为和尚作目，久之未得。有云：'尸利密可称卓朗。'于是桓始咨嗟，以为标之极似。宣武尝云：'少见和尚，称其精神渊著，当年出伦。'其为名士所叹如此。"此事亦见于《高僧传·帛尸梨密传》。

再看一则桓彝评价竺法深的事迹：

桓常侍闻人道深公者，辄曰："此公既有宿名，加先达知称，又与先

① [唐]房玄龄等撰．晋书[M]．北京：中华书局，2000：1715.

人至交，不宜说之。”（《德行》30）

这里，桓彝对竺法深的德行推崇备至。孙绰《道贤论》论竺法深、刘伶：“潜公道素渊重，有远大之量；刘伶肆意放荡，以宇宙为小。虽高栖之业刘所不及，而旷大之体同焉。”再联系《方正》第45则：“后来年少，多有道深公者。深公谓曰：‘黄吻年少，勿为评论宿士。昔尝与元明二帝、王庾二公周旋。’”可知竺法深胸中豁达，有远大之量，然“大行不顾细谨，大礼不辞小让”，其细行或为世俗者非议。以刘惔之才，尚出讥言（见《言语》第48则），况无知小儿乎？《高僧传》卷四《于法开传》引故东山谚云：“深量，开思，林谈，识记。”“深量”，称誉法深之雅量也。

另，桓温近佛事迹还见于《高僧传》和《晋书》。《晋书·桓温传》云：

> 时有远方比丘尼名有道术，于别室浴，温窃窥之。尼裸身先以刀自破腹，次断两足。浴竟出，温问吉凶，尼云：“公若作天子，亦当如是。”[①]

此事自属虚妄，盖因桓温功高震主，又常有不臣之心，故有此传闻。《世说·尤悔》第13则云：“桓公卧语曰：‘作此寂寂，将为文、景所笑！’既而屈起坐曰：‘既不能流芳后世，亦不足复遗臭万载邪？’”刘孝标注引《续晋阳秋》指出：“桓温既以雄武专朝，任兼将相，其不臣之心，形于音迹。”又《排调》第38则：“桓公既废海西，立简文。侍中谢公见桓公，拜，桓惊笑曰：‘安石，卿何事至尔？’谢曰：‘未有君拜于前，臣立于后！’”亦云其权倾人主。

《高僧传》卷五《竺法汰传》则载有桓温与竺法汰交游之事：

> 时桓温镇荆州，遣使要过，供事汤药，安公又遣弟子慧远下荆问疾，汰病小愈诣温。温欲共汰久语，先对诸宾，未及前汰，汰既疾势未歇，不堪久坐，乃乘舆历厢回出。相闻与温曰：“风痰忽发，不堪久语，比当更造。”温匆匆起出，接与归焉。

二、汝南周氏

《世说新语》中，汝南周氏与佛教有涉的人物主要有周顗及其次弟周嵩。周顗字伯仁，扬州刺史浚长子。顗有风流才气，少知名，正体嶷然，时人

① ［唐］房玄龄等撰．晋书[M]．北京：中华书局，2000：1720．

目之："嶷如断山"。（《赏誉》56）。举寒素，累迁尚书仆射，后颇以酒失，尝经三日不醒，时人谓之"三日仆射"（《言语》第30则刘晓标注）。顗曾论己和庾亮之优劣，云："萧条方外，亮不如臣；从容廊庙，臣不如亮。"（《品藻》22）与亲友言戏秽杂无检节，刘孝标注引邓粲《晋纪》曰："王导与周顗及朝士诣尚书纪瞻观伎。瞻有爱妾，能为新声。顗于众中欲通其妾，露其丑秽，颜无作色。"有人讥之，周曰："吾若万里长江，何能不千里一曲！"（《任诞》25）其任情放诞如此。

周顗虽小节不检，于大节却不曾有亏，因忠于王室，为叛臣王敦所害。周顗之死，王导起了一定作用，后闻周顗曾尽心救他，悔曰："我不杀周侯，周侯由我而死。幽冥中负此人！"（《尤悔》6）

周嵩字仲智，周顗长弟，性绞直果侠，每以才气陵物，亦为王敦所害。周谟，字叔治，小字阿奴，周顗次弟。仕至中护军。

《世说新语》中，周顗之母李络秀是一个美貌且心思缜密的女子，她是周浚任扬州刺史时所娶之妾。其时父兄不许，络秀曰："门户殄瘁，何惜一女？若联姻贵族，将来或大益。"父兄从之。遂生周顗兄弟。络秀语其子："我所以屈节为汝家作妾，门户计耳！汝若不与吾家作亲亲者，吾亦不惜余年！"伯仁等悉从命。（《贤媛》18）在这里，婚姻对于李氏门第的提高起了关键作用。

周顗兄弟三人性格各异，周嵩对其母说："伯仁为人志大而才短，名重而识暗，好乘人之弊，此非自全之道；嵩性狼抗，亦不容于世；唯阿奴碌碌，当在阿母目下耳。"（《识鉴》14）后果如其言。

《世说新语》中，周顗与之交游的僧人主要有帛尸梨密：

> 时人欲题目高坐而未能，桓廷尉以问周侯，周侯曰："可谓卓朗。"桓公曰："精神渊著。"（《赏誉》48）

> 庾亮、周顗、桓彝一代名士，一见和尚，披衿致契。（《赏誉》48刘孝标注引《高坐传》）

> 周仆射领选，抚其（帛尸梨密）背而叹曰："若选得此贤，令人无恨。"俄而周侯遇害，和尚对其灵坐，作胡祝数千言，音声高畅，既而挥涕收泪，其哀乐废兴皆此类。"（《言语》39刘孝标注引《高坐传》）

上引诸事《高僧传》亦载，其云：

太尉庾元规、光禄周伯仁、太常谢幼与、廷尉桓茂伦，皆一代名士，见之，终日累叹，披衿致契。……周顗为仆射领选，临入，过造密，乃叹曰："若使太平之世，尽得选此贤，真令人无恨也。"俄而顗遇害，密往省其孤，对坐作胡呗三契，梵响凌云；次诵咒数千言，声音高畅，颜容不变；既而挥涕收泪，神气自若。其哀乐废兴，皆此类也。（卷一《帛尸梨密传》）

周嵩近佛事迹，《方正》第26则刘孝标注引《晋阳秋》云："嵩事佛，临刑犹诵经。"周嵩被杀，亦是为国殉身。刘注引邓粲《晋纪》曰："顗被害，王敦使人吊焉。嵩曰：'亡兄，天下有义人，为天下无义人所杀，复何所吊？'敦甚衔之。犹取为从事中郎，因事诛嵩。"足见兄弟二人虽崇佛，却重忠孝节义。

另，《高僧传》卷九《慧则传》亦记载周嵩全家奉佛事：

安慧则。未详氏族。……手自细书黄缣，写《大品经》一部，合为一卷。字如小豆，而分明可识。凡十余本。以一本与汝南周仲智妻胡母氏供养。胡母过江赍经自随。后为灾火所延，仓卒不暇取经，悲泣懊恼。火息后，乃于灰中得之，首轴颜色，一无亏损。于时同见闻者，莫不回邪改信。

此说自属虚妄，当是佛徒自神其教之作，如"释氏辅教之书"《冥祥记》亦载：

周嵩妇胡母氏，有素书《大品》，素广五寸，而《大品》一部尽在焉。又并有舍利，银罂置之，并缄于深箧。永嘉之乱，胡母将避兵南奔，经及舍利，自出箧外，因取怀之，以渡江东。又尝遇火，不暇取经，及屋尽火灭，得之于灰烬之下，俨然如故。……此经盖得道僧慧则所写也。[①]（南齐王琰撰，《法苑珠林》卷十八"感应缘"引）

可以看出，周嵩夫妇在渡江前就是虔诚的佛教徒，除珍藏《大品》外，尚供养舍利（佛骨）。

汝南周氏在南朝时亦是崇佛世家。如周顗七世孙周颙即在佛教经典中发现了四声，后沈约、谢朓、王融将之用于诗歌的创作中，共同创立了"永明体"。

---

① [唐]释道世著. 周叔迦、苏晋仁校注. 法苑珠林校注[M]. 北京：中华书局，2003：590.

三、太原孙氏

《世说新语》中，太原中都孙氏与佛教有涉的人物主要有：第五代孙绰及从兄孙盛。①

（一）孙绰

孙绰（320—377 年），字兴公，太原中都（今山西平遥）人。祖孙楚，西晋惠帝时任冯翊太守。孙绰于东晋初与兄孙统过江，居于会稽。其人博学善属文，雅好山水，初抱栖隐之志，曾著《遂初赋》以自述其志。后入仕途，初任著作佐郎，袭爵长乐侯。庾亮请为参军，补章安令，征拜太学博士，迁尚书郎。殷浩以为建威长史，王羲之引为右军长史。转永嘉太守，迁散骑常侍，领著作郎。后转廷尉卿，领著作郎。

孙绰文才为当世之冠，故温峤、王导、郗鉴、庾亮诸名臣死后，均由其撰写碑文，然后刻石流传。《世说》中亦随处可见孙绰之才华。如《文学》第 86 则写孙绰作《天台赋》成，以示范荣期，云："卿试掷地，要作金石声。"可见他对自己的才学颇为自负。《文学》第 84、89 则载有孙绰对陆机、潘岳的品评，谓"潘文烂若披锦，无处不善；陆文若排沙简金，往往见宝""潘文浅而净，陆文深而芜"，均一语中的。孙绰品评文章，还有一点颇为关键，即作者"神情是否关乎山水"（见《赏誉》107）

但他才虽高而性鄙，故不合时誉。孙绰之俗，《世说》亦有录载：

> 孙长乐作王长史诔云："余与夫子，交非势利，心犹澄水，同此玄味。"王孝伯见曰："才士不逊，亡祖何至与此人周旋！"（《轻诋》22）
>
> 孙兴公作庾公诔，文多托寄之辞。既成，示庾道恩，庾见，慨然送还之，曰："先君与君，自不至于此。"（《方正》48）
>
> 孙长乐兄弟就谢公宿，言至款杂。刘夫人在壁后听之，具闻其语。谢公明日还，问昨客何似，刘对曰："亡兄门，未有如此宾客！"谢深有愧色。（《轻诋》17）
>
> 褚太傅南下，孙长乐于船中视之。言次，及刘真长死，孙流涕，因讽

① 此世系据杨勇先生《世说新语校笺》所附《太原中都孙氏谱》。

咏曰："人之云亡，邦国殄瘁。"褚大怒，曰："真长平生，何尝相比数，而卿今日作此面向人！"孙回泣向褚曰："卿当念我！"时咸笑其才而性鄙。（《轻诋》9）

文中，王孝伯即王恭，长史王濛之孙。庾道恩即庾羲，太尉庾亮之子。刘夫人即清谈名士刘惔之妹，谢安之妻，素有令德。褚太傅即褚裒，字季野。可见孙绰"性鄙"已是公论，然这几则条目也足证其人有才。

《世说新语》中孙绰与之交游的高僧主要有支遁，兹略引如下：

有北来道人好才理，与林公相遇于瓦官寺，讲小品。于时竺法深、孙兴公悉共听。此道人语，屡设疑难，林公辩答清析，辞气俱爽。此道人每辄摧屈。孙问深公："上人当是逆风家，向来何以都不言？"深公笑而不答。（《文学》30）

孙兴公、许玄度共在白楼亭，共商略先往名达。林公既非所关，听讫，云："二贤故自有才情。"（《赏誉》119）

孙舆公见林公："棱棱露其爽。"（《容止》）

支道林问孙兴公："君何如许掾？"孙曰："高情远致，弟子早已服膺；一吟一咏，许将北面。"（《品藻》54）

王文度在西州，与林法师讲，韩、孙诸人并在坐，林公理每欲小屈。孙兴公曰："法师今日如著弊絮在荆棘中，触地挂阂。"（《排调》）

王逸少作会稽，初至，支道林在焉。孙兴公谓王曰："支道林拔新领异，胸怀所及乃自佳，卿欲见不？"王本自有一往隽气，殊自轻之。后孙与支共载往王许，王都领域，不与交言。（《文学》36）

从以上引文可以看出，孙绰与支遁交游的目的主要是赏其名士风采。但是，与王坦之不同的是，支遁与孙绰颇有交情，故二人过从甚密。

孙绰也是有名的佛教徒，对佛教义理有较深的研究。其与佛教相关的撰述颇丰，有《名德沙门题目》《名德沙门赞》《道贤论》《喻道论》等。

《名德沙门论题目》及《名德沙门赞》均已佚，但刘孝标《世说》注中多有引用，如《文学》第45则评于法开之语，《言语》第93则评竺道壹之语，《赏誉》第 114 则评竺法汰之语，《假谲》第 11 则评支愍度之语。

《道贤论》亦佚，文中，孙绰根据两晋高僧竺法护、竺法乘、帛远、竺道潜、支遁、于法兰、于道邃七人各自特点，分别把他们比作"竹林七贤"中的山涛、王戎、嵇康、刘伶、向秀、阮籍、阮咸。

《喻道论》今存世，载于《弘明集》卷三，是关于儒、释关系的代表性论文，在《喻道论》中，孙绰表达了对佛教基本精神的理解，他说：

> 夫佛也者，体道者也。道也者，导物者也。应感顺通，无为而无不为者也。无为，故虚寂自然；无不为，故神化万物。

这里，他以道家的无为哲学阐释佛教，把道与佛统一起来。

随后他又指出：

> 周、孔即佛，佛即周、孔，盖外内名之耳。故在皇为皇，在王为王。佛者梵语，晋训觉也。觉之为义，悟物之谓，犹孟轲以圣人为先觉，其旨一也。应世轨物，盖亦随时。①

佛教与儒家，虽在形迹上有异，但治国安民的本质是一致的。佛的本意"觉悟"与儒家圣人的"先觉"，都具有"应世轨物"的意义。如果只见它们的形异，那就别而为二；如果加以融通，那就一致不二。所以，孙绰明确提出"周孔即佛，佛即周孔"。

孙绰在其《游天台山赋》中，更融佛、道、玄为一体，向人们展示幽远的自然意境和玄妙的精神境界：

> 散以象外之说，畅以无生之篇。悟遣有之不尽，觉涉无之有间。泯色空以合迹，忽即有而得玄。释二名之同出，消一无于三幡。恣语乐以终日，等寂默于不言。浑万象以冥观，兀同体于自然。②

（二）孙盛

孙盛，孙绰从兄，字安国，年十岁，避难渡江。起家著作郎，浏阳令，后迁秘书监、给事中。

---

① [清]严可均辑. 全上古三代秦汉三国六朝文[M]. 北京：中华书局，1958：1811.

② [清]严可均辑. 全上古三代秦汉三国六朝文[M]. 北京：中华书局，1958：6180.

孙盛博学强识，善言名理。时中军将军殷浩擅名一时，能与剧谈相抗者，唯盛而已。《文学》第 31 则载孙盛与殷浩清谈，“彼我奋掷麈尾，悉脱落，满餐饭中。宾主遂至莫忘食。”其态度之认真，令人叹服。

《世说新语》中孙盛涉佛条目仅有一则：

褚季野语孙安国云：“北人学问，渊综广博。”孙答曰：“南人学问，清通简要。”支道林闻之，曰：“圣贤故所忘言。自中人以还，北人看书，如显处视月，南人学问，如牖中窥日。”（《文学》25）

此属评南北学风之不同，北人博而不精，南人精而不博。正如《北史·儒林传序》所言：“南人约简，得其英华；北学深芜，穷其枝叶。”[①] 此条刘孝标注云：“然则学广则难周，难周则识闇，故如显处视月；学寡则易覈，易覈则智明，故如牖中窥日也。”文中，褚季野即褚裒，河南阳翟人，属南人。孙安国即孙盛，山西太原人，属北人。支遁之言，其实就是解释南北学问特点之成因，他用“显处视月“和”牖中窥日”两个生动的比喻，把“渊综广博”与“清通简要”化为可以感觉到的具体形象，使人易于理解，印象深刻。

支遁品评南北学术，亦是受其时士风熏染。《世说新语》中多次提到南北士人之争，且辩论均极精彩：

习凿齿、孙兴公未相识，同在桓公坐。桓语孙：“可与习参军共语。”孙云：“‘蠢尔蛮荆’，敢与大邦为雠！”习云：“‘薄伐猃狁’，至于太原。”（《排调》41）

蔡洪赴洛，洛中人问曰：“幕府初开，群公辟命，求英奇于仄陋，采贤俊于岩穴。君吴、楚之士，亡国之余，有何异才而应斯举？”蔡答曰：“夜光之珠，不必出于孟津之河；盈握之璧，不必采于昆仑之山。大禹生于东夷，文王生于西羌。圣贤所出，何必常处。昔武王伐纣，迁顽民于洛邑，得无诸君是其苗裔乎？”（《言语》22）

习凿齿是襄阳人，故孙绰称之为“蛮荆”。绰是太原人，故以大邦上国自居。习凿齿则机敏地以《诗经》中北夷猃狁喻孙绰，讽其亦不过是夷地人而已。这里可见南北士族之竞心。

① [唐]李延寿撰．北史[M]．北京：中华书局，2000：1795．

四、许询

许询，字玄度，高阳（治今河北蠡县南）人，魏中领军许允玄孙，以文义驰名，善玄言诗。

许询一生未仕，寓居会稽山阴，与支遁、孙绰、谢安、王羲之等友善，后来更成为佛教徒。其事迹《晋书》不载，《建康实录》卷八有《许询传》，其云：

询幼冲灵，好泉石，清风朗月，举酒永怀，中宗闻而征为议郎，辞不受职，遂托迹居永兴。肃宗连征司徒掾，不就。乃策杖披裘，隐于永兴西山，凭树构堂，萧然自致，至今此地名为萧山。遂舍永兴、山阴二宅为寺，家财珍异，悉皆是给。既成，启奏孝宗，诏曰："山阴旧宅为祇洹寺，永兴新居为崇化寺。"询乃于崇化寺造四层塔，物产既罄，犹欠露盘相轮，一朝风雨，相轮等自备，时所访问，乃是剡县飞来，既而移皋屯之岩。常与沙门支遁及谢安、王羲之等同游往来，至今皋屯呼为许玄度岩也。①

"舍永兴、山阴二宅为寺，家财珍异，悉皆是给""于崇化寺造四层塔"，可知许询笃于事佛。

《世说新语》中与许询直接交游的僧人是支遁，其中有一则是他们清谈佛理的故事：

支道林、许掾诸人共在会稽王斋头。支为法师，许为都讲。支通一义，四坐莫不厌心。许送一难，众人莫不抃舞。但共嗟咏二家之美，不辩其理之所在。（《文学》40）

此条刘孝标注引《高逸沙门传》曰："道林时讲《维摩诘经》。"从支遁、许询的清谈中我们能够看出许询精通佛学。《高僧传·支遁传》亦载此事："（遁）晚出山阴，讲《维摩经》。遁为法师，许询为都讲。遁通一义，众人咸谓询无以厝难；询设一难，亦谓遁不复能通。如此至竟。两家不竭。凡在听者，咸谓审得遁旨，回令自说，得两三反便乱。"

再看一则许询和王修讲论，支遁评判的事迹：

许掾年少时，人以比王苟子，许大不平。时诸人士及林法师并在会稽西寺讲，王亦在焉。许意甚忿，便往西寺与王论理，共决优劣，苦相折挫，

① ［唐］许嵩撰．张忱石点校．建康实录[M]．北京：中华书局，1986：216.

王遂大屈。许复执王理，王执许理，更相覆疏，王复屈。许谓支法师曰："弟子向语何似？"支从容曰："君语佳则佳矣，何至相苦邪？岂是求理中之谈哉？"（《文学》38）

许询是被孙绰评为有"高情远致"的名士，可是这则条目中，他却表现得很世俗，为维护自己的名声而锋芒毕露，故为支遁所轻。

许询近佛事迹还有两则，一则是《文学》第55则"支道林、许、谢盛德，共集王家"，一则是《赏誉》第119则"孙兴公、许玄度共在白楼亭，共商略先往名达"，此两条论述孙绰时已析，兹不赘述。

五、刘惔

刘惔，字真长，沛国萧县人。关于刘惔的出身，《赏誉》第22则曾有记载：

洛中雅雅有三嘏：刘粹字纯嘏，宏字终嘏，漠字冲嘏，是亲兄弟，王安丰甥，并是王安丰女婿。宏，真长祖也。

刘惔祖父刘宏，有兄弟三人，并为一时之俊。刘宏历秘书监、光禄大夫。宏兄粹，历侍中、南中郎将。宏弟漠，历相国右长史、襄州刺史、吏部尚书。刘惔父刘耽，为晋陵太守。刘惔的士族身份由此可知，故其妹得配谢安为妻。惔父早亡，他与母寓居京口，极为贫苦，以织草鞋为生。后为王导器重而知名于世，娶明帝女庐陵公主为妻，并担任过丹阳尹（相当于京兆尹）这一重要职务。

刘惔在士人中名气甚大，其时凡称风流者，皆举其与王濛为首。（《品藻》36刘晓标注）孝武帝为女求婿，曰："正如真长、子敬比，最佳。"（《排调》60）可见对其推重之意。

惔尤善清言，《赏誉》第111则载许询评刘惔语："非至精者，不能与之析理"。《品藻》第37则载其自许为第一流清谈名家。刘惔之谈才，几为名士之冠：

殷中军、孙安国、王、谢能言诸贤，悉在会稽王许，殷与孙共论《易象妙于见形》，孙语道合，意气干云，一坐咸不安孙理，而辞不能屈。会稽王慨然叹曰："使真长来，故应有以制彼。"即迎真长，孙意己不如。真长既至，先令孙自叙本理，孙粗说己语，亦觉殊不及向。刘便作二百许语，辞难简切，孙理遂屈。一坐同时抚掌而笑，称美良久。（《文学》56）

《世说新语》中，与刘惔有交游的僧人主要有竺法深和支遁，涉及的条目共有5则，另有一则是刘惔在瓦官寺与俗士清谈，兹略引如下：

竺法深在简文坐，刘尹问："道人何以游朱门？"答曰："君自见朱门，贫道如游蓬户。"（《言语》48）

王、刘与林公共看何骠骑，骠骑看文书，不顾之。（《政事》18）

王、刘听林公讲，王语刘曰："向高坐者，故是凶物。"（《赏誉》110）

王长史谓林公："真长可谓金玉满堂。"林公曰："金玉满堂，复何为简选？"王曰："非为简选，直致言处自寡耳。"（《赏誉》83）

王孝伯问谢太傅："林公何如长史？"太傅曰："长史韶兴。"问："何如刘尹？"谢曰："噫！刘尹秀。"王曰："若如公言，并不如此二人邪？"谢云："身意正尔也。"（《品藻》76）

刘丹阳、王长史在瓦官寺集，桓护军亦在坐，共商略西朝及江左人物。（《品藻》42）

上引诸文，有四则涉及支遁，内容以清谈为主。另外还可以看出，后五则都涉及长史王濛，这是因为刘惔、王濛二人交好。

六、范宁、卞壶、蔡系

此三人皆出身于礼法士族家庭，故合论。

范宁，字武子，慎阳县（今河南正阳）人。祖稚，早卒。父汪，安北将军。宁博学通览，累迁中书郎、豫章太守。

范宁一生，尊儒崇礼，《晋书》卷七四《范宁传》云："时以浮虚相扇，儒雅日替，宁以为其源始于王弼、何晏，二人之罪深于桀纣。"又云"宁崇儒抑俗，率皆如此。温薨之后，始解褐为余杭令，在县兴学校，养生徒，洁已修礼，志行之士莫不宗之。期年之后，风化大行。自中兴已来，崇学敦教，未有如宁者也。"①

然而范宁亦崇佛法：

范宁作豫章，八日请佛有板，众僧疑或欲作答。有小沙弥在坐末，曰：

① ［唐］房玄龄等撰．晋书［M］．北京：中华书局，2000：1319-1320.

"世尊默然，则为许可。"众从其义。（《言语》97）

范宁这一行为是儒家与佛家的结合。余嘉锡先生笺疏云"范武子湛深经术，粹然儒者。尝深疾浮虚，谓王弼、何晏之罪，深于桀、纣。其识高矣。而亦拜佛讲经，皈依彼法。盖南北朝人，风气如此。"另，由前引何尚之《答宋文帝赞扬佛教事》还可以看出，范宁子范泰亦奉佛。

卞壶，字望之，济阴冤句人。祖统，琅邪内史。父粹，太常卿。壶少以贵正见称，累迁御史中丞，因执法严正，遂使权贵敛迹。后转领军尚书令，苏峻作乱，率众拒战，父子二人俱死王难。

卞壶为人刚正且有锋芒，如《赏誉》第54则："王丞相云：'刁亮之察察，戴若思之岩岩，卞望之峰距。'"其人素重礼法，刘孝标注引邓粲《晋纪》曰："初，咸和中，贵游子弟能谈嘲者，慕王平子、谢幼舆等为达。壶厉色于朝曰：'悖礼伤教，罪莫斯甚！中朝倾覆，实由于此！'欲奏治之。"又《晋书》卷七十《卞壶传》曾载其斥责丞相王导事："帝崩，成帝即位，群臣进玺，司徒王导以疾不至。壶正色于朝曰：'王公岂社稷之臣邪！大行大殡，嗣皇未立，宁是人臣辞疾之时！'导闻之，乃舆疾而至。"[①] 足见其为礼法之士。

《世说新语》中卞壶与之交往的僧人，有帛尸梨密，或许还有竺法深：

高坐道人于丞相坐，恒偃卧其侧。见卞令，肃然改容云："彼是礼法人。"（《简傲》7）

竺法深在简文坐，刘尹问："道人何以游朱门？"答曰："君自见朱门，贫道如游蓬户。"或云卞令。（《言语》48）

蔡系，蔡谟子，字子叔，济阳人，有文理，仕至抚军长史。其父蔡谟，字道明，历左光禄、录尚书事、扬州刺史，是著名的礼法名士。

《世说新语》中蔡系与之交往的僧人有支遁：

支道林还东，时贤并送于征虏亭。蔡子叔前至，坐近林公；谢万石后来，坐小远。蔡暂起，谢移就其处。蔡还，见谢在焉，因合褥举谢掷地，自复坐。谢冠帻倾脱，乃徐起，振衣就席，神意甚平，不觉嗔沮。坐定，谓蔡曰："卿奇人，殆坏我面。"蔡答曰："我本不为卿面作计。"（《雅量》31）

---

① ［唐］房玄龄等撰．晋书[M]．北京：中华书局，2000：1241．

从以上论述可以看出，这些礼法士族身居高位，然而均笃于事佛，似乎令人很难理解。答案其实很简单：这是朝廷奉佛政策的结果。但是这些礼法之士不同于何充等人，他们的奉佛是有限度的，这一点可证之于蔡系之父蔡谟对佛教的态度。前已述及，晋明帝在乐贤堂所画的佛像，至成帝时仍保存完好。其时彭城王司马纮上书，言乐贤堂有先帝手画佛像，经历寇难（即苏峻之乱），而此堂犹存，宜敕著作，咸使作颂，以明佛法之灵验。蔡谟坚决反对，其云：

> 佛者，夷狄之俗，非经典之制。先帝量同天地，多才多艺，聊因临时而画此象，至于雅好佛道，所未承闻也。盗贼奔突，王都隳败，而此堂块然独存，斯诚神灵保祚之征，然未是大晋盛德之形容，歌颂之所先也。人臣睹物兴义，私作赋颂可也。今欲发王命，敕史官，上称先帝好佛之志，下为夷狄作一象之颂，于义有疑焉。[①]（《晋书》卷七二《蔡谟传》）

于是此议遂罢。从这里我们可以看出礼法士族对佛教的态度是：承认佛教在私人生活中的合法性，而不承认在政治生活中的合法性。

---

① [唐]房玄龄等撰．晋书[M]．北京：中华书局，2000：1352.

第三章　从《世说新语》看僧人的名士化

鲁迅先生云：

> 《世说新语》今本凡三十八篇，自《德行》至《仇隙》，以类相从，事起后汉，止于东晋，记言则玄远冷峻，记行则高简瑰奇，下至缪惑，亦资一笑。孝标作注，又征引浩博。或驳或申，映带本文，增其隽永，所用书四百余种，今又多不存，故世人尤珍重之。[①]（《中国小说史略》第七篇“《世说新语》及其前后”）

“玄远冷峻”“高简瑰奇”，道出了《世说新语》中魏晋名士的风采。这种风采后世概括为一个文化名词：魏晋风度。所谓“魏晋风度”，即指魏晋时期的名士风度，是魏晋名士外在容貌、举止、言谈、风姿、态度和内在精神、气质、个性、才华、气度的有机统一。作为一个美学名词，魏晋风度是魏晋名士的行为方式、个性特征、价值取向、人格追求、审美理想的集中体现和象征。具体而言，生活于这一时代的文士们，其人生风貌明显表现出与其他时代的文士迥然不同的特征，他们崇尚自然，驰骋思辨，蔑视礼教，思想解放，性格通脱。因而在当时社会上形成了一种追求个性解放和完美人格的文化思潮。

就《世说新语》而言，魏晋风度的表现形式为清谈之风、品题之风、任诞之风。这三者也充分体现了魏晋时代的审美风尚和审美特征。如上所言，“魏晋风度”是魏晋名士的行为方式、个性特征、价值取向、人格追求、审美理想的集中体现和象征，但因为其时名士与名僧交游频繁，出现了“僧人的名士化”这一奇特现象。如《世说新语》中的名僧就大都具有名士倾向，支遁更是集名士与名僧于一身，首先，他善于清谈，并经常参加各种清谈活动，这是其名士化最突出的表现。其次，他还广泛地参与了当时的人物品藻活动。再则，他还具有魏

① 鲁迅. 中国小说史略 [M]. 上海：上海古籍出版社，1998：38.

晋名士所推崇的任诞之风。为便于论述，兹将《世说新语》中支遁所涉条目列见表 3–1：

表 3–1 《世说新语》支遁所涉条目表

内容	条目
支遁评佛图澄	《言语》45
支遁常养马“重其神骏”	《言语》63
支遁爱鹤，先铩其翮，后悔之，养令翮成，置使飞去	《言语》76
支遁评东阳长山	《言语》87
支遁与王濛、刘惔寻何充清谈，被拒	《政事》18
支遁评南北学问之高下	《文学》25
支遁与北来道人在瓦官寺谈论《小品》，竺法深、孙绰共听	《文学》30
支遁在白马寺与冯怀论庄子《逍遥》篇	《文学》32
支遁作《即色论》，反不敌王坦之	《文学》35
支遁为王羲之论《逍遥》	《文学》36
支遁判“三乘”	《文学》37
许询、王修清谈，支遁评判	《文学》38
支遁与谢朗清谈	《文学》39
支遁、许询通《维摩诘经》	《文学》40
支遁与谢玄清谈	《文学》41
支遁与王濛清谈	《文学》42
殷浩欲与支遁辩《小品》，不得	《文学》43
支遁与于法开弟子论《小品》	《文学》45
支遁、殷浩论才性	《文学》51
支遁与谢安、许询、王濛论《渔夫》	《文学》55
群贤征虏亭送支遁	《雅量》31
王濛、支遁论刘惔	《《赏誉》83
王羲之品评支遁	《赏誉》88
支遁、王羲之论刘惔	《赏誉》92
王濛评支遁	《赏誉》98
王濛、刘惔观支遁清谈	《赏誉》110
支遁评孙绰、许询清谈	《赏誉》119
支遁评王修	《赏誉》123
支遁评王胡之	《赏誉》136
孙绰答支遁“君何如许掾”之问	《品藻》54
支遁评王胡之与二谢之高下	《品藻》60
王述告诫王蕴勿轻支遁	《品藻》64

续表

内容	条目
谢安评支遁与嵇康、殷浩之高下	《品藻》67
谢安评支遁、庾亮之高下	《品藻》70
谢安评支遁与王濛、刘惔之高下	《品藻》76
谢安评支遁与王羲之、王胡之之高下	《品藻》85
支遁赏誉王濛	《容止》29
支遁探病王濛	《容止》31
谢安、孙绰赏誉支遁	《容止》37
支遁悼法虔	《伤逝》11
戴逵悼支遁	《伤逝》13
支遁好围棋	《巧艺》10
支遁向竺法深买山	《排调》28
王徽之、谢万排调支遁	《排调》43
支遁与王坦之清谈，不敌	《排调》52
支遁、土坦之互轻	《轻诋》21
庾龢引谢安论支遁语	《轻诋》24
王坦之为驳支遁著《论沙门不得为高士论》	《轻诋》25
支遁评王徽之兄弟	《轻诋》30

综观此表可以发现，与支遁交游的人大致有：琅邪王羲之及其子王徽之，陈郡谢安、谢万、谢玄及谢朗，太原王濛父子及王坦之。其他名士则有刘惔、许询、殷浩、何充等人。这些人，出身高门且位高权重，支遁在他们中间为什么会有这么高的地位和影响？要知道，比支遁身份显赫的僧人大有人在，以竺法深而言，他是大将军王敦之弟，出身琅邪王氏，在名士中却也没有得到如此广泛的重视。唯一的解释是，支遁是当时最具有名士气质的僧人，这一点从以上列表中他的行踪也可以看出。

《世说新语》中，有一则王坦之抨击支遁的条目：

> 王北中郎不为林公所知，乃著论《沙门不得为高士论》，大略云："高士必在于纵心调畅。沙门虽云俗外，反更束于教，非情性自得之谓也。"(《轻诋》25)

王坦之因为不为支遁赏识，便著述《沙门不得为高士论》，其实这就等于间接证明了支遁是名士。

实际上，就《世说新语》所记的名僧而言，却都是"纵心调畅""情性自得”而不束于教者。也正因如此，孙绰曾作《道贤论》[1]，以七名僧方竹林七贤，即以支遁比向秀，竺法护比山涛，帛远（法祖）比嵇康，竺法乘比王戎，竺道潜（法深）比刘伶，于法兰比阮籍，于道邃比阮咸，均是从佛玄融通的角度论述的。如论支遁、向秀：“支遁、向秀，雅尚《庄》《老》，二子异时，风好玄同矣。”论于法兰、阮籍：“兰公遗身，高尚妙迹，殆至人之流；阮步兵傲独不群，亦兰之俦也”。论竺法乘、王戎：“法乘、安丰，少有机悟之鉴，虽道俗殊操，阡陌可以相准”。论竺法深、刘伶：“潜公道素渊重，有远大之量；刘伶肆意放荡，以宇宙为小。虽高栖之业刘所不及，而旷大之体同焉。”论竺法护、山涛：“护公德居物宗，巨源位登论道。二公风德高远，足为流辈矣。”论帛远、嵇康：“帛祖衅起于管蕃，中散祸作于钟会，二贤并以俊迈之气，昧其图身之虑，栖心事外，轻世招患，殆不异也。”此外，在《高僧传·于道邃传》里，孙绰以邃比阮咸，“或曰：‘咸有累骑之讥，邃有清冷之誉，何得为匹？’孙绰曰：‘虽迹有洼隆，高风一也。’”在孙绰看来，这七名僧和七名士都是高雅通达、超群绝俗的人物。可见僧人名士化程度及影响之深。

汤用彤先生在总结这一现象时说：

> 《高僧传》曰，孙权使支谦与韦昭共辅东宫，言或非实，然名僧名士之结合，当滥觞于斯日。其后《般若》大行于世，而僧人立身行事又在在与清淡者契合。夫《般若》理趣，同符《老》《庄》。而名僧风格，酷肖清流，宜佛教玄风，大振于华夏也。西晋支孝龙与阮庾等世称为八达，而东晋孙绰以七道人与七贤人相比拟，作《道贤论》。名人释子共入一流。世风之变，可知矣。[2]

关于《世说新语》中僧人的名士化，本章拟从“清谈之风”“品题之风”“任诞之风”三方面进行论证。

---

① 原文已佚，《全晋文》卷六二有残篇，见严可均辑《全上古三代秦汉三国六朝文》，中华书局 1958 年版，第 1812 页。

② 汤用彤. 汉魏两晋南北朝佛教史 [M]// 汤用彤全集：第 1 册，石家庄：河北人民出版社，2000：115.

第一节　清谈之风

关于清谈，鲁迅先生曾有过精辟的论述，兹引如下：

> 汉末士流，已重品目，声名成毁，决于片言，魏晋以来，乃弥以标格语言相尚，惟吐属则流于玄虚，举止则故为疏放，与汉之惟俊伟坚卓为重者，甚不侔矣。盖其时释教广被，颇扬脱俗之风，而老庄之说亦大盛，其因佛而崇老为反动，而厌离于世间则一致，相拒而实相扇，终乃汗漫而为清谈。① （《中国小说史略》第七篇“《世说新语》及其前后”）

> 这种清谈，本从汉之清议而来。汉末政治黑暗，一般名士议论政事，其初在社会上很有势力，后来遭执政者之嫉视，渐渐被害，如孔融、祢衡等都被曹操设法害死。所以到了晋代底名士，就不敢再议论政治，而一变为专谈玄理；清议而不谈政事，这就成了所谓清谈了②。（《中国小说的历史的变迁》第二讲“六朝时之志怪与志人”）

这两则引文都谈到了清谈之风的成因。第一则引文，清谈之风、品题之风和任诞之风均有涉及，在一定程度上对魏晋风度这一人格模式的成因作了概括。第二则引文，谈到了自两汉“讲经”“清议”到魏晋“清谈”之间的转变过程。

《世说》僧人名士化的第一个表现就是崇尚清谈。他们大多学养深厚，谈锋富赡。这一点，《世说新语》刘孝标注引孙绰《名德沙门题目》及《名德沙门赞》中多有论述。如评于法开：“于法开才辨从横，以数术弘教。”（《文学》45）评竺道壹：“道壹文锋富赡”“驰骋游说，言固不虚。唯兹壹公，绰然有余。譬若春圃，载芬载敷。条柯猗蔚，枝干扶疏。”（《言语》93）评竺法汰：“法汰高亮开达”“凄风拂林，明泉映壑。爽爽法汰，校德无怍。事外潇洒，神内恢廓。实从前起，名随后跃。”（《赏誉》114）评支愍度“支愍度才鉴清出”“支度彬彬，好是拔新。俱禀昭见，而能越人。世重秀异，咸竞尔珍。孤桐峄阳，浮磬泗滨。”（《假谲》11）又《高僧传》卷四《于法开传》引故东山谚云：“深量，开思，林谈，识记。”“林谈”，称誉支遁之谈才也。

---

① 鲁迅．中国小说史略 [M]．上海：上海古籍出版社，1998：37.

② 鲁迅．中国小说的历史的变迁 [M]// 鲁迅全集：第 9 卷．北京：人民文学出版社，1998：309.

正因如此，《世说新语》中的僧人大多思维敏捷、能言善辩，在与东晋名士论辩时应对自如。以下拟作具体论述。

一、清谈之内容

《世说新语》中僧人清谈之内容十分广泛，除佛理之外，还涉及《易》理、《庄》理、“才性”之辨以及“圣人有情无情”之辨。

（一）有关佛理者。身为僧人，谈论佛理是自然而然的事情，《世说新语》中，记载了不少这方面的内容。僧人所讲论的佛理，涉及《小品》《阿毗昙经》《即色论》《维摩诘经》、“三乘”等。如《文学》第30则写支遁与一个北方来的僧人在瓦官寺讲论《小品》，《文学》第45则写于法开弟子与支遁论《小品》，《文学》第64则写僧伽提婆在王珣家里讲《阿毗昙心论》，《文学》第35则写王坦之与支遁辩《即色论》，《文学》第40则写支遁、许询在会稽王司马昱家里讲《维摩诘经》，《文学》第37则写支遁辩“三乘”。另外，《文学》第47则“康僧渊初过江”条，文中虽未言及佛理，但《高僧传·康僧渊传》说得很清楚：“浩始问佛经深远之理，却辩俗书性情之义。”说明殷浩向僧渊请教的是佛理。

（二）有关《庄》理者。《庄子》亦属于“三玄”之一。《世说》所载名士清谈，涉及《庄子》义理最多，而其中最为热门的论题则是“逍遥游”，因为这最契合魏晋士人的自由浪漫精神。支遁就十分精通《逍遥游》，他曾在白马寺与护军冯怀等谈论此篇，其观点标新立异，为当时许多玄学名士所叹服：

> 《庄子·逍遥篇》，旧是难处，诸名贤所可钻味，而不能拔理于郭、向之外。支道林在白马寺中，将冯太常共语，因及《逍遥》。支卓然标新理于二家之表，立异义于众贤之外，皆是诸名贤寻味之所不得。后遂用支理。（《文学》32）

此事《高僧传·支遁传》亦载：

> 遁尝在白马寺与刘系之等谈《庄子·逍遥篇》，云：“各适性以为逍遥。”遁曰：“不然，夫桀跖以残害为性，若适性为得者，从亦逍遥矣。”于是退而注《逍遥篇》。群儒旧学，莫不叹服。

《庄子·逍遥篇》即《逍遥游》，文中论述了一种个人精神绝对自由的境界，亦即任其自然。文中认为，只有道德修养达到最高境界的圣人，与天地一体，“天地与我并生，万物与我为一”，才能获得绝对的自由。后人对此有不同理解，向秀、郭象认为逍遥可分为无待的逍遥和有待的逍遥两类，只要各任其性彼此都能够达到逍遥境界。而支遁认为如果按照这样的解释，那么“夫桀跖以残害为性，若适性为得者，彼亦逍遥矣。”进而提出逍遥是精神“玄感不为”。应变无穷，只有无待的至人才能做到。此条刘孝标注引支氏《逍遥论》：

夫逍遥者，明至人之心也。庄生建言人道，而寄指鹏、鷃。鹏以营生之路旷，故失适于体外；鷃以在近而笑远，有矜伐于心内。至人乘天正而高兴，游无穷于放浪；物物而不物于物，则遥然不我得，玄感不为，不疾而速，则逍然靡不适。此所以为逍遥也。若夫有欲，当其所足；足于所足，快然有似天真。犹饥者一饱，渴者一盈，岂忘烝尝于糗粮，绝觞爵于醪醴哉？苟非至足，岂所以逍遥乎？

“鹏以营生之路旷，故失适于体外”，即在生存条件上有太大的依赖性，不能充分适应外部的世界。“鷃以在近而笑远，有矜伐于心内”，眼界狭小，自以为是。支道林认为《逍遥游》的主旨是“明至人之心也”，而至人的精神境界就是自适自足，役使外物而不受外物的主宰；至人的心一方面是寂然不动的，同时却又应变无穷，所以逍遥而无往不适。

当时士人对支理是认同、赞赏的，《高僧传》卷四《支遁传》称支遁注《逍遥游》“群儒旧学，莫不叹服”。钱穆先生在《庄老通辨·记魏晋玄学三宗》中指出：

盖支遁之所异于向郭者，向郭言无待，而支遁则言至足。至足本于无欲，欲无欲，则当上追嵇阮，以超世绝俗为上。而向郭以来清谈诸贤，则浮湛富贵之乡，皆支遁所谓有欲而当其所足，快然有似乎天真也。游心不旷，故遂谓尺鷃大鹏各任其性，一皆逍遥矣。及闻支氏之论，遂不得不谓其卓然标新理于二家之表。①

又如《文学》第36则“王逸少作会稽”条，王羲之本来甚轻支遁，支遁则主动要求为其讲论《逍遥游》，“作数千言，才藻新奇，花烂映发”，竟使王

① 钱穆．庄老通辨[M]．北京：生活·读书·新知三联书店，2002：325.

羲之"披襟解带，留连不能已"。刘孝标注引《支法师传》曰："法师研十地，则知顿悟于七住；寻庄周，则辩圣人之逍遥。"可见支遁十分精通《逍遥游》，故能标新立异，发人所未发。

支遁还精通《庄子》其他篇目，如《文学》第55则：

支道林、许、谢盛德，共集王家，谢顾诸人曰："今日可谓彦会，时既不可留，此集固亦难常，当共言咏，以写其怀。"许便问主人："有《庄子》不？"正得《渔父》一篇。谢看题，便各使四坐通。支道林先通，作七百许语，叙致精丽，才藻奇拔，众咸称善。（《文学》55）

此则写支道林与谢安、许询、孙盛、王濛等论《庄子·渔父》篇，可见他于《庄子》颇为擅长，故孙绰《道贤论》以支遁比向秀："支遁、向秀，雅尚《庄》《老》，二子异时，风好玄同矣。"

（三）有关《易》理者。《周易》本是儒家六经之一，但魏晋玄学兴起后，却成为玄学家的主要经典，与《老子》和《庄子》并列为"三玄"。故《周易》成为名士清谈的谈资，如：

宣武集诸名胜讲《易》，日说一卦。简文欲听，闻此便还，曰："义自当有难易，其以一卦为限邪？"（《文学》29）

旧云，王丞相过江左，止道《声无哀乐》《养生》《言尽意》三理而已，然宛转关生，无所不入。（《文学》21）

第一则写桓温召集诸名士讲《周易》，简文帝本想去听，但闻说每天解释一卦，就回去了。因为《易》义有难有易，不应当刻板地日讲一卦。第二则中"言意之辨"不仅属于《易》义论辩的辩题之一，而且还是魏晋玄学家探讨的重点。这种风气，亦影响到当时名僧，如：

殷荆州曾问远公："《易》以何为体？"答曰："《易》以感为体。"殷曰："铜山西崩，灵钟东应，便是《易》耶？"远公笑而不答。（《文学》61）

文中，殷仲堪和释慧远讨论的问题是"《易》以何为体"。"体"是指本体存在或万物根据。慧远所称"《易》以感为体"，是以阴阳感应来解释所谓"《易》体"，带有玄学色彩。此言本于《易》之《咸》卦。"感"，卦辞成为"咸"，

“咸”者为无心之感，也就是一种自然而至的共鸣感应现象。《咸·彖传》释曰：“咸，感也。柔上而刚下，二气感应以相与。……天地感而万物化生，圣人感人心而天下和平。观其所感，而天地万物之情可见矣！”玄学家即据此发挥玄理，认为阴阳感应，矛盾变化，是万物得以生成、存在、发展的依据。“远公笑而不答”的原因，刘强《世说新语会评》引王世懋语：“按《易》理精微广大，谓此非《易》不可，执此言《易》又不可，远公所以笑而不答。”又引刘辰翁语：“不答最是。”又引袁中道语：“不能答。”[①]三说均对远公的态度表示肯定和赞赏，也间接反映这一辩题之深奥。

（四）圣人有情无情。“圣人有情无情”，亦是魏晋玄谈的重要辩题。《世说》僧人中，僧意于此颇有见解：

> 僧意在瓦官寺中，王苟子来，与共语，便使其唱理。意谓王曰：“圣人有情不？”王曰：“无。”重问曰：“圣人如柱邪？”王曰：“如筹算，虽无情，运之者有情。”僧意云：“谁运圣人邪？”苟子不得答而去。（《文学》57）

道家认为圣人绝圣弃智，只有那些无为、无事、无欲的得道之人才算圣人。从这角度出发，故谓圣人无情。王修的回答，既认为圣人无情，又认为圣人有情以应物，这实际上是用比喻形象地阐述王弼“圣人有情”的观点。王弼云：“圣人茂于人者神明也，同于人者五情也。神明茂，故能体冲和以通无；五情同，故不能无哀乐以应物。然则，圣人之情，应物而无累于物者也。今以其无累，便谓不复应物，失之多矣。”王弼更进一步指出：“圣人达自然之性，畅万物之情，故因而不为，顺而不施。除其所以迷，去其所以惑。故心不乱而物性自得之也。”[②]（《老子》二十九章注）僧意则以“谁运圣人邪？”质问王修，使王修无以作答。本条刘孝标注曰：“诸本无僧意最后一句，意疑其阙，庆校众本皆然。唯一书有之，故取以成其义。然王修善言理，如此论，特不近人情，犹疑斯文为谬也。”有没有最后一句，会使人对本条有截然不同的理解。如果没有，则胜者为王修，如果有，胜者为僧意。而唯一书有之，义庆则取以成其义，尤见《世说》抑名士扬名僧之崇佛之风。

---

① 刘强．世说新语会评 [M]．南京：凤凰出版社，2007：143．

② [魏] 王弼著．楼宇烈校释．王弼集校释 [M]．北京：中华书局，1980：77．

（五）才性四本。才性，是汉魏之际品评人物的标准和原则。才即才能。“性”指决定才能的内在品质。才性有四本，《文学》第5则刘孝标注引《魏志》曰：“会（钟会）论才性同异，传于世。四本者：言才性同，才性异，才性合，才性离也。尚书傅嘏论同，中书令李丰论异，侍郎钟会论合，屯骑校尉王广论离。”

才性之辨，亦是魏晋玄学的重要辩题。清谈名士中最擅长“才性四本”者莫过于殷浩，《文学》第34则云：“殷中军虽思虑通长，然于才性偏精。忽言及四本，便若汤池铁城，无可攻之势。”“汤池铁城”，即是说殷浩在论辩“才性四本”的问题上已达到无懈可击的地步，在这个领域，名僧支遁也甘拜下风：

> 支道林、殷渊源俱在相王许。相王谓二人：“可试一交言。而‘才性’殆是渊源崤、函之固，君其慎焉！”支初作，改辄远之；数四交，不觉入其玄中。相王抚肩笑曰：“此自是其胜场，安可争锋！”（《文学》51）

“崤、函之固”，此语见于贾谊《过秦论》：“秦孝公据崤函之固，拥雍州之地，

君臣固守以窥周室。”又见于《战国策》“秦策”之《苏秦始将连横》：“大王之国，西有巴、蜀、汉中之利，北有胡貉、代马之用，南有巫山、黔中之限，东有郩、函之固。”二者均是描述秦国东部地理位置（崤山、函谷关）的险要，本书中则喻指殷浩之超卓辩才。

二、清谈之美

（一）追求优雅的风致。例如：

> 支道林、许掾诸人共在会稽王斋头。支为法师，许为都讲。支通一义，四坐莫不厌心。许送一难，众人莫不抃舞。但共嗟咏二家之美，不辩其理之所在。（《文学》40）

从支遁和许询各自扮演的角色来看，这是常见的佛教讲经活动，而参与者和旁观者所注重的已不是谁在理上能够战胜对方，而是欣赏其论辩之风致。支、许风度优雅，使听者身心俱醉，沉浸在美感享受中。后世宋文帝亦赏其风采，《高僧传》卷七《释慧严传》云：“帝自是信心乃立，始致意佛经。及见严、观诸僧，辄论道义理。时颜延之著《离识观》及《论检》，帝命严辩其同异。往复终日。帝笑曰：‘公等今日，无愧支、许。’”

《世说》中，僧人清谈之优雅风致还表现在“捉麈尾”：

> 庾法畅造庾太尉，握麈尾至佳。公曰：“此至佳，那得在？”法畅曰：“廉者不求，贪者不与，故得在耳。”（《言语》52）

> 王濛恒寻遁，遇祇洹寺中讲，正在高坐上，每举麈尾，常领数百言，而情理俱畅。预坐百余人，皆结舌注耳。濛云听讲众僧：“向高坐者，是钵釪后王、何人也。”（《赏誉》110 刘孝标注引《高逸沙门传》）

“麈”，兽名，鹿类，俗称“四不象”。古字“麈”为鹿王，故“捉麈尾”以示出类拔萃。其时清谈名士，常于谈玄时挥运麈尾于手中，以助谈风，如《容止》第 8 则载王衍谈玄时常执白玉柄麈尾，因其皮肤白皙，麈柄与其手臂肤色如一，不可分别。《文学》第 16 则记乐广与客论《天下》篇“旨不至论”，以麈尾柄确几。《文学》第 22 则记王导在谈玄之前解下系在帐带上的麈尾。《文学》第 31 则记孙盛和殷浩谈玄，彼此奋掷麈尾。此风亦影响到当时名僧。上引《言语》第 52 则，“捉麈尾至佳”，可以看出康法畅的名士风采。“廉者不求，贪者不与，故得在耳”之语，说明法畅善清言。上引《高逸沙门传》，支遁“每举麈尾，常领数百言，而情理俱畅”，写出了出支遁的风度、才华、气势之美，也说明挥麈确实有助于谈风。

另外，《世说》中僧人清谈还追求一种“不欲苦物”的雅量高致。“苦”谓穷人以辞，使人陷入困境。这种行为，即使在清谈中取胜，也不为人欣赏。试举一例：

> 许掾年少时，人以比王苟子，许大不平。时诸人士及林法师并在会稽西寺讲，王亦在焉。许意甚忿，便往西寺与王论理，共决优劣，苦相折挫，王遂大屈。许复执王理，王执许理，更相覆疏，王复屈。许谓支法师曰：“弟子向语何似？”支从容曰：“君语佳则佳矣，何至相苦邪？岂是求理中之谈哉？”（《文学》38）

这一则故事中的许询形象和上引《文学》第 40 则迥异。他过于“苦物”，对王修穷追猛打。就清谈水平而言，许询自然强过王修，然其时名士欣赏一种宠辱不惊的雅量高致，如《雅量》第 35 则写谢安与人下围棋，中途看到谢玄关于淝水之战的捷报，意色举止，不异于常，仅曰：“小儿辈大破贼”。而许询过于注重形式上的胜败之分，说明他气量不够宽宏，所以他虽击败了王修，也没有得到支遁的赏识。

不过，支遁其人，也过于注重胜败。《世说》僧人中，真正能在清谈中做到宠辱不惊的，当推竺法深：

> 有北来道人好才理，与林公相遇于瓦官寺，讲《小品》。于时竺法深、孙兴公悉共听。此道人语，屡设疑难，林公辩答清析，辞气俱爽。此道人每辄摧屈。孙问深公："上人当是逆风家，向来何以都不言？"深公笑而不答。林公曰："白旃檀非不馥，焉能逆风？"深公得此义，夷然不屑。（《文学》30）

这则故事里，竺法深不仅佛理深湛，而且有一种超俗的风度，"上人当是逆风家，向来何以都不言"，孙绰认为，竺法深才华并不在支遁之下，却不发一言，便甚为奇怪。这时支道林却受不了孙绰刺激，说："白旃檀虽然香，逆风却闻不到。"认为竺法深并不能与自己抗衡。如此咄咄逼人，竺法深仍不与之计较。二人之气量，高下立判。关于竺法深之气量，孙绰《道贤论》评其"有远大之量"，《高僧传》卷四《于法开传》引故东山谚云："深量，开思，林谈，识记。"均称颂法深之雅量，可知所言非虚。

再看一例：

> 于法开始与支公争名，后精渐归支，意甚不忿，遂遁迹剡下。遣弟子出都，语使过会稽。于时支公正讲《小品》。开戒弟子："道林讲，比汝至，当在某品中。"因示语攻难数十番，云："旧此中不可复通。"弟子如言诣支公。正值讲，因谨述开意，往反多时，林公遂屈。厉声曰："君何足复受人寄载来！"（《文学》45）

这则故事中的支遁，仍然有强烈的竞争之心，可见清谈时很难做到宠辱不惊。本条中，于法开是般若学识含宗的创始人，自然也是清谈高手，刘孝标注引《名德沙门题目》曰："于法开才辨纵横，以数术弘教。"又引《高逸沙门传》曰："法开初以义学着名，后与支遁有竞，故遁居剡县，更学医术。" 可是他虽隐居于剡县，却仍然对往事耿耿于怀，派徒弟去找支道林复仇。复仇的方法很有意思，那就是，在支道林讲《小品》到某一难点时，用事先准备好的理论同他辩论，而这个领域却是支道林不擅长的，其必败无疑。果然，后来这个弟子用此法使支道林败北。不过支道林心里很清楚，此人是受于法开指示而来复仇的，因而当面怒斥其行止有亏。此事《高僧传》卷四《于法开传》亦载，其中还提到了其弟子的名字是法威。《于法开传》又云：“（法开）每与支道林争即色空义。庐江何默申明开难，高平郗超宣述林解，并传于世。”可见二人常有争执。

（二）论辩叙致之美。叙致，表达，陈说，叙述事理。《世说新语》中，清谈家们在辨析玄理的同时，十分注重言辞的声调之美，其谈玄说理，或“玄河泻水，注而不竭”（《赏誉》32），或“吐佳言如屑”（《赏誉》53），这种辨理析微、精义辞藻的叙致之中自有一种风流之美。《世说·文学》第19则余嘉锡笺疏云：“晋、宋人清谈，不惟善言名理，其音响轻重疾徐，皆自有一种风韵。”这里也指出名士清谈注重论辩叙致之美。试看一则支遁品评王濛的条目：

> 林公谓王右军云：“长史作数百语，无非德音，如恨不苦。”王曰：“长史自不欲苦物。”（《赏誉》92）

这里，支遁认为王濛的清言具有“德音”的特点。苦物，其意是指清谈时使人理屈词穷。濛论辩叙致优美，有“韶音令辞”之称。《赏誉》第133则谢安评价他：“长史语甚不多，可谓有令音。”刘孝标注引《王濛别传》亦指出：“濛性和畅，能清言，谈道贵理中，简而有会。商略古贤，显默之际，辞旨劭令，往往有高致。”正因如此，支遁认为其虽是美善之言，可惜不能使人理屈词穷。王羲之的回答是：“长史本来就不想使人难堪。”这一点，王濛亦自知：

> 刘尹至王长史许清言，时苟子年十三，倚床边听。既去，问父曰：“刘尹语何如尊？”长史曰：“韶音令辞，不如我，往辄破的，胜我。”（《品藻》48）

“往辄破的，胜我”，是说刘惔玄谈的优点是能一语中的，然而如果论“韶音令辞”，刘惔就不如王濛了。

《世说新语》僧人中，支遁的言辞颇有韶音令辞的特点。如《文学》第36则写他为王羲之析《庄子·逍遥游》，“作数千言，才藻新奇，花烂映发。王遂披襟解带，留连不能已。”再如《文学》第55则写其在王濛家讲论《庄子·渔父》，“作七百许语，叙致精丽，才藻奇拔，众咸称善。”这些，都可看出支遁清谈言辞之美妙。《文学》第36则刘孝标注引《支法师传》曰：“当时名胜，咸味其音旨。”亦是称赏支遁论辩叙致之美。汤用彤先生曾经就《文学》第32

则中的支遁形象加以评析，其云：

此文（支遁《逍遥论》）不但释《庄》具新义，并实写清谈家之心胸，曲尽其妙。当时名士读此，必心心相印，故群加激扬。吾人今日三复斯文，而支公之气宇，及当世称赏之故，从可知矣。①

三、清谈之评价

《世说新语》中名僧名士清谈玄理、佛理，就东晋动荡的政局而言，有其明显的消极影响，试举一例：

王、刘与林公共看何骠骑，骠骑看文书，不顾之。王谓何曰："我今故与深公来相看，望卿摆拨常务，应对玄言，那得方低头看此邪？"何对曰："我不看此，卿等何以得存？"诸人以为佳。（《政事》18）

本条刘孝标注引《晋阳秋》曰："何充与王濛、刘惔好尚不同，由此见讥于当世。"所谓"好尚不同"，是指何充身为王室辅佐重臣，反对玄虚之学。文中，支遁是方外之人，无可指责。但王濛、刘惔却身居要职，刘惔甚至做到丹阳尹（首都最高长官）这样的高位。他们不营政事，却要求何充"摆拨常务，应对玄言"，故为何充严词拒绝。

《世说新语》中对清谈的评价，有两种不同的观点：一是以何充、王羲之、桓温为主要代表的反对派，二是以谢安、刘惔为代表的赞成派。后者亦是清谈名家。试看：

王右军与谢太傅共登冶城，谢悠然远想，有高世之志。王谓谢曰："夏禹勤王，手足胼胝；文王旰食，日不暇给。今四郊多垒，宜人人自效；而虚谈废务，浮文妨要，恐非当今所宜。"谢答曰："秦任商鞅，二世而亡，岂清言致患邪？"（《言语》70）

桓大司马乘雪欲猎，先过王、刘诸人许。真长见其装束单急，问："老贼欲持此何作？"桓曰："我若不为此，卿辈亦那得坐谈？"（刘孝标注引《语林》曰："宣武征还，刘尹数十里迎之，桓都不语，直云：'垂长衣，谈清言，

① 汤用彤．汉魏两晋南北朝佛教史 [M]// 汤用彤全集：第 1 册．石家庄：河北人民出版社，2000：137．

竟是谁功？’刘答曰：‘晋德灵长，功岂在尔？’”）（《排调》24）

从引文可以看出，王羲之、桓温和谢安、刘惔对清谈所持的态度是截然相反的，而谢安、刘惔之语颇有强词夺理的意味，殊为非论。《世说》中，桓温对“清谈误国”之现象尤其深恶痛绝：

> 桓公入洛，过淮、泗，践北境，与诸僚属登平乘楼，眺瞩中原，慨然曰：“遂使神州陆沈，百年丘墟，王夷甫诸人，不得不任其责！”（《轻诋》11）

此条刘孝标注引《八王故事》曰：“夷甫虽居台司，不以事物自婴，当世化之，羞言名教。自台郎以下，皆雅崇拱默，以遗事为高。四海尚宁，而识者知其将乱。”又引《晋阳秋》曰：“夷甫将为石勒所杀，谓人曰：‘吾等若不祖尚浮虚，不至于此！’”就魏晋时期动荡的政局而言，不营政事庶务，一味空谈只能误国害民。

退一步而言，本章为“僧人之名士化”，清谈误国与否可暂不论。然僧人如支遁等，虽可借清谈之才华跻入名僧之列，于中国佛教史而言，终不如道安、慧远等人贡献巨大。汤用彤先生曾有一段评价道安、支遁的文字：

> 梁释慧皎《高僧传序录》曰：“自前代所撰，多曰名僧。然名者本实之宾也。若实行潜光，则高而不名。寡德适时，则名而不高。”盖名僧者和风同气，依傍时代之步趋，往往只使佛法灿烂于当时。高僧者特立独行，释迦精神之所寄，每每能使教泽继被于来世。至若高僧之特出者，则其德行，其学识，独步一世，而又能为释教开辟一新世纪。然佛教全史上不数见也。郗嘉宾誉支道林，谓“数百年来，绍明大法，使真理不绝，一人而已。”其实东晋之初，能使佛教有独立之建设，艰苦卓绝，真能发挥佛陀之精神，而不全籍清谈之浮华者，实在弥天释道安法师。道安之在僧史，盖几可与于特出高僧之数矣。[①]

这里把支遁和道安做了一个对比。前者之名，乃“籍清谈之浮华”，时过境迁，于佛教史影响甚微。而道安使“佛教有独立之建设”“发挥佛陀之精神”，功在千秋。这一点，慧远亦不输于其师。

---

① 汤用彤．汉魏两晋南北朝佛教史 [M]// 汤用彤全集：第 1 册．石家庄：河北人民出版社，2000：141．

第二节 品题之风

品题，是指对人的品性、才能、容貌风度等的评论和鉴赏。魏晋人物品题以审美为主要目的，而且蔚为风气。这一点在《世说新语》亦有反映。试举一例：

抚军问孙兴公："刘真长何如？"曰："清蔚简令。""王仲祖何如？"曰："温润恬和。""桓温何如？"曰："高爽迈出。""谢仁祖何如？"曰："清易令达。""阮思旷何如？"曰："弘润通长。""袁羊何如？"曰："洮洮清便。""殷洪远何如？"曰："远有致思。""卿自谓何如？"曰："下官才能所经，悉不如诸贤；至于斟酌时宜，笼罩当世，亦多所不及。然以不才，时复托怀玄胜，远咏《老》《庄》，萧条高寄，不与时务经怀，自谓此心无所与让也。"（《品藻》36）

文中，孙绰对刘惔、王濛、桓温、谢尚、阮裕、袁羊、殷融和自己逐一作了品题，从他的评语中可以看出，他所欣赏的是魏晋名士之风流特质。

在《世说新语》中，僧人名士化的第二个特点即是品题之风，这其中有僧人品评士人，也有士人品评僧人，其品题标准各异，以下作具体论述：

一、重才，尤重清谈之才

《世说新语》中，支遁参与的人物品题甚多，重才是其标准之一，如他对孙绰之才颇为欣赏：

孙兴公、许玄度共在白楼亭，共商略先往名达。林公既非所关，听讫，云："二贤故自有才情。"（《赏誉》119）

支道林问孙兴公："君何如许掾？"孙曰："高情远致，弟子早已服膺；一吟一咏，许将北面。"（《品藻》54）

孙绰才华横溢，其时"温、王、郗、庾诸公之薨，必须绰为碑文，然后刊石也"[①]（《晋书》卷五六本传）。只不过孙绰没有名士的高情远致，故不得时誉。其时品评人物以处为优，以出为劣。如《排调》第32则，有人赠桓温药草，名"远志"。桓温奇怪，问："此药又名'小草'，何一物而有二称？"郝隆云：

① [唐]房玄龄等撰．晋书[M]．北京：中华书局，2000：1025．

“此甚易解：处则为远志，出则为小草。”孙绰少与许询俱有高尚之志，但后来孙绰做了一辈子的官，许询则终生隐居不仕。故时论认为孙绰才高而性鄙。《品藻》第61则刘孝标注引宋明帝《文章志》曰：“绰博涉经史，长于属文，与许询俱与负俗之谈。询卒不降志，而绰婴纶世务焉。”又注引《续晋阳秋》曰：“绰虽有文才，而诞纵多秽行，时人鄙之。”

支遁品题人物，还特别重视清谈之才，如《品藻》第60则：

或问林公：“司州何如二谢？”林公曰：“故当攀安提万。”

司州即王胡之。二谢，指谢安和谢万兄弟。支遁认为王胡之谈玄之才不如谢安，但要强于谢万。此条刘孝标注引《王胡之别传》曰：“胡之好谈谐，善属文辞，为当世所重。”然谢安是清谈大家，《文学》第55则写他谈论《庄子·渔父》，“自叙其意，作万余语，才峰秀逸，既自难干，加意气凝托，萧然自得，四坐莫不厌心”，故胡之颇有不如。但谢万才具平平，这个评价恰如其分。

再如：

林公云：“见司州警悟交至，使人不得住，亦终日忘疲。”（《赏誉》136）

林公云：“王敬仁是超悟人。”（《赏誉》123）

这两条，支遁欣赏的是王胡之和王修清谈时的捷悟能力。《赏誉》第136则刘孝标注引《王胡之别传》曰：“胡之少有风尚，才器率举，有秀悟之称。”《赏誉》第123则刘孝标注引《文字志》曰：“修之少有秀令之称。”可知二人机敏率悟。

再如：

王长史谓林公：“真长可谓金玉满堂。”林公曰：“金玉满堂，复何为简选？”王曰：“非为简选，直致言处自寡耳。”（《赏誉》83）

“金玉满堂”，这里用来描写清谈，说刘惔的辞藻和玄理丰富多彩。简选，选择。刘惔善谈玄理，且言辞简洁，而支道林却认为他言语谨慎，经过字斟句酌才给人以言必珠玉的感觉。王濛是刘惔的至交好友，他认为：“不是刘惔言语谨慎，只是他本来言语不多，才让人误会是字斟句酌。”此条刘孝标注云：“谓吉人之辞寡，非择言而出也。”《赏誉》第116则谢安评价刘惔：“刘尹语审细”，他也认为刘惔是“择言而出”。

以上是僧人对名士的品评，还有一类是名士对僧人的品题，这亦是僧人名士化的一部分。如：

郗嘉宾问谢太傅曰："林公谈何如嵇公？"谢云：又问："殷何如支？"谢曰："正尔有超拔，支乃过殷；然亹亹论辩，恐殷欲制支。"（《品藻》67）

上引《品藻》第67则中，谢安对支遁评价甚高，"嵇公勤著脚，裁可得去耳"，是说嵇康只有努力才能追得上支遁。嵇康是著名的玄学家，《文学》第21则王导所言"《声无哀乐》《养生》《言尽意》"三理中，《声无哀乐论》与《养生论》均是嵇康之作，谢安却认为他不如支遁，由此可见其对支遁的赏识。另一方面，也是因为支遁兼通般若学与玄学，比玄学名家更容易体悟玄理。同殷浩相比，谢安则认为支遁虽有超拔之气，但清谈才能颇有不如。此说可信，前引《文学》第45则支遁、殷浩辨"才性"篇，可证明殷浩谈才在支遁之上。又据《文学》第43则刘孝标注引《高逸沙门传》，支遁欲向殷浩请教佛理，但在王羲之的告诫下竟不敢与之相见，此亦可见殷浩清谈之高才。

再如：

王孝伯问谢太傅："林公何如长史？"太傅曰："长史韶兴。"问："何如刘尹？"谢曰："噫！刘尹秀。"王曰："若如公言，并不如此二人邪？"谢云："身意正尔也。"（《品藻》76）

王孝伯即王恭。这一则故事，谢安认为支遁清谈之才不如王濛、刘惔，这个评价亦属公允。前引《品藻》第36则，孙绰评刘惔为"清蔚简令"，评王濛为"温润恬和。"刘孝标注引徐广《晋纪》曰："凡称风流者，皆举王、刘为宗焉。"可知此二人为名士中特出者。

再如：

王孝伯问谢公："林公何如右军？"谢曰："右军胜林公，林公在司州前亦贵彻。"（《品藻》85）

右军即王羲之。谢安评语十分恰当，因为王羲之虽不尚玄虚，然其为当时名士之冠，支遁自颇有不如。但支遁集名僧与名士两重人格于一身，其才其名自在王胡之之上。

二、关注仪容之美

《世说新语》中，《容止》《雅量》《识鉴》《赏誉》《品藻》等篇中有不少条目属于对容貌风度的鉴赏，体现了当时社会对风度仪容的重视。而且这些品题，在表现形式上有一个十分明显的特点："形象化"。如《容止》第5则，山涛评价嵇康："嵇叔夜之为人也，岩岩若孤松之独立；其醉也，傀俄若玉山之将崩。"第26则，王羲之评杜弘治："面如凝脂，眼如点漆。"第30则，时人评价王羲之为"飘如游云，矫若惊龙"。《赏誉》第4则，公孙度评价邴原："所谓云中白鹤，非燕雀之网所能罗也"。第16则，王戎评价王衍："太尉神姿高彻，如瑶林琼树，自然是风尘外物。第10则王戎评价山涛："如璞玉浑金，人皆钦其宝，莫知名其器。"

《世说》僧人品评人物，亦常使用比喻，使人物的人格之美与自然的物象之美互相契合。如：

> 康僧渊目深而鼻高，王丞相每调之，僧渊曰："鼻者，面之山；目者，面之渊。山不高则不灵，渊不深则不清。"（《排调》21）

此条刘孝标注引《管辂别传》曰："鼻者天中之山。"又注引《相书》曰："鼻之所在为天中，鼻有山象，故曰山。"康僧渊乃西域胡人，高鼻深目，故王导排调之。但他机智应对，以形象化的比喻化被动为主动，变不利为有利，反而突出了自己的仪容之美。此事《高僧传·康僧渊传》亦载：

> 琅邪王茂弘以鼻高眼深戏之，渊曰："鼻者面之山，眼者面之渊，山不高则不灵，渊不深则不清。"时人以为名答。

再如：

> 林公道王长史："敛衿作一来，何其轩轩韶举！"（《容止》29）

"敛衿"，提起衣襟，表示恭敬严肃。"轩轩"，形容王濛仪态轩昂。"韶举"，即优美的举止。王濛是典型的美男子，故支遁常称誉之。

和王濛、康僧渊相比，支遁就属于丑陋之人了：

> 王长史尝病，亲疏不通。林公来，守门人遽启之曰："一异人在门，不敢不启。"王笑曰："此必林公。"（《容止》31）

此条刘孝标注引《语林》曰："诸人尝要阮光禄共诣林公。阮曰：'欲闻其言，恶见其面。’”则支遁形貌，信当丑异。支遁才识渊博，风度亦佳，仅因形貌丑陋而为阮裕所轻，令人很难理解。其实，这在《世说新语》中很常见，如：

潘岳妙有姿容，好神情。少时挟弹出洛阳道，妇人遇者，莫不连手共萦之。左太冲绝丑，亦复效岳游遨，于是群妪齐共乱唾之，委顿而返。（《容止》7）

左思为西晋大诗人，与潘岳同为西晋“二十四友”之一，其名气甚至在潘之上。但其人仍因形貌丑陋而为人所轻。

三、重视人的内在神韵

汤用彤先生曾指出，魏晋玄学的中心“不在社会而在个人，不在环境而在内心，不在形质而在精神。”[①] 并说：“汉代相人以筋骨，魏晋识鉴在神明。”[②]（《魏晋玄学论稿·言意之辨》）魏晋人物品鉴把人的内在神明看作是对精神本体的自我回归。“神明”一词最早大约出现于《庄子》，《庄子·天下》云：“配神明，醇天地，育万物，和天下。”《庄子·齐物论》曰：“劳神明为一而不知其同也，谓之朝三。”“神明”既是指天地造化的灵妙，又是指人的精神、智慧。魏晋士人则以“神明”为最高人格理想，并将之用于人物品评，这标志着魏晋时代的人格理想进入了一个新的境界。

《世说新语》有一则条目，可看出当时士人重神的品题标准：

庾道季云：“廉颇、蔺相如虽千载上死人，懔懔恒如有生气；曹蜍、李志虽见在，厌厌如九泉下人。人皆如此，便可结绳而治，但恐狐狸猯貉啖尽。”（《品藻》68）

而且，“神”在《世说新语》中是使用频率极高的审美概念，词汇十分丰富，例如：

王戎曰：“太尉神姿高彻，如瑶林琼树，自然是风尘外物。”（《赏誉》16）

司马太傅府多名士，一时俊异。庾文康云：“见子嵩在其中，常自神王。”（《赏誉》33）

① 汤用彤. 理学·佛学·玄学 [M]. 北京：北京大学出版社，1991：317.

② 汤用彤. 魏晋玄学论稿 [M]. 上海：上海古籍出版社，2005：31.

庾公目中郎："神气融散，差如得上。"（《赏誉》42）

何平叔云："服五石散，非唯治病，亦觉神明开朗。"（《言语》14）

长史云："谢掾能作异舞。"谢便起舞，神意甚暇（《任诞》32）

受此影响，《世说新语》中僧人品题亦重视人的内在神韵，如：

庾道季诧谢公曰："裴郎云'谢安谓裴郎乃可不恶，何得为复饮酒！'裴郎又云：'谢安目支道林如九方皋之相马，略其玄黄，取其俊逸。'"谢公云："都无此二语，裴自为此辞耳！"（《轻诋》24）

所谓"略其玄黄，取其骏逸"，是九方皋相马的标准，亦即要求关注客观事物中那些鲜明突出地反映本质的现象。九方皋即伯乐，本条刘孝标注引《列子》曰："伯乐曰：'若皋之观马者，天机也。得其精，亡其粗。在其内，亡其外。见其所见，不见其所不见。视其所视，遗其所不视。若彼之所相，有贵于马也。'"此语虽为谢安极力否认，然《高僧传》卷四《支遁传》有明确记载，其云："（支遁）每至讲肆，善标宗会，而章句或有所遗，时为守文者所陋。谢安闻而善之，曰：'此乃九方皋之相马也，略其玄黄，而取其骏逸。'"本条刘孝标注引《支遁传》（非《高僧传》所载）亦有同样表述："遁每标举会宗，而不留心象喻，解释章句，或有所漏，文字之徒，多以为疑。谢安石闻而善之曰：'此九方皋之相马也，略其玄黄，而取其俊逸。"

而且，谢安只是否定他说过这话，并不能否定内容之真实。如《言语》第63则：

支道林常养数匹马。或言："道人畜马不韵。"支曰："贫道重其神骏。"

文中，支遁把内在神明看作是对精神本体的自我回归、自我认识，此即"略其玄黄，取其骏逸"。

其实支遁之"略其玄黄，取其骏逸"，可能还有一个原因，那就是他自己形貌甚陋，故不喜欢别人品评自己相貌，如：

王子猷诣谢万，林公先在坐，瞻瞩甚高。王曰："若林公须发并全，神情当复胜此不？"谢曰："唇齿相须，不可以偏亡。须发何关于神明！"林公意甚恶，曰："七尺之躯，今日委君二贤。"（《排调》43）

文中，因王徽之和谢万评价的纯粹是支遁的形貌，无关神明，故支遁"意甚恶”。而他品评王氏兄弟也并不客气：

支道林入东，见王子猷兄弟，还，人问：“见诸王何如？”答曰：“见一群白颈乌，但闻唤哑哑声。”（《轻诋》30）

哑哑声，讥王氏兄弟作吴音也。吴音节奏快而难懂，外人听起来有似鸟语。王氏兄弟形貌风流倜傥，均为具有仪容之美的名士，但支遁贬称其为“白颈乌”，此举似有报复中王徽之对其排调之意。

然而支遁仪容也不是一无是处，其双眼熠熠有神，如《容止》第37则：

谢公云：“见林公双眼黯黯明黑。”孙舆公见林公：“棱棱露其爽。”

“黯黯明黑”“棱棱露其爽”，是说支遁双眼黑亮而有神，于威严中透出豪爽之气。人的眼睛异于身体其他部位之处，在于其“关乎神明”。这一点从顾恺之本人的绘画可以看出：

顾长康画人，或数年不点目精。人问其故，顾曰：“四体妍蚩，本无关于妙处，传神写照，正在阿堵中。”（《巧艺》十三）

此即著名的“传神写照”说，突出了人物内在神韵的重要性。

支遁之神采风度，深为其时士人知赏：

王右军叹林公：“器朗神俊”。（《赏誉》88）

“器朗神俊”指胸襟开朗，精神俊逸。此条刘注引《支遁别传》曰：“遁任心独往，风期高亮”，亦是间接评价支遁之神采风姿。

《世说新语》僧人中，帛尸梨密亦属风神超卓之人，如《赏誉》第48则：

时人欲题目高坐而未能，桓廷尉以问周侯，周侯曰：“可谓卓朗。”桓公曰：“精神渊著。”

《世说新语》佛教徒中，还有一位济尼，其品题亦重视人物的内在神韵，如：

谢遏绝重其姊，张玄常称其妹，欲以敌之。有济尼者，并游张、谢二家，人问其优劣，答曰：“王夫人神情散朗，故有林下风气；顾家妇清心玉映，自是闺房之秀。”（《贤媛》30）

林下风气，即竹林名士之气质，此言王夫人谢道韫虽是女子，而有竹林名士之风。至于顾家妇张氏，虽是大家闺秀中杰出者，却没有有名士的风采和气度。魏晋时名士品题人物，其中有一点即注重“林下风气”。如《赏誉》第107则，孙绰评价卫承曰："此子神情都不关山水，而能作文？"又如《品藻》第17则："明帝问谢鲲：'君自谓何如庾亮？'答曰：'端委庙堂，使百僚准则，臣不如亮；一丘一壑，自谓过之。'"又《巧艺》第12则："顾长康画谢幼舆在岩石里。人问其所以，顾曰："谢云：'一丘一壑，自谓过之。'此子宜置丘壑中。"顾恺之之所以将谢鲲画在岩石之中，正是为了恰如其分地表现其"林下风气"。

《世说新语》中还有一则涉佛故事，说明神明对人物画的重要：

> 戴安道中年画行像甚精妙。庾道季看之，语戴云："神明太俗，由卿世情未尽。"戴云："唯务光当免卿此语耳。"（《巧艺》8）

此条刘孝标注引《列仙传》曰："汤克天下，让于光，光曰：'吾闻无道之世，不践其土。况让我乎？'负石自沈于卢水。"庾和批评戴逵所画佛像过于世俗，认为是戴逵俗情未了所致，而戴逵认为庾和的标准太高，只有务光这样的人才能免于批评。桓温曾读《高士传》，至于陵仲子，便掷去，曰：'谁能作此溪刻自处！'"（《豪爽》9）其意与戴逵相近。

第三节　任诞之风

"大抵南朝皆旷达，可怜东晋最风流"（杜牧《润州二首》其一）。魏晋士人崇尚老庄，推崇"越名教而任自然"，《世说新语》中的《雅量》《豪爽》《伤逝》《栖逸》《任诞》《简傲》等篇充分而又生动地记载了魏晋士人的任诞之风。他们在老庄理论精神支配下，崇尚"真"与"自然"，反对虚伪的礼教，不伪饰，不矫情，不为外物所累。如魏文帝曹丕，在王粲葬礼上竟不顾自己太子身份，率领众人作驴鸣为好友送行。（《伤逝》1）再如张翰，鄙薄功名利禄："使我有身后名，不如即时一杯酒！"（《任诞》20）。他因思念家乡吴中菰菜、莼羹、鲈鱼脍，便辞官而去。其理由是："人生贵得适意尔，何能羁宦数千里以要名爵？"（《识鉴》10）这些均是士人任诞之风的表现。

受此影响，《世说》中僧人亦任诞其情，不为礼法佛律所束缚，其具体表现如下：

一、纵情适性

《世说》僧人之纵情适性，首先表现在他们追求"身名俱泰"的人生：

支道林因人就深公买印山，深公答曰："未闻巢、由买山而隐。"（《排调》28）

康僧渊在豫章，去郭数十里，立精舍。旁连岭，带长川，芳林列于轩庭，清流激于堂宇。（《栖逸》11）

支遁、康僧渊隐居，属以隐求名，因为其时士人以处为优，以出为劣。然而他们却不愿为求名而成为苦行僧，所以才买印山，立精舍，以求身心俱泰。许里和认为这个故事"表明了寺院生活和士大夫的'隐居'理想、宗教和对自然的崇尚已经融合到一起了"①。

《世说》僧人之纵情适性，还体现在"不束于教"，即不受儒家礼法和佛家戒律的束缚。只不过他们不像竹林名士那样以自然对抗名教，公开宣称："礼，岂为我辈设也！"（《任诞》7）他们接受的是郭象的玄学思想，将名教等同自然，以入世之心处世。其行为既有"不束于教"的一面，也有尊重礼法的一面。如帛尸梨密：

高坐道人于丞相坐，恒偃卧其侧。见卞令，肃然改容云："彼是礼法人。"（《简傲》7）

此条刘孝标注引《高坐传》曰："王公曾诣和上，和上解带偃伏，悟言神解。见尚书令卞望之，便敛衿饰容。时叹皆得其所。"此事亦见《高僧传·帛尸梨密传》，其云："导尝诣蜜，蜜解带偃伏，悟言神解。尚书令卞望之亦与蜜致善。须臾，望之至，蜜乃敛衿饰容，端坐对之。有问其故，蜜曰：'王公风道期人，卞令轨度格物，故其然耳。'"尚书令卞壸属礼法士族，《任诞》第27则刘孝标注引《卞壸别传》曰："壸正色立朝，百寮严惮，贵游子弟，莫不祗肃。"故帛尸梨密对之亦以礼法相待。而王导虽是丞相，却是儒玄士族出身，他是东晋的清谈领袖。故在王导面前，帛尸梨密不为礼法所拘，得以纵情适意。

再如，竺法深亦是调和出、处的高手：

竺法深在简文坐，刘尹问："道人何以游朱门？"答曰："君自见朱门，贫道如游蓬户。"（《言语》48）

① [荷兰]许里和著．李四龙等译．佛教征服中国[M]．南京：江苏人民出版社，1998：168.

文中，竺法深不受佛家戒律远离世俗的束缚，与诸多名士成为知交，甚至出入帝王之家，并视朱门等同蓬户，这正是魏晋玄学所倡导的“名教自然合一”思想。

此外，《世说》中僧人还崇尚个性自由，如《言语》第76则：

支公好鹤，住剡东岇山，有人遗其双鹤，少时翅长欲飞，支意惜之，乃铩其翮。鹤轩翥不复能飞，乃反顾翅垂头，视之如有懊丧意。林曰：“既有陵霄之姿，何肯为人作耳目近玩！”养令翮成，置使飞去。

文中支遁推己及物，明白“云中白鹤，非燕雀之网所能罗也”之理，亦欣赏鹤的“凌霄之姿”，遂成全其志。这则故事充分体现了支遁自由解放的精神和不屈物就己的思想境界。总之，一切以适其天性，任其自然为旨归。

二、鄙薄世俗

《世说》僧人大都兼具名士与名僧双重人格，因而对尘俗之事极为不屑，如:

王中郎与林公绝不相得。王谓林公诡辩，林公道王云：“着腻颜帢，絺布单衣，挟《左传》，逐郑康成车后，问是何物尘垢囊！”（《轻诋》21）

中郎，即王坦之。《赏誉》第128则谢安评之云：“见之乃不使人厌，然出户去，不复使人思。”可见其人不具名士气质。文中，坦之所戴“颜帢”是魏代士人戴的一种便帽，前面有横缝。晋代以后，渐去掉帽缝，就叫无颜帢。可知颜帢是旧制，所以支遁讥为腻。又，坦之父王述治《左传》，撰有《春秋左氏通解》四卷、《春秋旨通》十卷，王坦之传其父学，支遁便因而讥之，认为他谨守家法，步古人后尘，没有名士通脱之风。此条余嘉锡笺疏引《后汉书·襄楷传》注云：“《四十二章经》：‘天神献玉女于其佛，佛曰：‘此是革囊盛众秽耳。’’”“尘垢囊”即“革囊盛众秽”之意，可见其鄙坦之至矣。

再如《轻诋》第3则：

深公云：“人谓庾元规名士，胸中柴棘三斗许。”

俗云：“才高八斗”，而竺法深评庾亮“柴棘三斗”，其讥讽之意甚为明显。因庾亮为金殿庙堂之臣，入世之心太重，未能超脱世俗，所以受到鄙薄。由此可见，注重世俗的旧式人格标准与魏晋名士注重精神美感的新式人格标准是格格不入的。

三、重情

宗白华先生说:“汉末魏晋六朝是中国政治上最混乱、社会上最苦痛的时代,然而却是精神上极自由、极解放、最富于智慧、最浓于热情的一个时代,因此,也就是最富有艺术精神的时代。”① 又云:“深于情者,不仅对宇宙人生体会到至深的无名的哀感,扩而充之,可以成为耶稣、释迦的悲天悯人;就是快乐的体验也是深入肺腑,惊心动魄;浅俗薄情的人,不仅不能深哀,且不知所谓真乐。”②

《世说新语》中,士人对“情”字极为重视:

> 王戎丧儿万子,山简往省之,王悲不自胜。简曰:“孩抱中物,何至于此?”王曰:“圣人忘情,最下不及情。情之所锺,正在我辈。”(《伤逝》4)

> 王长史登茅山,大恸哭曰:“琅邪王伯舆,终当为情死!”(《任诞》54)

> 桓公北征,经金城,见前为琅邪时种柳,皆已十围,慨然曰:“木犹如此,人何以堪!”攀枝执条,泫然流泪。(《言语》55)

> 卫洗马初欲渡江,形神惨悴,语左右云:“见此芒芒,不觉百端交集。苟未免有情,亦复谁能遣此!”(《言语》32)

> 桓子野每闻清歌,辄唤:“奈何!”谢公闻之,曰:“子野可谓一往有深情。”(《任诞》42)

上引诸条,或为亲子之情(王戎),或为人生深情(王伯舆、桓温),或为去国悲情(卫玠),或为艺术雅情(桓子野)。

然而就僧人而言,重情其实是有违佛旨的,因为佛家的最高境界应做到忘情,试看一例:

> 张玄之、顾敷是顾和中外孙,皆少而聪惠,和并知之,而常谓顾胜。

① 宗白华. 美学散步 [M]. 上海:上海人民出版社,1981:208.

② 宗白华. 美学散步 [M]. 上海:上海人民出版社,1981:215.

亲重偏至，张颇不恹。于时张年九岁，顾年七岁，和与俱至寺中，见佛般泥洹像，弟子有泣者，有不泣者。和以问二孙。玄谓："被亲故泣，不被亲故不泣。"敷曰："不然。当由忘情故不泣，不能忘情故泣。"（《言语》51）

此条刘孝标注引《大智度论》曰："佛在阴庵罗双树闲入般涅槃，卧北首，大地震动。诸三学人，佥然不乐，郁伊交涕。诸无学人，但念诸法，一切无常。"所谓"诸三学人"，是指正在修行的戒、定、慧三个层次的人。所谓"诸无学人"，是指超越于三学之上，达到无学境界的弟子。前者未能忘情，所以哭泣。后者已抛却世间一切妄念，理解涅槃的意义，所以无人哭泣，只是念佛，送佛祖进入更高的境界。

然而这里的忘情，近乎绝情，断不会为魏晋名士名僧所效仿。因为他们"应物而不累于物"，追求适性任情，故尤重亲情友情。先看支遁的一则故事：

支道林丧法虔之后，精神霣丧，风味转坠。常谓人曰："昔匠石废斤于郢人，牙生辍弦于钟子，推己外求，良不虚也。冥契既逝，发言莫赏，中心蕴结，余其亡矣！"却后一年，支遂殒。（《伤逝》11）

支法虔是支遁的同学，俊朗有理义。从支遁所用的两个典故"匠石废斤于郢人"和"牙生辍弦于锺子"来看，他甚为支遁看重。故法虔去世后，支遁颓丧消沉，不久也去世了。这里，支遁的行为完全违背了佛家"忘情绝欲""色即是空"的理念，与《伤逝》中其他名士的言行并无区别。

《世说》还有一则故事写戴逵哀悼支遁的情形：

戴公见林法师墓，曰："德音未远，而拱木已积。冀神理绵绵，不与气运俱尽耳！"（《伤逝》13）

据《高僧传·支遁传》记载，郗超曾在致亲友书信中评价支遁："林法师神理所通，玄拔独悟。实数百年来，绍明大法，令真理不绝，一人而已。"此语与戴逵之语甚为相似，可见已为公论。本条刘孝标注引王珣《法师墓下诗》序曰："余以宁康二年，命驾之剡石城山，即法师之丘也。高坟郁为荒楚，丘陇化为宿莽，遗迹未灭，而其人已远。感想平昔，触物凄怀。"由此可见出郗超、戴逵、王珣三人均与支遁有深厚交情。

"晋人向外发现了自然，向内发现了自己的深情。"[①]《世说》僧人重情，还体现在他们对山水的热爱上。如支遁：

林公见东阳长山曰："何其坦迤！"（《言语》87）

支遁之言，是对长山特点的具体概括。长山，亦名金华山，在东阳郡长山县。坦迤，指山势平缓而曲折。此条刘孝标注引《会稽土地志》曰："山靡迤而长，县因山得名。"

再如：

道壹道人好整饰音辞，从都下还东山，经吴中。已而会雪下，未甚寒，诸道人问在道所经。壹公曰："风霜固所不论，乃先集其惨澹；郊邑正自飘瞥，林岫便已浩然。"（《言语》93）

此条刘孝标注引《沙门题目》曰："道壹文锋富赡，孙绰为之赞曰：'驰骋游说，言固不虚。唯兹壹公，绰然有余。譬若春圃，载芬载敷。条柯猗蔚，枝干扶疏。'"对竺道壹的文采颇为推重。《世说新语》中，士人对山水的描述有许多精彩的片段，如《言语》第88则顾恺之评价会稽郡山川之美："千岩竞秀，万壑争流，草木蒙笼其上，若云兴霞蔚。"《言语》第91则王献之评价山阴风光："山川自相映发，使人应接不暇。若秋冬之际，尤难为怀。"《文学》第100则羊孚《雪赞》："资清以化，乘气以霏。遇象能鲜，即洁成辉。"对比这些佳句，可以发现竺道壹之文并不输于他们，而且还融入了佛学的意境。竺道壹是幻化宗的代表人物，日僧安澄《中论疏记》说："玄义云：'第一释道壹著《神二谛论》云：一切诸法，皆同幻化。'同幻化故，名为世谛。心神犹真不空，是第一义。若神复空，教何所施，谁修道隔凡成圣，故知神不空。"[②]"风霜固所不论，乃先集其惨澹；郊邑正自飘瞥，林岫便已浩然。"这种咏雪之句只有在人的内心极为空静的情况下才能感悟出，苏轼《送参寥师》云："上人学苦空，百念已灰冷。……颇怪浮屠人，视身如丘井。颓然寄淡泊，谁与发豪猛。"然后指出原因："细思乃不然，真巧非幻影。欲令诗语妙，无厌空且静。静故了群动，空故纳万境。"这说明幻化宗"心有色空"观点对于文学创作也

① 宗白华．美学散步 [M]．上海：上海人民出版社，1981：208.

② [日] 安澄．中论疏记 [M]//《大正藏》第 65 册：95.

有很大的启示。

四、放纵

《世说新语》中，士人放诞秽行颇多，如纵酒、裸体等，但是僧人却没有这种放纵行为。不过，也有一些行为是荒唐之举，如：

> 愍度道人始欲过江，与一伧道人为侣，谋曰："用旧义在江东，恐不办得食。"便共立"心无义"。既而此道人不成渡。愍度果讲义积年。后有伧人来，先道人寄语云:"为我致意愍度,无义那可立？治此计,权救饥尔！无为遂负如来也。"（《假谲》11）

支愍度身为佛门子弟，却无虔诚的向佛之心，仅为救饥，便篡改佛家经义，实属荒唐透顶。心无之义，后终由名僧慧远破之，使之不至于流毒世人。

第四章　从《世说新语》看《维摩诘经》思想对东晋士人的影响

《维摩诘经》是印度早期大乘佛教的重要经典，在佛教般若思想的发展中占有重要地位。维摩诘是梵语 vimalakīrti 的音译，“维摩”意为“无污染”，“诘”就是“名声”或“评价”，故玄奘大师将其译为“无垢称”。维摩诘居士是《维摩诘经》中实际的说法者，他深通大乘佛法，倡导解脱的关键在于主观修养而不在于出家苦修。此人“虽为白衣，奉持沙门清净律行；虽处居家，不著三界；示有妻子，常修梵行；现有眷属，常乐远离；虽服宝饰，而以相好严身”（《方便品》）①，是真正的菩萨行。其修行济世要“善权方便”。其最高境界为“不二法门”，即泯灭一切对立差别，无示无识，“乃至无有文字语言”（《入不二法门品》）。

这种世俗化的处世佛教，适应了广泛的社会需求。《维摩诘经》在汉、魏之际传入中土，很快便受到广泛崇信，一时被视为“略叙众经要义”“义包群典”的纲领性经典。鲁迅先生曾在《吃教》中指出：“晋以来的名流，每一个人总有三种小玩意：一是《论语》和《孝经》，二是《老子》，三是《维摩诘经》，不但采作谈资，并且常常做一点注解。”②由此可见《维摩诘经》在其时士人心中的重要地位。

《维摩诘经》在东晋尤其受到突出的重视与欢迎，其时佛教般若思想经过《老》《庄》之“格义”，逐渐为僧人和士人所了解和接受，在东晋玄学更尚玄远的时代风尚下，佛教般若思想能够对玄学“贵无”与“崇有”本体论上的

① ［后秦］僧肇等编. 注维摩诘所说经[M]. 上海：上海古籍出版社，2011：28. 以下涉及《维摩诘经》内容均参看此书，不复重注。

② 鲁迅. 鲁迅全集（第 5 卷）[M]. 北京：人民文学出版社，1996：310.

偏执做出回应，可谓正合时宜地给玄学带来新的思想资源，为清谈提供新的话题。尤其《维摩经》从形式到内容方面的特殊风貌和价值，使东晋人士研习此经，可备玄学之新说、清谈之借鉴。

首先，经中的维摩诘形象几乎具有东晋清谈名士的所有特征；其次，《维摩诘经》打通入世、出世界限的思想与当时追求“仕隐兼通”“身名俱泰”的士人之心有相通之处；第三，《维摩诘经》“不二法门”所提倡的“无分别”思维方式，能够使士人以圆融平等的心态待人处世。

《维摩诘经》自东汉至唐共有七个译本，其中三存四佚。现存者三：一为三国吴时支谦译的《佛说维摩诘经》（二卷），为现存最早的译本，收于《大正藏》第十四册；一为后秦鸠摩罗什译的《维摩诘所说经》，又名《不可思议解脱经》，三卷，收于《大正藏》第十四册；一为唐玄奘译《说无垢称经》（六卷），收于《大正藏》第十四册。亡佚者四：第一，东汉灵帝中平五年严佛调译《维摩诘经》二卷，为最早译本。第二，西晋惠帝元康元年竺叔兰译《维摩诘经》二卷。第三，西晋惠帝太安二年竺法护译《维摩诘经》二卷。第四，东晋祇多蜜译《维摩诘经》四卷。 存世译本中，影响最大的是鸠译本，古来为之注疏的也最多，敦煌莫高窟的壁画《维摩诘经变》也是依据鸠摩罗什译本绘制的。本书对 《维摩诘经》的分析即依据鸠摩罗什的译本。

本章拟以《世说新语》为中心，管窥《维摩诘经》思想对东晋士人的影响。

第一节　对士人清谈之风的促进

东晋士人喜爱《维摩诘经》，一个重要的原因是因为这部书内容充满了智慧机辩。高人雄先生指出：“诘难、灵动思辨性、哲理辩证性以及行为语言等共同构成了《维摩诘经》机辩文风的特点。”[①]其实，维摩诘本身便是个辩论高手，他“辩才无碍，游戏神通”（《 方便品》）。以至于当他染病时，佛祖指派众弟子和诸菩萨前往问疾，竟无一人表示堪任，因为他们都曾领教过维摩诘的辩才。最后文殊师利菩萨答应前去探疾，但他也坦言维摩诘之辩才可怖可畏：“彼上人者，难为酬对，深达实相，善说法要，辩才无滞，智慧无碍，一切菩萨法式悉知，诸佛秘藏无不得入，降伏众魔，游戏神通，其慧方便，皆已得度。”

① 高人雄．《维摩诘经》的机辩文风 [J]．西域研究，2013（4）：118.

（《文殊师利问疾品》）。在维摩诘居所，他与文殊菩萨等人谈论佛理，宣说大乘佛教的“空”“中道实相”和“不二法门”，提倡普度众生的“菩萨行”，展示了其通达无碍的辩才智慧。

而且,《维摩诘经》的对话还带有浓厚的清谈风格,以《入不二法门品》为例,其中大量的名理辩难与中土名士谈玄表现非常一致,内容也多与玄学之义契合。正因如此，《维摩诘经》深为当时名僧名士看重，成为他们清淡的话题之一。

试看《世说新语》中一则故事：

> 支道林、许掾诸人共在会稽王斋头。支为法师，许为都讲。支通一义，四坐莫不厌心。许送一难，众人莫不抃舞。但共嗟咏二家之美，不辩其理之所在。（《文学》40）

据本条刘孝标注引《高逸沙门传》,支遁、许询这次辩论的就是《维摩诘经》。从内容来看，支遁和许询采取的是主客相对的辩难方式， 支遁为主讲法师，许询负责发问,以使听众容易理解文义。从参与者的反应来看,众人对于《维摩诘经》的基本内容已经非常熟悉，因而才能对支遁和许询二人的精彩讲演和诘难心领神会。

再看一则故事：

> 支道林造《即色论》，论成，示王中郎，中郎都无言。支曰：“默而识之乎？”王曰：“既无文殊，谁能见赏？”（《文学》35）

这则故事尤能见出士人在《维摩诘经》上的造诣。支遁之《即色论》，是讲色空一如的,据刘孝标注引《支道林集·妙观章》云:“夫色之性也,不自有色。色不自有，虽色而空。故曰色即为空，色复异空。”这种观点正来自《维摩诘经》，《入不二法门品》曰：“色、色空为二，色即是空，非色灭空，色性自空……于其中而通达者，是为入不二法门。”可见《维摩诘经》对支遁影响之深。王中郎，指王坦之，曾为中郎将。他看过《即色论》后，“默然无言”。这里，王坦之效仿的是“维摩之默”。“既无文殊，谁能见赏？”此典故亦出自《入不二法门品》。《入不二法门品》是一次特殊的机辩，在维摩诘提出了“什么是入不二法门”的问题之后，有三十一位菩萨各抒已见，具体地言说如何入不二法门。然后文殊师利菩萨做总结：“如我意者，于一切法无言无说，无示无识，离诸问答，是为入不二法门。”接着他问维摩诘：“何者是菩萨入不二法门？”

这时维摩诘“默然无言。”此时，文殊师利恍然大悟：“善哉善哉，乃至无有文字语言，是真入不二法门。”就维摩之默，僧肇注曰：“有言于无言，未若无言于无言，所以默然也。上诸菩萨措言于法相，文殊有言于无言，净名无言于无言，此三明宗虽同，而迹有深浅，所以言后于无言知后于无知，信矣哉！”因为任何言说文字都不能表达出佛教的最高智慧，不能达到最高层次的真正解脱，这也是王坦之嘲讽支遁的根本原因。

正因如此，《世说新语》亦强调“维摩之默”。如《文学》第18则，太尉王衍同阮修探讨“老庄与圣教同异”的问题，阮修答以三个字“将无同？”于是被王衍辟为曹掾。而卫玠则认为“一言可辟，何假于三？”阮修则云：“苟是天下人望，亦可无言而辟，复何假一？”再如《言语》第97则，写豫章太守范甯于佛诞日写奏章恭请佛像，众僧猜想太守可能希望佛做答复，一个小沙弥说：“世尊默然，则为许可。”这些都见出“维摩之默”的影响。

由以上论述可以看出《维摩诘经》思想对士人清谈之风的促进。其实，在东晋士人心中，维摩诘就是典型化了的清谈家。也正因如此，后世依据鸠译本绘制的敦煌莫高窟壁画《维摩诘经变》，其中维摩诘的形象具有东晋清谈名士所有的时髦特征：“手执麈尾”“身披鹤氅裘”“头戴白纶巾”“长须飘飘。”[①]宁稼雨先生指出，维摩诘像手执麈尾是“僧俗名士对维摩诘兼通佛理和玄学的肯定。”[②]杨森先生亦指出，居士手持“麈尾”既是渊源于两晋南北朝玄学清谈，也是精于清谈和善辩的象征。因此可说敦煌莫高窟的《维摩诘经变》壁画中的麈尾图像与两晋南北朝玄学清谈之间有紧密的联系，应是毋庸置疑的。[③]这些都间接证明了《维摩诘经》对士人清谈之风的影响。

第二节　对士人出、处矛盾的调和

《维摩诘经》在东晋能有如此广泛影响的另外一个原因，是其打通入世、

---

① 吴文星. 莫高窟《维摩诘经变》对《维摩诘经》的“误读”[J]. 华南师范大学学报（社会科学版），2008（3）：77.

② 宁稼雨. 魏晋士人人格精神——《世说新语》的士人精神史研究[M]. 天津：南开大学出版社，2003：210.

③ 杨森. 敦煌壁画中的麈尾图像研究[J]. 敦煌研究，2007（6）：40.

出世界限的思想与当时深受郭象玄学“外内相冥”理论影响的士人之心有相通之处。郭象“外内相冥”说主张“游外安内”，认为名教等同自然，逍遥无须遁世。如他在《庄子·大宗师注》中说：“夫理有至极，外内相冥，未有极游外之至而不冥于内者也，未有能冥于内而不游于外者也。故圣人常游外以冥内，无心以顺有。故虽终日挥形而神气无变，俯仰万机而淡然自若。”[①] 意思是说，圣人的游外与安内是合二为一的。圣人表面上参与世务，日理万机，其实内心里却是清静无为的。郭象《庄子·逍遥游注》也认为“夫圣人虽在庙堂之上，然其心无异于山林之中。世岂识之哉？徒见其戴黄屋，佩玉玺，便谓足以缨绂其心矣。见其历山川，同民事，便谓足以憔悴其神矣，岂知至至者之不亏哉？”[②] 这就将“神人”与当今帝王的形象联系起来，把名教的庙堂与自然的山林之间的空间距离取消了。

《维摩诘经》亦强调如何把处世间当作出世间。《方便品》所描述的维摩诘形象，其实就展示了一位能调和出处的名士的风采。维摩诘本人精通佛理，然而他却是一位在家居士。他居住于毗耶离大城的闹市，并且“资财无量”。他衣饰华丽，饮食甘美，甚至不排斥赌博、饮酒、嫖妓的行为并偶一为之。但是，维摩诘更注重的是主观修养。他虽不出家，但能“奉持沙门”“常修梵行”。他住在闹市，是为了劝谕世人。他“资产无量”，是为了救济贫民。他赌博、嫖妓、饮酒的目的是向世人展示这些恶习带来的危害。《方便品》中也指出维摩诘“降魔劳怨，入深法门，善于智度，通达方便，大愿成就，明了众生心之所趣；又能分别诸根利钝。久于佛道，心已纯淑，决定大乘；诸有所作，能善思量，住佛威仪，心大如海，诸佛咨嗟，弟子、释、梵、世主所敬。”

《佛国品》则指出“众生之类是菩萨佛土”，因为“菩萨随所化众生而取佛土；随所调伏众生而取佛土；随诸众生应以何国入佛智慧而取佛土；随诸众生应以何国起菩萨根而取佛土。”可见佛国并不是虚拟的天国，它只有在现实的世间才能实现。

在《弟子品》中，维摩诘还提出了著名的“发心即出家”的思想：

诸长者子言：“居士，我闻佛言，父母不听，不得出家。”维摩诘言：

① [晋]郭象注．成玄英疏．庄子注疏[M]．北京：中华书局，2011：147.

② [晋]郭象注．成玄英疏．庄子注疏[M]．北京：中华书局，2011：15.

“然。汝等便发阿耨多罗三藐三菩提心。是即出家，是即具足。”

这里，维摩诘重视的是“出心家”而不是“出形家”，这是衡量是否出家的真正标准，也是维摩诘对在家佛教信众的充分肯定。另外《入不二法门品》亦认为“世间性空，即是出世间”，这样就解决了出家和在家的矛盾。

不过，虽然郭象的“外内相冥”理论和《维摩诘经》思想在调和出处方面有很大的一致性，然而也应当看出，二者之间也有明显的区别，那就是，郭象的理论明显是为士族文人“身名俱泰”“仕隐兼修”的人生态度提供理论依据。他提倡游外安内，名教等同自然，这是站在“圣人”“神人”的立场上，帮助他们取消名教的庙堂与自然的山林之间的空间距离。而这种理论，对于失意士人却起不到积极作用，因为它毕竟还是偏执于处世。而《维摩诘经》“出、处不二”思想则恰好能弥补这个缺憾，因为这一理论否定执着于概念的分别，不偏执于任何一端。这便是《维摩诘经》思想比郭象理论高明之处，也更容易引起士人内心的共鸣。由此可以看出佛理与玄理的根本区别就在于他们的形而上学的落脚点不同，一个初衷在政治的理想人格，一个则要从根本上脱离现实的一切，这正是佛教对东晋士人精神独特取向的价值所在。也正如许里和所说：“让形而上思想从社会和政治哲学中脱离出来，世俗文人和士大夫从未做到这一点，它产生也只可能产生于僧团所主张的一种反社会而非政治的团体中。”①

试看《世说新语》中有关殷浩的一则故事：

殷中军被废东阳，始看佛经。初视《维摩诘》，疑“般若波罗密”太多，后见《小品》，恨此语少。（《文学》50）

殷中军即殷浩，曾为中军将军。如第四章所述，他是一位清谈领袖，极少有人能与之抗衡。另外，他又是一位众望所归的隐士，“于时朝野以拟管、葛，起不起，以卜江左兴亡。”（《赏誉》98）后因桓温擅权，朝廷深为忌惮，于是会稽王司马昱建议征召殷浩来平衡政局。可他志大才疏，最终因北伐失败而被废为庶人。被废之后，殷浩一开始无法解脱，便终日“书空咄咄”（《黜免》3）。甚至对司马昱心怀怨恨，认为他对自己始乱终弃，“上人著百尺楼上，儋梯将去。”（《黜免》5）后来，他突然对佛经产生了兴趣，认为“理亦应阿堵

① [荷兰]许里和著．李四龙等译．佛教征服中国[M]．南京：江苏人民出版社，1998：127.

上。”（《文学》23）于是“大读佛经，皆精解。”（《文学》59）

从《文学》第50则可以看出，殷浩读的是佛经中的《维摩诘经》和《小品》。关于《小品》，《文学》第43则刘孝标注云：“释氏辨空经，有详者焉，有略者焉。详者为《大品》，略者为《小品》。”据此可知《小品》阐述的是虽是般若思想，但不够详细。而《维摩诘经》晚出于《小品》，对般若思想阐述得更加透彻，尤其“不二法门”泯灭一切对立差别，更能使仕途失意者于顿悟中得到真正解脱，所以殷浩才有“恨此语少”的感慨。对此，刘孝标注亦指出：“渊源未畅其致，少而疑其多；已而究其宗，多而患其少也。”

从《文学》篇第50则可以看出，殷浩在被废为庶人之后，对自己以往的人生历程有了深刻的反省，开始大读佛经，终于在读《维摩诘经》的过程中理解到般若真谛而得到了解脱。

值得一提的是，在调和出处这一方面，殷浩远不如其从侄殷觊：

> 初，桓南郡、杨广共说殷荆州，宜夺殷觊南蛮以自树。觊亦即晓其旨。尝因行散，率尔去下舍，便不复还，内外无预知者。意色萧然，远同斗生之无愠。时论以此多之。（《德行》第41则）

桓南郡指桓玄，曾为南郡公。斗生，指楚国令尹子文，斗姓。此人“三仕为令尹，无喜色；三已之，无愠色。”这则故事写桓玄和杨广游说荆州刺史殷仲堪（殷浩从子），想从殷觊手中夺权（殷觊时为南蛮校尉），殷觊知道消息后，便立刻借行散之机辞官离去，如同令尹子文一样没有丝毫恋栈之意，因而为时论所激赏。他还曾准确地预料到殷仲堪的悲剧结局，《规箴》第23则写殷仲堪北伐前去探望病重的殷觊，劝他保重身体，殷觊却说：“我病自当差，正忧汝患耳！”结果被他不幸言中。

其实，因读《维摩诘经》而顿悟者，并不仅殷浩一人，如名僧僧肇在出家之前“爱好玄微，每以《庄》《老》为心要”。然而他对老庄之学的评价是“美则美矣，然期神冥累之方，犹未尽善也。”后来读了《维摩诘经》，于是“欢喜顶受，披寻玩味，乃言始知所归矣。”（《高僧传》卷六本传）从而获得了真正解脱。

《世说新语》中，能把出处矛盾调和得比较好的士人主要有两位：一位是王导，一位是谢安。

《世说新语》中的王导，首先是一位国家重臣。他早年与琅邪王司马睿友善，后建议其移镇建邺，以防有变。后晋室南渡，朝政一决于导，元帝甚至称之为“仲父”。东晋偏安一隅，国势至衰，但正因有王导在，才力挽狂澜，转危为安。当时，他被称为“江左管夷吾”（《言语》第36则）。其次，王导又淡泊名利，不为世务所羁：

有往来者云：“庾公有东下意。”或谓王公：“可潜稍严，以备不虞。”王公曰：“我与元规虽俱王臣，本怀布衣之好。若其欲来，吾角巾径还乌衣，何所稍严。”（《雅量》13）

庾公指庾亮，字元规，其妹为明帝皇后，明帝去世后，庾亮以外戚身份辅政，都督江、荆六州军事，镇武昌，曾有黜王导意。而王导得悉庾亮有东下建康的企图后，不仅不做军事布置，而且情愿将权位拱手相让，可见其度量之宽宏。而庾亮得知王导并不恋栈后，便停止了行动，刘孝标注引《中兴书》曰：“于是风尘自消，内外缉穆。”

而对政事的处理，亦能见出王导以出世之心处世的心态：

丞相末年，略不复省事，正封箓诺之。自叹曰：“人言我愦愦，后人当思此愦愦。”（《政事》15）

王丞相为扬州，遣八部从事之职，顾和时为下传还，同时俱见，诸从事各奏二千石官长得失，至和独无言。王问顾曰：“卿何所闻？”答曰：“明公作辅，宁使网漏吞舟，何缘采听风闻，以为察察之政？”丞相咨嗟称佳，诸从事自视缺然也。（《规箴》15）

“封箓诺之”，是指王导处理政事，只是在公文上画诺而已。愦愦，近似于“糊涂”之意。王导身为朝廷重臣，面对北方强大的外患和南方士族的不臣之心，为稳固东晋政权，他执行了笼络吴地士族的政策，为政宽恕，事从简易。王导认为后人会明白自己的苦心，“人言我愦愦，后人当思此愦愦。”

王导之后的朝廷重臣也大都为政宽恕，事从简易。试看谢安、桓温、王承之例：

谢公时，兵厮逋亡，多近窜南塘，下诸舫中。或欲求一时搜索，谢公不许，云：“若不容置此辈，何以为京都？”（《政事》23）

桓公在荆州，全欲以德被江、汉，耻以威刑肃物。令史受杖，正从朱衣上过。桓式年少，从外来，云："向从阁下过，见令史受杖，上捎云根，下拂地足。"意讥不着。桓公云："我犹患其重。"（《政事》19）

王安期为东海郡。小吏盗池中鱼，纲纪推之。王曰："文王之囿，与众共之。池鱼复何足惜！"（《政事》9）

但正因如此，王导"网漏吞舟"之举也容易被人误解，如太尉庾亮之弟庾冰就不以为然：

丞相尝夏月至石头看庾公，庾公正料事。丞相云："暑，可小简之。"庾公曰："公之遗事，天下亦未以为允。"（《政事》14）

本条刘孝标注引《殷羡言行》曰："王公薨后，庾冰代相，网密刑峻。羡时行，遇收捕者于途，慨然叹曰：'丙吉问牛喘，似不尔！'尝从容谓冰曰：'卿辈自是网目不失，皆是小道小善耳。至如王公，故能行无理事。'谢安石每叹咏此唱。"庾亮兄弟执政，任法裁物，颇以此失人心，终导致苏峻之乱，朝廷几近倾覆。而庾冰在王导、庾亮去世后，更改变了朝廷尊佛的政策，迫使许多名僧离开了建康，实属失策之举。这也证明了王导的决策是英明的。

谢安则是东晋时期仕隐兼通的典型个案，他长期隐居于会稽山阴之东山，无处世之意。《容止》第36则云："谢车骑道谢公：'游肆复无乃高唱，但恭坐捻鼻顾睐，便自有寝处山泽间仪。'"然而谢安却不排斥出仕。当时，其兄谢尚、谢奕，其弟谢万均已先后入朝，位高权重，显赫一时。而谢安只是布衣，妻子刘氏便问他："大丈夫不当如此乎？"谢安的回答是："但恐不免耳！"（《排调》27）简文帝司马昱也说："安石必出，既与人同乐，亦不得不与人同忧。"（《识鉴》21）后来，在兄谢尚、谢奕逝去，弟谢万被废，陈郡谢氏家族地位受到威胁时，谢安终于出山：

谢公在东山，朝命屡降而不动。后出为桓宣武司马，将发新亭，朝士咸出瞻送。高灵时为中丞，亦往相祖。先时，多所饮酒，因倚如醉，戏曰："卿屡违朝旨，高卧东山，诸人每相与言：'安石不肯出，将如苍生何？'今亦苍生将如卿何？"谢笑而不答。（《排调》26）

谢公始有东山之志，后严命屡臻，势不获已，始就桓公司马。于时人有饷桓公药草，中有"远志"。公取以问谢："此药又名'小草'，何一

物而有二称？”谢未即答。时郝隆在坐，应声答曰：“此甚易解：处则为远志，出则为小草。”（《排调》32）

“安石不肯出，将如苍生何”，写出了动荡中的社会对谢安的期待。而对谢安来说，兼济天下既可以造福百姓，又能使自己“身名俱泰”，那就不必偏执于外在的形式而隐居高蹈。《排调》第26则刘孝标注引《妇人集》载桓玄问王凝之妻谢氏曰：“太傅东山二十余年，遂复不终，其理云何？”谢答曰：“亡叔太傅先正，以无用为心，显隐为优劣，始末正当动静之异耳。”此语近于《维摩诘经》之不二法门思想。而《排调》第32则中的郝隆就不免过于执着。

后世以维摩诘自比的大诗人白居易，在其《与元九书》中说：“大丈夫所守者道，所待者时。时之来也，为云龙，为风鹏，勃然突然，陈力以出；时之不来也，为雾豹，为冥鸿，寂兮寥兮，奉身而退。进退出处，何往而不自得哉！”[①]这一心态与谢安是一致的。

而且，王导、谢安还均是东晋的清谈领袖，这是他们善于调和出处的又一明证。

孙绰在王导去世后曾作《丞相王导碑》，其云：

玄性合乎道旨，冲一体之自然，柔肠协乎春风，温而侔于冬日，信人伦之水镜，道德之标准也。……公雅好谈咏，恂然善诱。虽管综时务，一日万机，夷心以延白屋之士，虚己以招岩穴之俊，逍遥放意，不峻仪轨。公执国之钧，三十余载，时难世故，备经之矣。夷险理乱，常保元吉，匪躬而身全，遗功而勋举，非夫领鉴玄达，百炼不渝，孰能莫忤于世而动与理会者哉？[②]

这篇文章是对王导一生恰如其分的概括。

第三节　对士人思维方式的影响

“维摩大士去何从，千古令人望莫穷。不二法门休更问，夜来明月上孤峰。”（《五灯会元》卷十五）。在《维摩诘经》中，“不二法门”是贯串全经的主

① [宋]普济．五灯会元[M]．北京：中华书局，1984：995.

② [清]严可均辑．全上古三代秦汉三国六朝文[M]．北京：中华书局，1958：1813.

旨，也是该经的理论核心，这一点从上文对《世说新语·文学》第35则的分析也可以看出。《维摩诘经》特重“无分别观”。“无分别观”乃包括般若思想和中观学派在内的大乘各佛教宗派思想的核心观念之一，也是《维摩诘经》所阐扬的核心思想之一。而“不二法门”则是《维摩诘经》“无分别”思想的浓缩和精华，也是无分别思想最经典的表达。“二”者，差别、分别之义，“不二”即是“无分别”。以“无分别”的观点和方法去观察和对待一切事物，叫“不二法门”。上文所论述的维摩之默、出世与处世不二，它们的共同的理论根据便是“不二法门”。

概言之，不二法门是消融一切差别，使之归于圆融平等的法门。不二法门否定执着于概念的分别，强调中道观念。《维摩诘经》的无分别不是绝对化的无分别，它实际上并不是认为事物完全没有差别，而是强调差别的联系和转化，用中道的观念加以解释。这种思想倾向对后来的中观派影响很大，中观派在这一方面继续向前发展，达到般若思想的高峰。

从《世说新语》可以看出，东晋士人已善于运用《维摩诘经》“不二”这种思维方式，如：

> 竺法深在简文坐，刘尹问：“道人何以游朱门？”答曰：“君自见朱门，贫道如游蓬户。”（《言语》48）

竺法深是东晋般若学“本无异宗”代表人物，他虽在佛门，却与当时帝王、名臣有很深的交情，曾自谓“昔尝与元明二帝、王庾二公周旋。”（《方正》45）简文帝司马昱亦深通佛理与玄学，竺法深是他座上常客。但依佛理而言，释家当远离世俗，更不能结交达官贵人。正因如此，便引起丹阳尹刘惔的困惑：“道人何以游朱门？”而竺法深的回答非常高妙：“君自见朱门，贫道如游蓬户。”他认为，朱门的有无并不在于它是否存在，而在于你的内心是否有世俗之念，只要内心放空，则朱门蓬户不二。这种“无分别观”正是《维摩诘经》所倡导的。在另一则故事里，竺法深批评了支遁“买山而隐”的行为：

> 支道林因人就深公买印山，深公答曰：“未闻巢、由买山而隐。”（《排调》28）

文中，支遁买山的理由是为了方便自己隐居，然而这一举动正表明他未能放下尘念，也与佛家的无分别观相悖，所以竺法深才用巢父和许由的典故来驳斥他。再如：

> 谢灵运好戴曲柄笠，孔隐士谓曰：“卿欲希心高远，何不能遗曲盖之貌？”谢答曰：“将不畏影者未能忘怀。”（《言语》108）

> 许玄度隐在永兴南幽穴中，每致四方诸侯之遗。或谓许曰：“尝闻箕山人似不尔耳！”许曰：“筐篚苞苴，故当轻于天下之宝耳！”（《栖逸》13）

这两则故事，亦见出《维摩诘经》之无分别思想。谢灵运是佛玄兼通的名士，他不以世务撄心，具有浓厚的隐逸情结。但其所戴斗笠外形和象征荣华富贵的曲柄伞盖很相似，因而招致孔淳之的嘲讽。谢灵运的答复是：“将不畏影者未能忘怀。”这句话的意思，一是说明真正的修身守道之人是不介意这些形式上的东西，二是委婉地回讽对方不能忘怀世俗追名逐利之念。第二则故事的主人公是许询，他在山中隐居时，因接受官员馈赠而招人非议，认为他不能像许由那样做一名真正的隐士。许询则认为，比起当年尧欲将天子之位让与许由来说，自己所接受的馈赠算不了什么。这里能明显看出他是受维摩“不二”思想的影响。许询曾经与支遁就《维摩诘经》做过精彩讲演和诘难，故而他谙熟《维摩诘经》。

再如：

> 王中郎令伏玄度、习凿齿论青楚人物，临成，以示韩康伯，康伯都无言。王曰：“何故不言？”韩曰：“无可无不可。”（《言语》72）

> 庾子嵩作《意赋》成，从子文康见，问曰：“若有意邪，非赋之所尽；若无意邪，复何所赋？”答曰：“正在有意无意之间。”（《文学》75）

上引《言语》第72则，韩康伯无言就是以维摩默然的方法来表示对语言局限性的认可。《文学》第75则中庾子嵩指庾敳，文康是庾亮谥号。庾亮是当时著名的清谈人士，他提出的问题很有水平：“若有意邪，非赋之所尽；若无意邪，复何所赋？”这个问题很不好回答，因为如果有“意”，可玄学家认为“言不尽意”，佛家认为“文字性离，无有文字，是则解脱”（《维摩诘经·弟子品》），那么写《意赋》作用何在？而如果没有“意”，那《意赋》便不成立。庾敳的对答则体现了维摩“不二法门”的思想。因为虽然解脱者不著文字，但若就“无分别”之平等不二而论，语言文字亦不可抛弃，所以庾敳认为既要看到语言文字的局限，又不可完全抛弃语言文字。《维摩诘经》也有类似观点，如《观众生品》中天女教导舍利弗："言说文字，皆解脱相。所以者何？解脱者，不内不外，不在两间。文字亦不内不外，不在两间。是故舍利弗，无离文字说解脱也。所以者何？一切诸法是解脱相。"

从以上论述可以看出，《维摩诘经》"不二"思维方式虽从总体上否定执着于概念的分别，但却不是认为事物完全没有差别，而是强调差别的联系和转化。

东晋时期，《维摩诘经》和主人公维摩居士的形象深入到社会文化生活的各个方面。史载，东晋顾恺之善画佛像，尤以壁画著称。传说他在瓦官寺作维摩诘壁画曾轰动当时：

> 兴宁中，瓦官寺初置，僧众设会，请朝贤鸣刹注疏。其时士大夫莫有过十万者。既至长康（顾恺之），直打刹注百万。长康素贫，众以为大言。后寺众请勾疏。长康曰："宜备一壁。"遂闭户。往来一月余日，所画维摩诘一躯，工毕，将欲点眸子。乃谓寺僧曰："第一日观者，请施十万。第二日，可五万。第三日，可任例责施。"及开户，光照一寺。施者填咽，俄而得百万钱。可知其技术之神妙。[①]（《历代名画记》卷五引《京师寺记》）

所以，维摩诘这个人物，是东晋门阀士族最崇拜，极力仿效的理想人格。在士大夫阶层，《维摩诘经》的影响，甚至超过了在佛教界的影响。这也可以看出其时士人崇佛之风。

① ［唐］张彦远．历代名画记［M］．北京：人民美术出版社，1963：113．

第五章 《世说新语》有关词汇考

关于佛教文化对中土的影响，王青先生在《西域文化影响下的中古小说》中指出："西域文化的输入，使得大量新的表象涌入中土，大大丰富了中国人头脑中原有的表象系统"。并指出这其中有"各种宗教器物"，如"舍利""佛像"等。在《世说新语》中，也可以看到大量佛教文化词汇，如：僧、沙门、沙弥、尼、《小品》《维摩诘经》《阿毗昙心论》、般若波罗蜜、般泥垣、三乘、六通、三明、事数、宿命、色、佛图、行像等。它们从不同方面反映了佛教文化在中土的发展变化。

佛、法、僧为三宝，《世说新语》奉佛世家常有人以此三字为名或字，如王大字佛大，王珣字法护，王珉字僧弥。"三宝"一词亦见于《世说新语·尤悔》第11则：

> 阮思旷奉大法，敬信甚至。大儿年未弱冠，忽被笃疾。儿既是偏所爱重，为之祈请三宝，昼夜不懈。

三宝中，佛指创教者释迦牟尼（后亦指一切佛），法即佛教教义，僧指继承和宣扬佛教教义的僧徒。以上三者，威德至高无上，如世间之宝，故称三宝。

本章拟分二部分展开论述。

第一节 与僧伽有关的词汇

此部分考证的对象，既包括涉及僧伽的词汇，亦包括涉及僧人居所、用物的词汇，如"寺""佛图""精舍""钵釪"等。

一、僧

"僧"字见于《言语》第97则：

> 范宁作豫章，八日请佛有板，众僧疑或欲作答。

僧是僧伽的简称，原本是指出家人的团体，后来才渐指出家的个人。僧为弘扬、住持佛教者，故被尊为“三宝”（佛、法、僧）之一，谓之“僧宝”。

二、尼

“尼”字见于《贤媛》第30则：

> 谢遏绝重其姊，张玄常称其妹，欲以敌之。有济尼者，并游张、谢二家，人问其优劣，答曰：“王夫人神情散朗，故有林下风气；顾家妇清心玉映，自是闺房之秀。”

僧又称比丘、比丘尼。比丘是出家男子，比丘尼是出家女子，通常称尼。但尼在印度并不代表僧人，而是指女子，比丘尼才是出家女子的称号。《大宋僧史略》曰：“汉明帝听阳城侯刘峻等出家，僧之始也。洛阳妇女阿潘等出家，此尼之始也。”[①]此为中国有尼之始。

三、沙门

“沙门”一词见于《轻诋》第25则：

> 王北中郎不为林公所知，乃著论《沙门不得为高士论》，大略云：“高士必在于纵心调畅。沙门虽云俗外，反更束于教，非情性自得之谓也。”

沙门为梵语之音译，即僧侣。意译为止烦恼、防诸恶，努力求悟之意。《四十二章经》云：“辞亲出家为道，名曰沙门”[②]。《出曜经》卷十六云：“夫言沙门者，履行清虚，离世八业，志崇清净，乃谓沙门”[③]。《中阿含经》卷四八云：“云何沙门？谓息止诸恶、不善之法，诸漏秽污，为当来有本、烦热苦报、生老病死因。是谓沙门”[④]。

四、沙弥

“沙弥”一词见于《言语》第97则：

---

① [宋]赞宁．大宋僧史略[M]//《大正藏》第54册：237，c.

② 迦叶摩腾．竺法兰译．四十二章经[M]//《大正藏》第17册：722，a.

③ 竺佛念译．出曜经[M]//《大正藏》第4册：695，b.

④ [东晋]瞿昙．僧伽提婆译．中阿含经[M]//《大正藏》第1册：726，c.

范宁作豫章，八日请佛有板，众僧疑或欲作答。有小沙弥在坐末，曰："世尊默然，则为许可。"众从其义。

沙弥，是僧侣之第一阶段，指佛教僧团（即僧伽）中，已受十戒，未受具足戒，年龄在七岁以上、未满二十岁之出家男子。

五、法师

"法师"一词见于《文学》第40则：

支道林、许掾诸人共在会稽王斋头。支为法师，许为都讲。支通一义，四坐莫不厌心。许送一难，众人莫不抃舞。但共嗟咏二家之美，不辩其理之所在。

法师，指精通佛教教义，又能如法修行，并善于为他人演说教法的僧尼。又作说法师、大法师。比如精通经律论三藏的，称三藏法师。佛"十号"中有天人师一号，也就是说，佛是为天人等说法的大法师。在中国佛教史上，一般只对出家僧人尊称为法师。道教受了佛教的影响，道士善于符箓祈禳诸法术者，亦称为法师。

六、都讲

"都讲"一词亦见于上引《文学》第40则。都讲为古代寺院讲经时所设之职掌。魏晋南北朝时，佛教学者讲经采取一问一答方式，为都讲者，负责发问，俾使听众容易理解文义。后由讲师详加讲解阐发。《佛祖统纪》卷三七"梁天监三年（504）"条载梁武帝在重云殿讲经，"以枳园寺法彪为都讲，彪先一问，帝方酬答。载索载征，并通玄妙。"① 此种讲经制度，古代印度即有。

七、高坐

"高坐"一词见于如下三例：

高坐道人不作汉语。或问此意，简文曰："以简应对之烦。"（《言语》39）

---

① ［宋］释志磐撰．释道法校注．佛祖统纪[M]．上海古籍出版社，2012：854.

王、刘听林公讲，王语刘曰："向高坐者，故是凶物。"复更听，王又曰："自是钵釪后王、何人也。"（《赏誉》110）

王濛恒寻遁，遇祇洹寺中讲，正在高坐上，每举麈尾，常领数百言，而情理俱畅。（《赏誉》110 刘孝标注引《高逸沙门传》）

此三则例文中的"高坐"有不同含义，《言语》第 39 则中"高坐"，专指胡僧帛尸梨密，其死后成帝还专门为他建了高座寺。此条余嘉锡先生笺疏亦指出："宋周必大《二老堂杂志》五引《高僧传》载高坐事，自注云："疑若今时谓僧为上坐。"这就接近于高坐的本意。后二则例文中，高坐亦称高座，讲席之意，仿释迦牟尼成道时所坐之金刚宝座，而于说法、讲经或修法时，设置一个较通常席位为高之床座。我国讲经法师，依古式，必登高座讲经或说法。其法为：在佛前左右，讲师座居右，都师座居左，二座相对。都师读经题，讲师讲经义。

八、上人

"上人"一词见于《文学》第 30 则：

有北来道人好才理，与林公相遇于瓦官寺，讲小品。于时竺法深、孙兴公悉共听。此道人语，屡设疑难，林公辩答清析，辞气俱爽。此道人每辄摧屈。孙问深公："上人当是逆风家，向来何以都不言？"。

上人是佛教用语，对智德兼备而可为众人师者之高僧的尊称。《释氏要览》卷上谓："内有智德，外有胜行，在众人之上者为上人。"[①]《摩诃般若波罗蜜经》卷十七"坚固品"载须菩提语："若菩萨摩诃萨能一心行阿耨多罗三藐三菩提，护持心不散乱，称为上人。"[②]《维摩经 · 问疾品》曰："文殊师利白佛：'世尊，彼上人者，难为酬对。'"

九、文殊

文殊一词见于《文学》第 35 则：

支道林造《即色论》，论成，示王中郎，中郎都无言。支曰："默而

① [宋]释道诚. 释氏要览 [M]//《大正藏》第 54 册：261，b.

② [姚秦]鸠摩罗什译. 摩诃般若波罗蜜经 [M]//《大正藏》第 8 册：342，b.

识之乎？”

王曰：“既无文殊，谁能见赏？”

文殊，梵文音译作文殊师利，意译为妙德、妙吉祥等，为我国佛教四大菩萨之一，与普贤菩萨同为释迦佛之胁侍，分别表示佛智、佛慧之别德。

十、寺

“寺”字在《世说新语》中出现的次数颇多，本书第二章第四节曾论及具体寺庙，不再赘述，兹举一例：

张玄之、顾敷是顾和中外孙，……和与俱至寺中，见佛般泥洹像，弟子有泣者，有不泣者。（《言语》51）

寺，僧伽所居住的地方。《大宋僧史略》云：“寺者，《释名》曰：‘寺，嗣也，治事者相嗣续于其内也。’本是司名，西僧乍来，权止公司，移入别居，不忘其本，还标寺号，僧寺之名，始于此也。”[①] 又《释氏要览》云：“后汉明帝永平十年丁卯，佛法初至，有印度二僧摩腾、法兰，以白马驮经像至洛阳，敕于鸿胪寺安置。鸿胪即司宾寺也。至十一年戊辰，敕于雍门外别建寺，以白马为名，即汉土佛寺始也。”[②]

十一、佛图

“佛图”一词见于《言语》第41则：

庾公尝入佛图，见卧佛，曰：“此子疲于津梁。”于时以为名言。

佛图，亦称浮屠，意译为净觉。佛教为佛所创，古人因称佛教为浮屠道，佛教徒为浮屠，后并称佛塔、佛寺为浮屠。本例中“佛图”，即为寺庙的别称。

十二、精舍

“精舍”一词见于《栖逸》第11则：

康僧渊在豫章，去郭数十里立精舍，旁连岭，带长川，芳林列于轩庭，

① [宋]赞宁．大宋僧史略[M]//《大正藏》第54：236页，c.

② [宋]释道诚．释氏要览[M]//《大正藏》第54：262页，b.

清流激于堂宇。

精舍，寺院之异名，为精行者所居，故曰精舍，非精妙之谓。如《晋书·孝武帝纪》:“(太元)六年春正月，帝初奉佛法，立精舍于殿内，引诸沙门以居之。”①此处精舍即寺庙。释尊在世时，各地建有精舍，其中以王舍城竹林精舍与舍卫国祇园（祇洹）精舍，较为有名。

十三、钵釪

“钵釪”一词见于《赏誉》第110则：

> 王、刘听林公讲，王语刘曰：“向高坐者，故是凶物。”复更听，王又曰：“自是钵釪后王、何人也。”

钵釪即钵盂，是和尚用来化缘的食器，也是和尚随身携带的“六物”之一，泛指佛门传法之器，此指如来传法。“钵釪后”即指如来传法之后的佛界之中。“自是钵釪后王、何人也”，是把支遁比作佛教徒中的王弼、何晏。

第二节　与“法”有关的词汇

一、经、论部分（书籍）

《世说新语》中，有多则条目中出现“佛经”一词：

> 佛经以为祛练神明，则圣人可致。（《文学》44）
>
> 殷中军被废，徙东阳，大读佛经，皆精解。（《文学》59）
>
> 殷中军被废东阳，始看佛经。（《文学》50）
>
> 殷中军见佛经，云：“理亦应在阿堵上。”（《文学》23）

关于佛经，《文学》第23则刘孝标注引《牟子》曰：“汉明帝夜梦神人，身有日光，明日，博问群臣。通人傅毅对曰：‘臣闻天竺有道者号曰佛，轻举能飞，身有日光，殆将其神也。’于是遣羽林将军秦景、博士弟子王遵等十二人之大月氏国，写取佛经四十二部，在兰台石室。”又引刘向《列仙传》曰：

① [唐]房玄龄等撰. 晋书[M]. 北京：中华书局，2000：148.

"历观百家之中，以相检验，得仙者百四十六人，其七十四人已在佛经，故撰得七十。可以多闻博识者遐观焉。"如此，即当汉成、哀之间，已有佛经。

广义的佛经，泛指佛教全部经典。包括经、律、论等。狭义则专指三藏中之经藏部分，即佛陀所说之经典。《世说新语》涉及具体具体佛教经、论有四种，即《维摩诘经》《小品》《阿毗昙心论》《即色论》，下文拟作简要分析。

（一）《维摩诘经》

"维摩诘"一词见于《文学》第50则：

> 殷中军被废东阳，始看佛经。初视《维摩诘》，疑般若波罗密太多；后见《小品》，恨此语少。

此经第六章已做详细分析，兹不赘述。

（二）《即色论》

支遁作《即色论》一事见于《文学》第50则：

> 支道林造《即色论》，论成，示王中郎，中郎都无言。支曰："默而识之乎？"王曰："既无文殊，谁能见赏？"（《文学》35）

支遁是即色宗的代表人物，支遁之《即色论》，又称《即色游玄论》，原文已佚，所谓"色"指的是一切形形色色的物质现象，"玄"指玄远空无，其内容主要是讲色空一如的，然重点在发挥"即色游空、即色是空"的思想。支遁之即色宗认为，色本身并非独立存在，是由因缘结合而生。所以说它的个性是空的。说色性是空，是就它没有自身的本体而言，绝不是将色消灭或破坏后才是空。《广弘明集》卷十五保存了支遁的一组玄言诗，明确表述了他这种意图：

> 能仁畅玄句，即色自然空。空有交映迹，冥知无照功。（《善思菩萨赞》）①
>
> 绝迹迁灵梯，有无无所骋。不眴冥玄和，栖神不二境。（《不眴菩萨赞》）②
>
> 亹亹玄心运，寥寥音气清。粗二标起分，妙一寄无生。（《法作菩萨赞》）③

① [唐]释道宣．广弘明集[M]//《大正藏》第52：197，a.

② [唐]释道宣．广弘明集[M]//《大正藏》第52：197，b.

③ [唐]释道宣．广弘明集[M]//《大正藏》第52：197，b.

首闲齐物我，造理因两虚。虚两似得妙，同象反入粗。(《首闲菩萨赞》)[1]

体神在忘觉。有虑非理尽。色来投虚空。响朗生应轸。（《善宿菩萨》赞）[2]

单从这些诗句来看，支遁是试图从有无双遣的角度去掌握般若性空的原理的，“妙一”“粗二”分别指有无的结合和分离。“两虚”指的是有无的双遣。支遁认为，如果从现象入手去认识本体，“即色自然空”，“色来投虚空”，就能做到“空有交映迹”“有无无所骋”。这是他所追求的至理，可惜他的理论却是不成熟的。刘孝标注引《支道林集·妙观章》亦持此论：“夫色之性也，不自有色。色不自有，虽色而空。故曰色即为空，色复异空。”这两个命题是矛盾的。般若性空的原理，全面性的表述应当是“色即是空，空即是色”。支遁之“色即为空”把本体和现象相联系，而“色复异空”却又把本体和现象割裂了。僧肇《不真空论》中批评即色义的一段话，主要着眼于破它保存了假有，唯心主义不够彻底：

即色者，明色不自色，故虽色而非色也。夫言色者，但当色即色，岂待色色而后为色哉？此直语色不自色，未领色之非色也。

僧肇认为，即色宗的缺点在于，没有认识到物质现象本来就是非物质性的，因而没有直接就色的本性说明它是空的。

（三）《小品》

此经在《世说》中多次出现，兹略引如下：

殷中军读《小品》，下二百签，皆是精微，世之幽滞。尝欲与支道林辩之，竟不得。（《文学》43）

于法开始与支公争名，后精渐归支，意甚不忿，遂遁迹剡下。遣弟子出都，语使过会稽。于时支公正讲《小品》。（《文学》45）

殷中军被废东阳，始看佛经。初视《维摩诘》，疑般若波罗密太多；后见《小品》，恨此语少。（《文学》50）

① [唐]释道宣．广弘明集[M]//《大正藏》第52：197，b．

② [唐]释道宣．广弘明集[M]//《大正藏》第52：197，b．

上引《文学》第43则刘孝标注云："释氏辨空经，有详者焉，有略者焉。详者为《大品》，略者为《小品》。"《小品》，全名《摩诃般若波罗蜜经》，为与《大品般若经》有所区别，故称《小品摩诃般若波罗蜜经》，略称《小品般若经》，凡十卷二十九品，鸠摩罗什译，收于大正藏第八册，为大乘佛教最初期说般若空观之基础经典之一。其同本异译又有《道行般若经》（十卷，后汉支娄迦谶译，《世说新语》之《小品》即指此译本）等。

（四）《阿毗昙心论》

"阿毗昙"一词见于《文学》第64则：

> 提婆初至，为东亭第讲《阿毗昙》。始发讲，坐裁半，僧弥便云："都已晓。"即于坐分数四有意道人，更就余屋自讲。提婆讲竟，东亭问法冈道人曰："弟子都未解，阿弥那得已解？所得云何？"曰："大略全是，故当小未精核耳。"

阿毗昙，阿毗昙摩的旧称，意为胜法，无比法，指佛教经、律、论三藏中的论藏，是佛教高僧对佛经的阐释。刘孝标注云："阿毗昙者，晋言大法也。道标法师曰：'阿毗昙者，秦言无比法也。'"提婆，即僧伽提婆。《高僧传》卷一《僧伽提婆传》云其"学通三藏，尤善《阿毗昙心》"。僧伽提婆于前秦建元十九年（383）到长安，译出《阿毗昙八键度论》。东晋太元十六年（391）应慧远所邀，在庐山译出《阿毗昙心论》和《三法度论》，隆安元年（397），二人来游京师，因王珣所请，译出《中阿含经》《增一阿含经》等。本条刘孝标注引释慧远《阿毗昙叙》曰："《阿毗昙心》者，三藏之要领，咏歌之微言。源流广大，管综众经，领其宗会，故作者以心为名焉。……罽宾沙门僧伽提婆，少玩斯文，因请令译焉。"则提婆所讲为《阿毗昙心论》，此书共四卷十品，作者为印度僧人法胜，译者为僧伽提婆与慧远，略称为《心论》，收在《大正藏》第二十八册。此论系说一切有部西方师的主要著作。

《阿毗昙心论》"管综众经，领其宗会"，其义博大精深。吕澂《印度佛学源流略讲》附录《毗昙的文献源流》对此书亦评价很高：

> 这部论是法胜所作，从曹魏时来中国的西域僧人，即十分称赞它。其后百余年，到道安师弟才请译师翻出，经过慧远刊定成为定本，还替它做

了序文（收在《出三藏记集》卷十）。那里面略叙译家的说法，以为此论“管统众经，领其宗会，故作者以心为名；其人以《阿毗昙经》源流广大，难卒寻究，是以采其幽致，别撰斯部。”从这些话，可见法胜之作此论是要对《阿毗昙经》提要勾玄的。①

二、经义部分（义理）

（一）般泥垣

“般泥垣”一词见于《言语》第51则：

张玄之、顾敷是顾和中外孙，皆少而聪惠，和并知之，而常谓顾胜。亲重偏至，张颇不恹。于时张年九岁，顾年七岁，和与俱至寺中，见佛般泥洹像，弟子有泣者，有不泣者。

般泥洹，即涅槃，字面意思是“火的熄灭”，意译为解脱、圆寂，指佛教所谓脱离一切烦恼，进入自由无碍的最高境界，也是圣者所证得的不生不灭、超越时空的真如境界。此条刘孝标注引《大智度论》曰：“佛在阴庵罗双树闲入般涅槃，卧北首，大地震动。”可知般泥洹像即卧佛像。余嘉锡先生《笺疏》引希麟《续一切经音义》十曰：“泥洹，或云般泥洹，或云泥越，或云般涅槃，或但云涅槃。此云圆寂。”“般泥洹”一词亦见于前引《僧史略》：“行像者，自佛泥洹，王臣多恨不亲睹佛，由是立佛降生相，或作太子巡城像。”

（二）般若波罗蜜

“般若波罗蜜”一词见于《文学》第50则：

殷中军被废东阳，始看佛经。初视《维摩诘》，疑般若波罗蜜太多；后见《小品》，恨此语少。

般若波罗蜜，简称般若，是菩萨修行“六度”之一。般若意译为“智慧”，波罗蜜意译是到彼岸（指所幻想的超脱生死的境界）。般若波罗蜜是说般若（智慧）如船，能将众生从生死的此岸，渡到不生不灭的涅槃彼岸。本条刘孝标注云：“波罗密，此言到彼岸也。经云：‘到者有六焉：一曰檀，檀者，施也；二曰毗黎，

① 吕澂．印度佛学源流略讲[M]．上海：上海人民出版社，1979：305．

毗黎者，持戒也；三曰羼提，羼提者，忍辱也；四曰尸罗，尸罗者，精进也；五曰禅，禅者，定也；六曰般若，般若者，智慧也。然则五者为舟，般若为导。导则俱绝有相之流，升无相之彼岸也。故曰波罗密也。’”可知“般若”是“六度”之中最重要的。故《般若经》被称为“诸佛之母”，是诸佛所以成佛凭借和依据，“诸佛皆身从般若波罗蜜生”（《放光般若经·舍利品》）。

（三）三乘

“三乘”一词见于《文学》第37则：

三乘佛家滞义，支道林分判，使三乘炳然。

三乘，佛教用语，即佛教宣称的深浅不同的三种得道解脱的修行途径：声闻乘，缘觉乘、菩萨乘。三者都能使众生各成正果。本条刘孝标注引《法华经》曰：“三乘者：一曰声闻乘，二曰缘觉乘，三曰菩萨乘。声闻者，悟四谛而得道也。缘觉者，悟因缘而得道也。菩萨者，行六度而得道也。然则罗汉得道，全由佛教，故以声闻为名也。辟支佛得道，或闻因缘而解，或听环佩而得悟。神能独达，故以缘觉为名也。菩萨者，大道之人也。方便则止行六度，真教则通修万善，功不为己，志存广济，故以大道为名也。”因前二乘唯自利，无利他，故总称小乘。菩萨乘自利利他具足，故为大乘。

（四）六通、三明

“六通、三明”见于《文学》第54则：

汰法师云：“‘六通’‘三明’同归，正异名耳。”

“六通”“三明”，佛教用语。佛经常指六通即为佛菩萨依定慧力所示现之六种无碍自在之妙用。即：神变通、天眼通、天耳通、他心通、宿命通、漏尽通。神变通，指能变化万端，如一身变为多身、隐身、穿行墙壁、飞行空中等。天眼通，能看见众生或死或生，知道他们按照各自业报，或贵或贱，或乐或苦，或美或丑。天耳通，就是能听出无论远近的天神或凡人的声音。他心通，即能洞悉其他生物、其他人的心。宿命通，就是能记得种种前生生活。漏尽通，漏即烦恼之意，漏尽通指心能摆脱欲漏、有漏、无明漏，漏尽而知解脱。前五通，一般人可能修炼到，最后一通，即割断一切烦恼，自在无碍，这只有圣者能做到。三明，在佛曰三达，在罗汉曰三明。一曰宿命明，知自身他身宿世之生死相；二曰天眼明，知自身他身未来世之生死相；三曰漏尽明，知现在之苦相，断一切烦恼之智。三明相当于六通中的宿命通、天眼通、漏尽通。所以竺法汰说“六通”“三明”，殊名同意。本条刘孝标亦有注，其云：“六通者，三乘之功德也。一曰天眼通，见远方之色；二曰天耳通，闻障外之声；三曰身通，飞行隐显；四曰它心通，水镜万虑；五曰宿命通，神知已往；六曰漏尽通，慧解累世。三明者：解脱在心，朗照三世者也。然则天眼、天耳、身通、它心、漏尽此五者，皆见在心之明也。宿命，则过去心之明也。因天眼发未来之智，则未来心之明也。同归异名，义在斯矣。”

（五）色

“色”见于《文学》第50则：

支道林造《即色论》，论成，示王中郎。（《文学》35）

广义之色，为物质存在之总称，与心对称。在五蕴中称为“色蕴”，在“五位百法”中称为“色法”。

（六）事数

“事数”一词见于《文学》第59则：

殷中军被废，徙东阳，大读佛经，皆精解。唯至“事数”处不解。遇见一道人，问所徵，便释然。

事数，佛教用语，指关涉数字的地方。如佛经中的三界、四谛、五蕴、六度、五阴、十二入、四谛、十二因缘、五根、五力、七觉之类，属于佛教的基本概念。殷浩虽于般若学有特殊的爱好，领悟能力极强，但对表述佛教基本原理的名词概念却比较生疏，这是十分自然的事。吕澂《中国佛学源流略讲》第三讲于“格义”一词下解释云：“它的产生是有历史原因的。原来般若学对于‘性空’讲得比较空泛，要揭示其内容，必须把‘事数’（即名相）弄清楚。《放光》译出后，事数就比较完备了，如用五蕴、十二处、十八界等来说明。”又指出格义的方法：“以经中事数，拟配外书，为生解之例。”[①] 即把佛经中的名相同中国书籍内的概念进行比较，把相同的固定下来。以后就作为理解佛学名相的规范。可见

① 吕澂．中国佛学源流略讲 [M]．北京：中华书局，1979：45.

格义产生的原因就是为了解析“事数”。

（七）心无

“心无”一词见于《假谲》第 11 则：

> 愍度道人始欲过江，与一伧道人为侣，谋曰：“用旧义在江东，恐不办得食。”便共立“心无义”。既而此道人不成渡。愍度果讲义积年。后有伧人来，先道人寄语云:“为我致意愍度，无义那可立？治此计，权救饥尔！无为遂负如来也。”（《假谲》）

刘孝标注引“旧义”曰：“种智有是，而能圆照。然则万累斯尽，谓之空无；常住不变，谓之妙有。”而无义者曰：“种智之体，豁如太虚，虚而能知，无而能应。居宗至极，其唯无乎？”“种智”即“一切种智”，也就是般若，“旧义”认为，“种智”有两重含义，就其“万累斯尽”而言，叫作“空无”。就其“常住不变”而言，叫作“妙有”。支愍度的新义则认为，“种智之体”不是“妙有”，而是“豁如太虚”的无。支愍度为心无宗代表人物，他主张“心无色有”，认为认色灭心都太过。僧肇在《不真空论》当中首破心无义，其文如下：“心无者，无心于万物，万物未尝无。此得在于神静，失在于物虚。”[①] 吉藏《中论疏》引申说：“肇师评云：‘此得在于神静，而失在于物虚。’破意云：‘乃知心空，而犹存物有，此计有得有失也。’”。[②]

因“心无义”理论太过荒诞，故竺法汰大集名僧而破之。《高僧传》五《竺法汰传》云：“时沙门道恒，颇有才力，常执心无义，大行荆土。汰曰：‘此是邪说，应须破之。’乃大集名僧，令弟子昙壹难之。据经引理，析驳纷纭。恒仗其口辩，不肯受屈，日色既暮，明日更集。慧远就席，设难数番，关责锋起。恒自觉义途差异，神色微动，麈尾扣案，未即有答。远曰：‘不疾而速，杼柚何为？’坐者皆笑矣。心无之义，于是而息。”

---

① [东晋]僧肇撰．张春波校释．肇论校释[M]．北京：中华书局，2001：39.

② [隋]吉藏疏．中论．百论．十二门论[M]．上海：上海古籍出版社，2001：136.

结　语

通过以上各章述评，我们可以做出如下小结：

一、宋初社会风气对《世说新语》的成书影响甚大。刘宋时期佛教兴盛。刘宋皇族与僧人之间的关系是比较和谐融洽的，从宋武帝刘裕开始就与僧人有广泛的交游。到宋文帝元嘉年间，开始大力奖掖推崇佛教。《世说新语》作者刘义庆是宋武帝刘裕的侄子，又与宋文帝刘义隆过从甚密。其崇佛之风亦受这两位帝王影响。《世说新语》对东晋佛教有大量的记载，其中最丰富的内容是僧人以及近佛名士的事迹。另外，《世说新语》及刘孝标注还为《高僧传》提供了许多第一手材料。

二、《世说新语》在一定程度上反映了东晋士族与佛教的广泛联系。东晋士人普遍地信仰佛教，敬礼名僧。从《世说新语》中可以看出，其时世家大族，如琅邪王氏、陈郡谢氏、太原王氏、颍川庾氏、陈郡殷氏、庐江何氏、高平郗氏、谯国桓氏、太原孙氏、汝南周氏等世家大族，均有重要人物崇信佛法。从这一部分论述还可以看出，东晋士族之崇佛，其目的并不仅仅为了寻求心灵的安慰、感情的寄托，他们更热衷于佛教义学，甚至将其作为玄谈的重要材料。这一点迥异于后世从佛教寻求安身立命依恃的文人士大夫。

三、《世说新语》还记载了僧人的名士化这一奇特现象。首先，《世说新语》中的名僧大都善于清谈，并经常参加各种清谈活动，这是其名士化最突出的表现。最后，《世说新语 》中的名僧还广泛地参与了当时的人物品藻活动。再次，《世说新语 》中的名僧还具有魏晋名士所推崇的任诞之风。可见僧人名士化程度之深。

四、《世说新语》还在一定程度上反映了《维摩诘经》思想对东晋士人的影响。从《世说新语》可以看出，《维摩诘经》对士人的影响主要体现在三个方面：首先，《维摩诘经》的机辩文风促进了士人清谈之风。其次，《维摩诘经》打通入世、出世界限的思想使士人获得了真正的解脱。最后，《维摩诘经》“不二法门”所提倡的“无分别”思维方式，能够使士人以圆融平等的心态待人处事。

五、在《世说新语》中，我们还可以看到大量涉佛词汇，其内容涵盖“佛”“法”“僧”三个方面，它们从不同方面反映了佛教文化在中土的发展变化。

综合言之，佛教对于《世说新语》的影响是多方面、多层次的。

附录一：从《世说新语》看佛教的社会基础

佛教自东汉初年传入中土后，尽管士大夫热心于佛教信仰的并不少见，但人们主要从佛教寻求安身立命的依恃。直到魏晋时期，这种状况才得到改观，那就是士人开始对佛教的思辨义理产生兴趣。

魏晋名士为使儒学摆脱汉代烦琐的经学形式，创立了具有高度思辨色彩的玄学。玄学在发展过程中，形成三个流派。曹魏正始年间，以何晏、王弼为代表的一派，认为“天地万物皆以无为本”，提倡“贵无”。在名教与自然的关系上，他们主张“名教出于自然”，认为名教是自然的一部分。以嵇康、阮籍为代表的竹林玄学派，政治上不与司马氏同道，哲学上主张“自然”“无为”。在名教与自然的关系上，他们提倡“越名教而任自然”，将名教和自然对立起来。西晋永嘉时期以郭象为代表的一派，既反对何、王的“贵无论”，又不同意裴頠的“崇有论”。他们认为“无”不能生“有”，故主张“物各自生”，是为“独化”论。在名教与自然的关系上，郭象则认为“名教即自然”。流派虽有别，但玄远的立意和抽象的思辨则大体相同，从而为佛教般若学的传播提供了良好的学术环境。

般若思想与玄学思潮有相似之处，尤其与“贵无”派十分接近。故魏晋士人对般若类经典及般若学说普遍感兴趣。东晋时期，玄学进而与佛学合流，名士以玄学思想比附佛教义理，名僧以佛教义理解释玄学概念（是为格义），使玄学与佛学在思辨领域相得益彰，一个典型的例子就是玄学化的般若学“六家七宗”的出现。

所谓“六家七宗”，是指以释道安为代表的本无宗，以竺法深为代表的本无异宗，以支遁为代表的即色宗，以竺道壹为代表的幻化宗，以于法开为代表的识含宗，以支愍度为代表的心无宗，以于道邃为代表的缘会宗。其中本无宗与本无异宗宗义相近，实为一家，故曰六家七宗。汤用彤先生将其分为三派以涵盖之："第一为二本无，释本体之空无。第二为即色、识含、幻化以至缘会四者，悉主色无，而以支道林为最有名。第三为支愍度，则立心无。"①

"六家七宗"之立论枢纽，均不出本末有无之辩。如"本无"、"即色""心无"三家分别受魏晋玄学之"贵无""独化""崇有"三派理论的影响。"本无宗"公开宣扬"无在万化之前，空为众形之始"②，"本无异宗"认为"本无者，未有色法，先有于无，故从无出有。即无在有先，有在无后，故称本无"③。他们将佛教的"性空"比附老庄的"虚无"，将"涅槃""寂灭"比附老庄的"无为"。这些，都属于借用玄学语言阐释佛学问题。

般若学说流行的结果，名僧以玄学谈般若，名士以般若论玄学，因此，名僧与名士相得益彰。正是在名僧与名士的长期思想交流过程中，般若学说获得发展，至东晋时期，士族的政治和文化得到进一步巩固，佛教般若学在士族文化的配合下，进入全盛时期。整个东晋社会，上自王公贵族，下及普通士人，或直接受般若思想熏陶，或间接受般若观念影响，佛法因而大盛。

一、东晋诸帝与佛法

东晋佛教的滋长，很大程度上与帝王的提倡和支持有关。汤用彤先生曾指出："及至哀帝，复崇佛法。深公、道林，复莅京邑。虽留驻不久，然废帝、简文之世，佛法清谈复极为时尚。溯自元、明重名理，而潜、遁见重。成帝之世清谈消歇，而名僧东下，清流之中心乃在会稽一带。及哀帝后，而佛法清言并盛于朝堂。由此而名僧名士中相互关系，益可见矣。至若孝武帝以后，则南方佛学受道安、罗什之影响。晋末道安弟子慧远，为国之望。"④

据此可知，东晋诸帝普遍地信仰佛教，敬礼名僧。其中著者，有元帝司马睿、明帝司马绍、哀帝司马丕、简文帝司马昱、孝武帝司马曜、安帝司马德宗、恭帝司马德文等，兹分两期进行论述。

---

① 汤用彤．汉魏两晋南北朝佛教史 [M]// 汤用彤全集：第 1 册．石家庄：河北人民出版社，2000.

② [隋] 吉藏疏．中论．百论．十二门论 [M]. 上海：上海古籍出版社，2001：136.

③ [隋] 吉藏疏．中论．百论．十二门论 [M]. 上海：上海古籍出版社，2001：136.

④ 汤用彤．汉魏两晋南北朝佛教史 [M]// 汤用彤全集：第 1 册．石家庄：河北人民出版社，2000.

（一）东晋前期诸帝与佛法

1. 元、明二帝

元、明二帝，一者开创东晋帝业，一者平定王敦叛乱，在东晋算得上是有为之君。

元、明二帝近佛事迹，首先体现在他们礼遇名僧上。《世说新语》中明确记载了名僧竺法深和他们的交往：

> 后来年少，多有道深公者。深公谓曰："黄吻年少，勿为评论宿士。昔尝与元明二帝、王庾二公周旋。"（《方正》45）

> 桓常侍闻人道深公者，辄曰："此公既有宿名，加先达知称，又与先人至交，不宜说之。"（《德行》30）

此处"深公"即竺潜（字法深）[①]，王公、庾公是指丞相王导和太尉庾亮。《方正》第45则刘孝标注引《高逸沙门传》云："晋元、明二帝，游心玄虚，托情道味，以宾友礼待法师。王公、庾公倾心侧席，好同臭味也。"竺法深是集名士与名僧双重人格于一身的人物，与当时帝王和名士均有交往，却因此受到一些年轻人的讥嘲。因为僧人乃方外之身，要受戒律约束，不能任意结交权贵。桓常侍是桓彝，他也看不惯这些年轻人，告诫他们不要非议竺法深。

元、明二帝以宾友礼待法深之事，《高僧传》卷四《竺道潜传》亦有记载，其云："竺潜，字法深……晋永嘉初，避乱过江。中宗元皇，及肃祖明帝、丞相王茂弘、太尉庾元规，并钦其风德，友而敬焉。建武、太宁中，潜恒著屐至殿内，时人咸谓方外之士，以德重故也。中宗肃祖升遐，王庾又薨。乃隐迹剡山，以避当世。"建武为元帝年号，太宁为明帝年号，由此可见元、明二帝与高僧的亲密关系。

元、明二帝除礼敬高僧外，还兴建佛寺。《法苑珠林》卷三九："晋白马寺，在建康中黄里。太兴二年，晋中宗元皇帝起造。"[②]又卷一百："晋中宗元帝江

---

① 汤用彤先生校注《高僧传》卷四竺法深本传之标题为：《晋剡东仰山竺道潜》，文中则称"竺潜，字法深。"

② [唐]释道世著，周叔迦、苏晋仁校注.法苑珠林校注[M].北京：中华书局，2003：1244.

左造瓦官、龙宫二寺，度丹阳千僧。晋肃宗明帝造皇兴、道场二寺，集义学百僧。”[①]

此外，明帝还善画佛像。习凿齿《与释道安书》云：“唯肃祖明皇帝，实天降德，始钦斯道。手画如来之容，口味三昧之旨。”[②]（《弘明集》卷十二）明帝在乐贤堂所画的佛像，至成帝时仍保存完好。据《晋书》卷七二《蔡谟传》记载，彭城王司马纮曾上书，称乐贤堂有先帝手画佛像，“经历寇难（即苏峻之乱），而此堂犹存，宜敕著作，咸使作颂。”[③]目的是以明佛法之灵验。

2. 成帝、哀帝

成帝司马衍乃明帝之子。明帝卒时仅 27 岁，成帝即位时年纪甚幼，朝政一决于外戚太尉庾亮、庾冰兄弟，故其近佛事迹不著。成帝为后世称道者，在于曾为胡僧帛尸梨密建墓造寺。《高僧传》卷一《帛尸梨密传》云：“（帛尸梨蜜）晋咸康中卒，春秋八十余。密常在石子冈东行头陀，既卒，因葬于此。成帝怀其风，为树刹冢所。后有关右沙门来游京师，乃于冢处起寺，陈郡谢琨赞成其业，追旌往事，仍曰高座寺也。”咸康即是成帝年号。

成帝之子哀帝司马丕也好重佛法，他与名僧竺法深、支遁、于法开均有交往。《高僧传》卷四《竺道潜传》云：“潜优游讲席三十余载，或畅《方等》，或释《老》《庄》。投身北面者，莫不内外兼洽。至哀帝好重佛法，频遣两使殷勤征请，潜以诏旨之重，暂游宫阙，即于御筵开讲《大品》，上及朝士并称善焉。”卷四《支遁传》云：“至晋哀帝即位，频遣两使征请（支遁）出都，止东安寺，讲《道行波若》，白黑钦崇，朝野悦服。……遁淹留京师，涉将三载，乃还东山。上书告辞……（哀帝）诏即许焉，资给发遣，事事丰厚。一时名流，并饯离于征虏。……其为时贤所慕如此。”再如卷四《于法开传》云：“至哀帝时，（于法开）累被诏征，乃出京讲《放光经》。凡旧学抱疑，莫不因之披释。讲竟，辞还东山。帝恋德殷勤，嚫钱绢及步舆，并冬夏之服。”《道行波若》《放光经》即大、小品《般若经》，可见哀帝也重视般若学。

《世说新语》刘孝标注中亦记载了哀帝近佛事迹，《文学》第 42 则刘孝标

① [唐]释道世著，周叔迦、苏晋仁校注.法苑珠林校注[M].北京：中华书局，2003：2889.

② [南朝梁]释僧祐撰，李小荣校笺.弘明集校笺[M].上海：上海古籍出版社，2013：639.

③ [唐]房玄龄等撰.晋书[M].北京：中华书局，2000：1352.

于“支道林初从东出，住东安寺中”下注引《高逸沙门传》曰：“遁居会稽，晋哀帝钦其风味，遣中使至东迎之。遁遂辞丘壑，高步天邑。”《雅量》第31则刘孝标于“支道林还东，时贤并送于征虏亭”下注引《高逸沙门传》曰：“遁为哀帝所迎，游京邑久，心在故山，乃拂衣王都，还就岩穴。”支道林原居会稽（今浙江绍兴），在京师建康之东，“从东出”是说晋哀帝派人把他接到建康。后“支道林还东，时贤并送于征虏亭”，则可看出此人影响之大。

（二）东晋后期诸帝与佛法

东晋后期诸帝崇佛情况，与前期帝王颇有不同。具体而言，简文帝本身就是清谈名士，不仅礼遇名僧，而且精研佛理。孝武帝、安帝和恭帝则是公开奉佛的在家信徒。如孝武帝在位时，除了请高僧讲经之外，还公开请竺法旷为戒师，信受五戒，待以师礼。安帝甚至把各地的高僧都召到建康来讲经，并给他们很高的礼遇，在他们死后，一般都下诏褒奖并施钱抚恤。恭帝登基，甚至命铸佛像并亲自步行恭请佛像入瓦官寺。

而孝武帝甚至更进一步，他和辅政的司马道子宠信比丘尼妙音等人，甚至任由他们干预朝政，这已属于公开佞佛了。

1. 简文帝

简文帝司马昱乃元帝少子，明帝幼弟。康帝死后，穆帝幼冲，司马昱以会稽王、抚军大将军辅政，后大司马桓温废海西公而立其为帝。他的登基之路，颇为坎坷。据《世说新语·方正》第23则载，元帝本来是想立司马昱为太子，“时议者咸谓：‘舍长立少，既于理非伦，且明帝以聪明英断，益宜为储副。’”加上丞相王导苦谏，此议遂罢。待到后来桓温立司马昱为帝时，中间已历五帝（成、康、穆、哀、废）。司马昱因桓温专权，忧愤不得志，在位三年而崩，谥曰简文。其谥文曰：“《易》简而天下之理得”（《文学》87刘注引《晋纪》），亦是称誉简文之名士风采。

就《世说》而言，东晋诸帝中出现频率最高的当属简文帝。他少有风仪，善容止，“海西时，诸公每朝，朝堂犹暗；唯会稽王来，轩轩如朝霞举。”（《容止》第35）虽处高位，但清虚寡欲，淡泊名利，《言语》第61则：“简文入华林园，顾谓左右曰：‘会心处不必在远，翳然林水，便自有濠、濮间想也。觉鸟兽禽鱼，自来亲人。’”受世风所染，简文亦极善玄谈，时人咸称“会稽王语奇进”（《品藻》第37）。简文同时又推崇佛法，故自其于穆帝永和初辅政，直至逝世，三十余年中，东晋玄、佛之风大盛。

从《世说新语》和《高僧传》可以看出，简文帝和许多僧人都有来往，如支遁、帛尸黎密、竺法深、竺法汰、竺道壹等。

简文与支遁关系甚密。支遁是清谈大家，精研玄理和佛理，这一点与简文帝非常相似，故二人成为知交。《世说新语》有如下记载：

> 支道林、许掾诸人共在会稽王斋头。支为法师，许为都讲。支通一义，四坐莫不厌心。许送一难，众人莫不抃舞。但共嗟咏二家之美，不辩其理之所在。（《文学》40）

> 支道林、殷渊源俱在相王许。相王谓二人："可试一交言。而才性殆是渊源崤、函之固，君其慎焉！"支初作，改辄远之；数四交，不觉入其玄中。相王抚肩笑曰："此自是其胜场，安可争锋！"（《文学》51）

相王、会稽王均指司马昱，他未登帝位时，以会稽王身份摄相位，故称相王。从这两则故事可以看出，当时名僧名士与简文帝均过从甚密，其居所也成为他们的清谈之所。这固然是因为其身份特殊，也更因为他精研玄理和佛理。

胡僧帛尸黎密，亦是简文帝之知交：

> 高坐道人不作汉语。或问此意，简文曰："以简应对之烦。"（《言语》39）

尸黎密不说汉语，别人不解其因，而深谙佛、玄之理的司马昱却能一针见血地指出："这是为了避免应酬答对的麻烦"。

再如竺法深，《高僧传》卷四《竺道潜传》："于时简文作相，朝野以为至德，以潜是道俗标领，又先朝友敬，尊重挹服，顶戴兼常。迄乎龙飞，虔礼弥笃。潜尝于简文处，遇沛国刘惔，惔嘲之曰："道士何以游朱门？"潜曰："君自睹其朱门，贫道见为蓬户。"此事《世说新语》亦有记载：

> 竺法深在简文坐，刘尹问："道人何以游朱门？"答曰："君自见朱门，贫道如游蓬户。"（《言语》48）

此条刘孝标注引《高逸沙门传》曰："法师居会稽，皇帝重其风德，遣使迎焉，法师暂出应命。司徒会稽王天性虚澹，与法师结殷勤之欢。师虽升履丹墀，出入朱邸，泯然旷达，不异蓬宇也。"会稽王司马昱即是后来的简文帝。

简文帝还与高僧竺法汰有交游，他曾亲临瓦官寺听竺法汰讲《放光般若经》。《高僧传》卷五《竺法汰传》云：“汰下都止瓦官寺，晋太宗简文皇帝深相敬重，请讲《放光经》。开题大会，帝亲临幸，王侯公卿，莫不毕集。汰形解过人，流名四远，开讲之日，黑白观听，士女成群。”

此外，简文帝结交的僧人还有竺道壹。《高僧传》卷五《竺道壹传》：“（道壹）出都，止瓦官寺。从汰公受学。数年之中，思彻渊深，讲倾都邑，为时论所宗，晋简文皇帝深所知重。”

除礼敬名僧外，简文帝还精研佛理。如果说元明二帝对佛教的支持还只是为了巩固政权的需要，那么简文帝奉佛则主要出于一种求知和博爱的兴趣。这一点从《世说新语》也可以看出：

> 佛经以为祛练神明，则圣人可致。简文云：“不知便可登峰造极不？然陶练之功，尚不可诬。”（《文学》44）

祛练，佛教用语，指摆脱烦恼、勤修智慧。“圣人可致”，即成佛。文中的“陶练之功”，是指小乘佛教的修炼方法。简文帝对勤修佛经能否成佛心存疑问，但认为陶冶修炼的功效，还是不可以抹杀，这说明他对佛经有深入的了解和体会。此条刘孝标注云：“释氏经曰：‘一切众生，皆有佛性。但能修智慧，断烦恼，万行具足，便成佛也。’”这里指出，即使是平常人，勤修苦练也有成佛的可能。

2. 孝武帝

孝武帝是简文帝之子，他与佛教关系亦甚笃，据《晋书》卷九《孝武帝纪》：“（太元）六年春正月，帝初奉佛法，立精舍于殿内，引诸沙门以居之。”[①]

孝武帝更是僧团在政治和经济上的有力支持者。《高僧传》卷五《释道安传》云：“安在樊沔十五载，每岁常再讲《放光波若》，未尝废阙。晋孝武皇帝，承风钦德，遣使通问，并有诏曰：‘安法师器识伦通，风韵标朗，居道训俗，徽绩兼著。岂直规济当今，方乃陶津来世。俸给一同王公，物出所在。’”给道安以王公的待遇。再如卷四《竺道潜传》载，在竺法深于宁康二年去世后，孝武帝下诏褒扬其高洁的人品：“深法师理悟虚远，风鉴清贞，弃宰相之荣，袭染衣之素。山居人外，笃勤匪懈。方赖宣道，以济苍生；奄然迁化，用痛于怀。可赙钱十万，星驰驿送。”诏书中，孝武帝表达了对竺法深的尊敬之心，因为

① ［唐］房玄龄等撰．晋书 [M]. 北京：中华书局，2000：148.

其“弃宰相之荣”。再如卷五《竺法汰传》记载，在竺法汰于太元十二年卒后，孝武帝下诏痛悼：“汰法师道播八方，泽流后裔。奄尔丧逝，痛贯于怀。可赙钱十万，丧事所须，随由备办。”此事亦见于《世说新语》，《赏誉》第114则刘孝标注引《泰元起居注》曰：“法汰以十二卒。烈宗诏曰：‘法汰师丧逝，哀痛伤怀，可赠钱十万。’”这些，都可以见出孝武帝对佛教的大力支持。

孝武帝与佛教的关系，还有另外一种类型。据《晋书》卷六四《简文三子传》云：“于时孝武帝不亲万机，但与道子酣歌为务，姏姆尼僧尤为亲昵，并窃弄其权。”[①] 琅邪王司马道子系简文帝之子，也崇信浮屠之学。他与孝武帝敬重尼姑妙音，为之立简静寺，“供嚫无穷，富倾都邑”，且使之出入宫廷，参与朝政。妙音“门有车马，日百余乘……权倾一朝，威行内外”[②]（《比丘尼传》卷一）。这种行为已在佞佛之列，故其时僧尼甚至干涉朝政，《世说新语·尤悔》第17则刘孝标于“桓公初报破殷荆州”下注引周祇《隆安记》曰：“仲堪以人情注于玄，疑朝廷欲以玄代己，遣道人竺僧慜赍宝物遗相王宠幸、媒尼、左右，以罪状玄，玄知其谋，而击灭之。”相王，即司马道子，其时以琅邪王身份辅政。这里提到了道人竺僧慜和尼姑媒尼，他们居然能引起荆州刺史殷仲堪重视，从而重金贿赂，希望能够通过他们游说司马道子，以达到“罪状玄”的政治目的，其权势可见一斑。

从桓玄颁发的《沙汰众僧教》，亦可见出其时朝廷佞佛之风：

> 佛所贵无为，殷勤在于绝欲，而比者陵迟，遂失斯道，京师竞其奢淫，荣观纷于朝市，天府以之倾匮，名器为之秽黩。避役锺于百里，逋逃盈于寺庙，乃至一县数千，猥成屯落，邑聚游食之群，境积不羁之众，其所以伤治害政，尘滓佛教，固已彼此俱弊，实污风轨矣。[③]（见慧远《与桓玄论料简沙门书》，《弘明集》卷十二）

桓玄对佛教的指责有几个方面：一是经济问题，僧侣大肆聚敛，国家财富被虚耗。二是政治问题，“名器为之秽黩”，主要指孝武帝年间，僧尼干政害

① [唐]房玄龄等撰.晋书[M].北京：中华书局，2000：1148.

② [南朝梁]释宝唱.比丘尼传[M]// 大正藏：第50册，第936页，c。

③ [南朝梁]释僧祐撰，李小荣校笺.弘明集校笺[M].上海：上海古籍出版社，2013：701.

理的问题。三是社会问题，一些僧人以隐逸为名而山居养态，寺庙经营田庄甚至收容逃犯等。这些是他“沙汰沙门”的主要原因。

3. 安帝、恭帝

安帝，孝武帝长子，其人亦好重佛法，据《高僧传》卷六《释慧远传》记载，安帝义熙元年（405），辅国将军何无忌护送被桓玄挟持的安帝返还建康的途中，曾书请慧远下山觐帝，“晋安帝自江陵旋于京师，辅国何无忌劝远迎侯。远称疾不行。帝遣使劳问。”慧远修书答谢：“贫道先婴重疾，年衰益甚，猥蒙慈诏，曲垂光慰，感惧之深，实百于怀。幸遇庆会，而形不自运。此情此慨，良无以喻。”虽谦语卑词，但实际上表达的是高僧出世的立场。安帝不仅遣使劳问，且又诏答致意，云：“阳中感怀，知所患未佳，其情耿耿。去月发江陵，在道多诸恶情，迟兼常，本冀经过相见。法师既养素山林，又所患未痊，邈无复因，增其叹恨。”书中未见对慧远的责备，相反充满了相见无缘的感叹。

恭帝，孝武帝次子，他“幼时性颇忍急”，但即位后深信佛教，“铸货千万，造丈六金像，亲于瓦官寺迎之，步从十许里”（《晋书·恭帝纪》），可见其奉佛之笃。

从以上论述可以看出，东晋佛教的滋长，很大程度上与帝王的提倡和支持有关。其时高僧大德也深明此理，如东晋兴宁三年（365），北方战乱频繁，道安率众弟子南下入晋，其原因即为：“今遭凶年，不依国主，则法事难立。”（《高僧传》卷五《释道安传》）在道安看来，佛教如想繁荣发展，只有依赖皇室的支持才有可能。在道安之后，“不依国主，则法事难立”之说，几乎成为中国佛教内部的基本原则。

其实，不仅东晋帝王对佛教予以重视，北方胡族统治者同样大力扶持佛教，这也是魏晋时期佛教得以迅猛发展的重要原因。《世说新语》即载有后赵帝王石勒宠信高僧佛图澄的事迹：

> 佛图澄与诸石游，林公曰：“澄以石虎为海鸥鸟。”（《言语》45）

诸石，指石勒及其从弟石虎等人，其时石勒、石虎把儿子们都交给佛图澄教诲，求佛之佑。海鸥鸟的典故出自《庄子》，刘孝标注引为《列子》，属误引。其文曰：“海上之人好鸥者，每旦之海上，从鸥游，鸥之至者数百而不止。其父曰‘吾闻鸥鸟从汝游，取来玩之。’明日之海上，鸥舞而不下。”此文把佛图澄与诸石的关系比喻成爱鸥者与海鸥的关系，可见他们关系之密切。

还有前秦国主苻坚，对释道安甚为仰慕，居然派兵攻打襄阳，将在襄阳弘法的道安掳去。事见《高僧传》卷五《释道安传》：

> 时苻坚素闻安名，每云："襄阳有释道安，是神器，方欲致之，以辅朕躬。"后遣符丕南攻襄阳，安与朱序俱获于坚，坚谓仆射权翼曰："朕以十万之师取襄阳，唯得一人半。"翼曰："谁耶？"坚曰："安公一人，习凿齿半人也。"

"唯得一人半"之语，道出了苻坚对道安的无限钦仰。其他如后秦国主姚兴，亦礼遇名僧鸠摩罗什，兹不赘述。

（三）居士论沙门不敬王者

前面论述的是帝王崇佛之风，而对于受帝王礼遇的沙门来说，其观点居然是"沙门不应敬王者"。

王者礼敬沙门，沙门不敬王者，这在东晋社会有其深刻的原因。

《世说新语》主要论及的东晋是门阀制度鼎盛时期，其时甚至出现了皇权与士权分治的局面。洪迈《容斋随笔》卷八"东晋将相"条称："西晋南渡，国势至弱，元帝为中兴主，已有雄武不足之讥，余皆童幼相承，无足称算。然其享国百年，五胡云扰，竟不能窥江汉，苻坚百万之众，至于送死淝水"，"真托国者，王导、庾亮、何充、庾冰、蔡谟、殷浩、谢安、刘裕八人而已"[①]。这段话概述了东晋内部朝政的基本特点——"主弱臣强""政出多门"。试看《世说新语·方正》第 3 则：

> 梅颐尝有惠于陶公，后为豫章太守，有事，王丞相遣收之。侃曰："天子富于春秋，万机自诸侯出，王公既得录，陶公何为不可放！"乃遣人于江口夺之。

既然"万机自诸侯出"，则帝王之意志就不能再主宰一切。所以当时出现了"王与马（司马氏），共天下""谢与马，共天下"的局面，这是帝王与门阀士族关系的真实写照。而其时世家大族多是信佛名士，对佛法亦护持有加，遂与朝廷意志有了冲突，导致了"沙门敬王与否"之争，而最终的确也以世家大族的胜利告终。

① 洪迈．容斋随笔 [M]. 上海：上海古籍出版社，1978：103–104.

东晋咸康六年（340 年），成帝幼冲，中书监庾冰辅政，提出“沙门应尽敬王者”，即僧众应向帝王行跪拜之礼。

庾冰在《代晋成帝沙门应尽敬王诏》中说：“今果有佛邪？将无佛邪？有佛邪，其道固弘；无佛邪，义将何取？”姑且相信有佛，那么它也只是个人信仰，不能以此来代替礼乐名教。所以他又说：“继其信然，将是方外之事；方外之事，岂方内所体？而当矫形骸，违常务，易礼典，弃名教，是吾所甚疑也”，“轨宪宏模，固不可废之于正朝矣，……而当因所说之难辨，假服饰以陵度，抗殊俗之傲礼，直形骸于万乘，又是吾所弗取也！”①（《弘明集》卷十二）从维护儒家礼乐名教的立场出发，庾冰不允许佛法凌驾于礼教之上。

在《重代晋成帝沙门应尽敬王诏》中，庾冰重申礼教的特殊地位，他要求外来文化服从中国文化、适应纲常名教。其云：“礼重矣，敬大矣，为治之纲，尽于此矣。万乘之君，非好尊也。区域之民，非好卑也。而卑尊不陈，王教不得不一，二之则乱。”②

庾冰的立场和观点可总结如下：一、佛教是神道的一种，来自异域殊俗，究竟有无佛祖，很难辨清。二、即使佛法真实无欺，那也是出世间的事，不能以方外之事而废方内名教。三、现在的佛教徒和从前不一样，过去的佛教徒是胡人，现在则是晋民，当然应遵守汉人的礼法。四、政治以儒家礼教为纲，如果礼教之外，还有他教，必引起动乱。五、佛教修之于身和家是可以的，修之于国则是行不通的。

晋安帝时，太尉桓玄继庾冰之后再次提出沙门敬王问题。他在《与八座论道人敬事书》中说：“沙门之所以生生资存，亦日用于理命，岂有受其德而遗其礼，沾其惠而废其敬哉？”③（《弘明集》卷十二）沙门能够生存，乃依赖于帝王。受德沾惠却遗礼废敬，这不符合常理。佛教徒也讲“敬”，但他们所敬的是虚幻的佛祖，而对提供他们生存之资的帝王反而不敬，这实在说不过去。桓玄因

① [南朝梁]释僧祐撰，李小荣校笺. 弘明集校笺[M]. 上海：上海古籍出版社，2013：666.

② [南朝梁]释僧祐撰，李小荣校笺. 弘明集校笺[M]. 上海：上海古籍出版社，2013：668.

③ [南朝梁]释僧祐撰，李小荣校笺. 弘明集校笺[M]. 上海：上海古籍出版社，2013：671.

此致书高僧慧远，指出沙门不敬王者，于情、于理都讲不通，并请慧远详述“所以不敬意”。

站在佛教立场上为沙门不敬王辩护的，除了高僧慧远外，朝臣何充、冯怀、桓谦、王谧等也都积极参与。

尚书令何充其时与庾冰一起辅佐成帝，但他笃信佛教，故联合尚书冯怀等人，上《奏沙门不应尽敬表》《重奏沙门不应尽敬表》《三奏沙门不应尽敬表》（载《弘明集》卷十二）。表中就庾冰所问作答，认为，佛法自汉、魏至两晋，未闻有所异议，因为未对封建秩序形成破坏。“尊卑宪章，无或暂亏”，不令沙门礼拜帝王，于王法无所亏损。相反，佛教教义以及戒律等，反而有利于“王化”：

> 寻其遗文，钻其要旨，五戒之禁，实助王化。……且（佛教）兴于汉世，迄于今日，虽法有隆衰，而弊无妖妄，神道经久，未有其比也。[①]（《重奏沙门不应尽敬表》）

如果一定要叫沙门行跪礼，那将会损伤佛法，于王法亦无所助益。至于敬王与否则是形式上的问题。既然过去未有异议，现在再提出则无必要。所以在《奏沙门不应尽敬表》中，何充等人指出：“世祖武皇帝以盛明革命，肃祖明皇帝聪圣玄览。岂于时沙门不易屈膝？顾以不变其修善之法，所以通天下之志也。愚谓宜遵承先帝故事，于义为长。”[②]

何充认为，沙门不敬王只是仪礼问题，就本质而言，沙门也从内心深处礼敬王者、尊重王权，“至于守戒之笃者，亡身不吝，何敢以形骸而慢礼敬哉！每见烧香咒愿，必先国家，欲福佑之隆，情无极已。”[③]（《三奏沙门不应尽敬表》）

安帝时，慧远作《沙门不敬王者论》，详述“所以不敬意”。其《答桓太尉书》云：“佛经所明，凡有二科。一者处俗弘教，二者出家修道。处俗则奉上之礼、

---

① [南朝梁]释僧祐撰，李小荣校笺.弘明集校笺[M].上海：上海古籍出版社，2013：667.

② [南朝梁]释僧祐撰，李小荣校笺.弘明集校笺[M].上海：上海古籍出版社，2013：665.

③ [南朝梁]释僧祐撰，李小荣校笺.弘明集校笺[M].上海：上海古籍出版社，2013：669.

尊亲之敬、忠孝之义表于经文。……出家则是方外之宾，迹绝于物。”[①]（《弘明集》卷十二）居士理应礼敬王者，奉持名教，而僧侣则“变俗以达其志”，不须礼敬王者，践履名教。但慧远同时承认，僧侣于不敬之中仍持有敬意；不敬是形式，敬是实质。其《答桓太尉书》又说：“内乖天属之重，而不违其孝；外阙奉主之恭，而不失其敬。”这其实是一种折中的说法。

庾冰的主张最后未得实施，桓玄篡位后，亦颁布了《许沙门不致礼诏》，说：“佛法宏诞，所不能了，推其笃至之情，故宁与其敬耳。今事既在己，苟所不了，且当宁从其略，诸人勿复使礼也。”[②]（《弘明集》卷十二）

这两次论争，佛教方面均取得胜利。庾冰和桓玄放弃自己主张，允许沙门不敬王者，也从另一面反映了当时佛教的成长。梁代高僧僧祐在评论此事时，曾指出：

> 寻沙门辞世，爵禄弗縻。汉、魏以来，历经英圣，皆致其礼，莫求其拜。而庾君专威，妄起异端；桓氏疑阳，继其浮议。若何公莫言，则法相永沉。[③]（《弘明集重序》，《弘明集》卷十二）

这一事件，足证佛教居士的护法功能。

二、僧人的来源出身

据第一章所列《〈世说〉僧、尼所涉条目表》可以看出，《世说新语》中的僧人有一个明显的特点，即绝大多数是本土汉人，真正的胡僧只有佛图澄、帛尸黎密、僧伽提婆三人。再结合刘孝标注及《高僧传》可知，《世说》僧人出身高门士族或贵族者亦不在少数，如释道安（“家世英儒”）、释慧远（“世为冠族”）、竺法深（大将军王敦之弟）、道壹道人（吴郡陆氏）、支遁、康法畅等。以下拟作具体论述。

（一）僧人的来源

《世说新语》所载的僧人，从里籍的角度考察，可分为两类：

---

① [南朝梁]释僧祐撰，李小荣校笺．弘明集校笺[M]. 上海：上海古籍出版社，2013：692.

② [南朝梁]释僧祐撰，李小荣校笺．弘明集校笺[M]. 上海：上海古籍出版社，2013：695.

③ [南朝梁]释僧祐撰，李小荣校笺．弘明集校笺[M]. 上海：上海古籍出版社，2013：636.

1. 胡人

佛教传入之初，其传播对象主要是胡族侨民，其时汉人是禁止奉佛的。《高僧传》卷十《佛图澄传》载中书著作郎王度奏语："夫王者郊祀天地，祭奉百神。载在祀典，礼有尝飨。佛出西域，外国之神，功不施民，非天子诸华所应祠奉。往汉明感梦，初传其道，唯听西域人得立寺都邑，以奉其神，其汉人皆不得出家。魏承汉制，亦修前轨。'"可见在汉、魏时期，汉人是不允许出家的。又晋安帝时，太尉桓玄在《难王中令》中亦说："曩者晋人略无奉佛，沙门徒众皆是诸胡。"[①]（《弘明集》卷一二）也指出从前佛教在汉人之中没有合法性。如果拿《世说新语》与此前的史传文献进行对比，就会发现一个明显的不同：汉晋时期史传文献中提到的僧人，不仅数量极其有限，而且大多均为外来传法的西域胡人。《世说新语》中的胡人高僧，有佛图澄、高坐道人（帛尸梨密）、康僧渊、僧伽提婆等。《高僧传》及《世说新语》里有明确的籍贯，见附表1。

附表1　里籍和俗家姓氏（1）

胡僧	里籍和俗家姓氏
帛尸梨密	和尚胡名尸梨密，西域人。传云国王子，以国让弟，遂为沙门。永嘉中，始到此土，止于大市中。（《言语》39刘孝标注引《高坐传》）
	帛尸梨密多罗，此云吉友，西域人，时人呼为高座。传云：国王之子，当承继世，而以国让弟，暗轨太伯。既而悟心天启，遂为沙门。（《高僧传》卷一《帛尸梨密传》）
佛图澄	道人佛图澄，不知何许人，出于敦煌，好佛道，出家为沙门。（《言语》45刘孝标注引《澄别传》）
	竺佛图澄者。西域人也。本姓帛氏。（《高僧传》卷十《佛图澄传》）
	佛图澄，天竺人也。本姓帛氏，少学道，妙通玄学。（《晋书》本传）
	邢州内丘县西，古中丘城寺有碑，后赵石勒光初五年所立也。碑云："太和上佛图澄愿者，天竺大国罽宾小王之元子，本姓湿。"（《言语》45余嘉锡笺疏引《封氏见闻记》卷八）
僧伽提婆	僧伽提婆，罽宾人，姓瞿昙氏。（《文学》64刘孝标注引《出经叙》）
康僧渊	僧渊氏族，所出未详。疑是胡人。（《文学》47刘孝标注）
	本西域人，生于长安。貌虽梵人，语实中国。容止详正，志业弘深。（《高僧传》卷四《康僧渊传》）

① ［南朝梁］释僧祐撰，李小荣校笺．弘明集校笺[M]. 上海：上海古籍出版社，2013：677.

上述胡僧中，真正外来传法的胡僧其实只有佛图澄、帛尸黎密、僧伽提婆三人。因为康僧渊生于长安，除了相貌是胡人，言谈举止其实与汉人并无分别。值得一提的是，此时中土士人与胡僧关系甚笃，并无夷夏之防。如丞相王导就与帛尸梨密、康僧渊交厚，其孙王珉对帛尸梨密的评价尤其超越夷夏之分："《春秋》吴楚称子，传者以为先中国而后四夷，岂不以三代之胤，行乎殊俗之礼，以戎狄贪婪，无仁让之性乎？然而卓世之秀，时生于彼，逸群之才，或侔乎兹，故知天授英伟，岂俟于华戎，自此以来，唯汉世有金日磾，然日磾之贤，尽于仁孝忠诚，德信纯至，非为明达足论。高座心造峰极，交俊以神，风领朗越。过之远矣。"（《高僧传》卷一《帛尸梨密传》）

2. 晋人

东晋时期，佛教大兴于晋民之中，从事佛教事业已经不再是少数西域胡人的专利。晋成帝时庾冰《代晋成帝沙门应尽敬王诏》中谈到当时僧人来源时说："凡此等类，皆晋民也。"[①] 诏中，庾冰之所以要求沙门遵守汉人的礼法，是因为东晋时期佛徒来源和从前相比有了明显的变化，从前的僧人主要是胡人，现在则是晋民。看过《世说新语》，我们也会很容易形成这样的印象。

《世说新语》所载汉僧，有些在《高僧传》及《世说新语》里亦有明确的里籍，见附表 2。

附表 2　里籍和俗家姓氏（2）

僧人	里籍和俗家姓氏
支遁	支遁字道林，河内林虑人，或曰陈留人，本姓关氏。（《言语》63 刘孝标注引《高逸沙门传》）
释道安	释道安者，常山薄柳人，本姓卫，年十二作沙门。神性聪敏而貌至陋，佛图澄甚重之。（《雅量》32 刘孝标注引《安和上传》）
释慧远	沙门释惠远，雁门楼烦人。本姓贾氏。（《文学》61 刘孝标注引张野《远法师铭》）
竺法深	僧法深，不知其俗姓，盖衣冠之胤也。（《德行》30 刘孝标注） 竺潜，字法深，姓王，琅邪（今山东临沂）人，晋丞相武昌郡公敦之弟也。（《高僧传》卷四《竺法潜传》）
竺法汰	竺法汰，东莞人。（《高僧传》卷五《竺法汰传》）
竺道壹	竺道壹，姓陆，吴人也。（《高僧传》卷五《竺道壹传》）

① [梁] 释僧佑 . 弘明集 [M]. 北京：商务印书馆，1922：666.

（二）僧人的出身

在《世说新语》中出现的有迹可循的僧人中，不乏出身高门贵胄或名士家族者。如汉僧之竺法深、释道安、释慧远、竺道壹、支遁、康法畅，胡僧之帛尸梨密多罗、佛图澄等。帛尸梨密多罗、佛图澄之贵族出身，参见上文有关表格。兹就士族家庭出身之汉僧略做论述。

1. 竺法深

竺潜，字法深，出身于琅邪王氏家族，是丞相武昌郡公王敦之胞弟。《世说新语·德行》第30则刘孝标注云：

> 僧法深，不知其俗姓，盖衣冠之胤也。道徽高扇，誉播山东，为中州刘公弟子。值永嘉乱，投迹扬土，居止京邑。内持法纲，外允具瞻，弘道之法师也。

这里，刘注指出，竺法深出身贵族家庭，然士族不详。但《高僧传》卷四《竺道潜传》则有明确记载，其云："竺潜，字法深，姓王，琅邪人，晋丞相武昌郡公敦之弟也。年十八出家，事中州刘元真为师。……晋永嘉初，避乱过江。中宗元皇，及肃祖明帝、丞相王茂弘、太尉庾元规，并钦其风德，友而敬焉。"据此可知，竺法深出身于琅邪王氏家族，是大将军王敦的弟弟，与元、明二帝以及丞相王导、太尉庾亮交好。《竺道潜传》又云："（潜）以晋宁康二年卒于山馆，春秋八十有九。烈宗孝武诏曰：'深法师理悟虚远，风鉴清贞，弃宰相之荣，袭染衣之素。山居人外，笃勤匪懈。方赖宣道，以济苍生；奄然迁化，用痛于怀。'"这里进一步指出，竺法深曾经"弃宰相之荣"而"袭染衣之素"。可以说，他是《世说》所载僧人中出身最显赫的一位。

2. 释道安

《世说新语·雅量》第32则刘孝标注云：

> 《安和上传》曰："释道安者，常山薄柳人，本姓卫，年十二作沙门。神性聪敏而貌至陋，佛图澄甚重之。"

这里指出了释道安的里籍和俗家姓氏，即常山扶柳人（今河北正定县），俗姓卫，十二岁出家。《高僧传》卷五《释道安传》则进一步指出了释道安的出身："家世英儒，早失覆荫，为外兄孔氏所养。"这足以证明道安生于以儒学见长的士族家庭。

释道安曾入邺师事佛图澄，后连遇石虎和慕容俊之乱，遂至襄阳弘法。道安在襄阳一待就是十五年，这一时期他成就斐然，“以佛法东流，经籍错谬，更为条章，标序篇目，为之注解。自支道林等皆宗其理。”（《雅量》32 刘孝标注）对佛教在襄阳的弘传做出了杰出的贡献。后苻坚克襄阳，携道安赴长安，组织并参与译经，门下僧众数千人，成为北方佛教的最高领袖。

汤用彤先生论魏晋佛法之兴，对道安有一段极精炼的概括：

> 在两晋之际，安公实为佛教中心。初则北方有佛图澄，道安从之受业。南如支道林，皆宗其理。后则北方鸠摩罗什，遥钦风德。南方慧远，实为其弟子。盖安法师于传教译经，于发明教理，于厘定佛规，于保存经典，均有甚大之功绩。而其译经之规模，及人才之培养，为后来罗什作预备，则事尤重要。是则晋时佛教之兴盛，奠定基础，实由道安。①

3. 释慧远

慧远是道安的弟子，其出身于山西雁门世代冠族之家，此说见于《世说新语·文学》第 61 则刘孝标注：

> 张野《远法师铭》曰：“沙门释惠远，雁门楼烦人。本姓贯氏，世为冠族。年十二，随舅令狐氏游学许、洛。年二十一，欲南渡，就范宣子学，道阻不通，遇释道安，以为师。抽簪落发，研求法藏。释昙翼每资以灯烛之费。诵鉴淹远，高悟冥赜。安常叹曰：‘道流东国，其在远乎？’襄阳既没，振锡南游，结宇灵岳。自年六十，不复出山。……年八十三而终。”

依此，慧远应当出身于雁门楼烦士族家庭。且道安对之期许极高：“道流东国，其在远乎？”可见慧远实是佛门中不可多得的才士。实际上也是如此，他兼通儒学、佛学、玄学，《高僧传》卷六本传言其“弱而好书，珪璋秀发……博综六经，尤善《庄》《老》。性度弘博，风览朗拔，虽宿儒英达，莫不服其深致。”以陈郡谢灵运为例，他出身一等高门，又是著名的大诗人，性格复孤高自负，极少有人能得到他的推崇，但初见慧远即为之心折（见《高僧传》本传）。这是极不容易的，也可以看出士族家庭出身对慧远的影响。

---

① 汤用彤 . 汉魏两晋南北朝佛教史 [M]// 汤用彤全集：第 1 册 . 石家庄：河北人民出版社，2000：144.

4. 竺道壹

道壹是“六家七宗”中“幻化宗”的代表人物，《世说新语》“言语”篇有他一则故事：

> 道壹道人好整饰音辞，从都下还东山，经吴中。已而会雪下，未甚寒，诸道人问在道所经。壹公曰：“风霜固所不论，乃先集其惨澹；郊邑正自飘瞥，林岫便已浩然。”（《言语》93）

此条刘孝标注引孙绰《沙门题目》，对竺道壹的文采颇为推重。关于其出身，高僧传》卷五《竺道壹传》曰：“竺道壹，姓陆，吴人也。少出家，贞正有学业，而晦迹隐智，人莫能知，与之久处，方悟其神出。”而本条刘孝标注引王珣《游严陵濑诗叙》则曰：“道壹姓竺氏，名德。”可知刘注误引的是道壹出家后姓氏，道壹俗家姓氏为陆姓。

吴郡陆氏，属江南彪炳巨族，官宦世家。《世说新语·赏誉》第142则载时人评吴四姓之语：“张文，朱武，陆忠，顾厚。”其实，就实力和影响而言，陆氏均居吴地四姓之首。以陆逊、陆抗、陆机祖孙三人为代表的陆家，以忠义闻名，其家族人才辈出。在《世说新语·规箴》第5则中，孙皓问丞相陆凯：“卿一宗在朝有人几？”陆凯答曰：“二相、五侯、将军十余人。”孙皓赞曰：“盛哉！”可见其家族之盛。即使西晋灭吴，陆家成为亡国遗民，也不甘心为北方士族所轻，如《方正》第18则：“卢志于众坐，问陆士衡：‘陆逊、陆抗是君何物？’答曰：‘如卿于卢毓、卢珽。’士龙失色，既出户，谓兄曰：‘何至如此，彼容不相知也？’士衡正色曰：‘我父、祖名播海内，宁有不知，鬼子敢尔！’”西晋覆灭、晋室南渡之后，朝廷必须依赖江东士族的扶持，吴郡陆氏更有了自矜门第的资本，如：

> 王丞相初在江左，欲结援吴人，请婚陆太尉。对曰：“培塿无松柏，薰莸不同器。玩虽不才，义不为乱伦之始。”（《方正》24）

5. 支遁与康法畅

支遁与康法畅，《世说新语》及《高僧传》均没有明确记载其为士族出身，但其士族出身亦有迹可循。今人徐清祥在其《东晋出家士族考》一文中提出了判定僧人士族身份的五条标准：“第一条（标准A），凡出家前曾被朝廷、州府辟举者；第二条（标准B），凡出家前以风姿才性见称者；第三条（标准C），凡出家前遵守士族礼仪者；第四条（标准 D），凡出家前以学术、文学见称者；第五条（标准 E），直接记载其生于士族家庭者。”他也承认：“当然，这种认定有一定的推测性。”不过又认为：“从现有的资料来看，这种推测是立得住的”。①

首先看支遁，徐清祥判定支遁为士族出身的依据是 B、C、D 三条标准。

《世说新语・言语》第 63 则刘孝标注云：

> 《高逸沙门传》曰：“支遁字道林，河内林虑人，或曰陈留人，本姓关氏。少而任心独往，风期高亮，家世奉法。”

《高僧传》卷四《支遁传》云：

> 支遁，字道林，本姓关氏，陈留人，或云河东林虑人。幼有神理，聪明秀彻。初至京师，太原王濛甚重之，曰：“造微之功，不减辅嗣。”陈郡殷融尝与卫玠交，谓其神情俊彻，后进莫有继之者。及见遁，叹息以为重见若人。家世事佛。早悟非常之理。

上引两文，刘孝标注指出支遁“家世奉法”，《支遁传》云其“家世事佛”，可见其生于奉佛世家。《支遁传》又云其与太原王氏有交往，且被王濛誉为“造微之功，不减辅嗣（王弼）”。支遁还具有卫玠一样的风姿。卫玠其人，《世说新语・容止》第 19 则：“卫玠从豫章至下都，人闻其名，观者如堵墙。玠先有羸疾，体不堪劳，遂成病而死，时人谓‘看杀卫玠’。”可见其风采绝佳。所以徐清祥认为“支遁既有与高门士族交游的社会身份，又有高门士族所激赏的才学风姿，他的士族身份当属无疑。”②

《世说新语》所记载的名僧事迹，数支遁最多，共四十九则。他是“六家七宗”中“即色宗”的代表人物，在士族中影响特别大，对佛教融入士族社会有重大贡献。

再看康法畅，徐清祥判定其为士族出身的依据是 B 条标准，即出家前以风姿才性见称。《世说新语・言语》第 52 则云：

> 庾法畅造庾太尉，握麈尾至佳。公曰：“此至佳，那得在？”法畅曰：

① 徐清祥 . 东晋出家士族考 [J]. 世界宗教研究，2005（2）.

② 徐清祥 . 东晋出家士族考 [J]. 世界宗教研究，2005（2）.

“廉者不求，贪者不与，故得在耳。”

刘孝标注云：

> 法畅氏族所出未详。法畅着《人物论》，自叙其美云：“悟锐有神，才辞通辩。”

《高僧传》卷四《康法畅传》云：

> 晋成之世，与康法畅、支敏度等俱过江。畅亦有才思，善为往复，著《人物》《始义论》等。

庾法畅即康法畅，陈垣先生曾指出：“又《世说·言语》篇，‘庾法畅造庾太尉’条，注谓：‘法畅氏族所出未详。’《文学》篇‘北来道人条’注，引庾法畅《人物论》，亦作庾。《高僧传》四作康法畅著《人物》《始义》论，自当以康为正，今本《世说》因下文庾太尉句而误耳。”[①] 徐清祥推断法畅为士族出身主要有三点：一是其著作《人物论》和《始义论》分别为品题和谈玄之作。二是其“握麈尾至佳”，而麈尾为高门名士的饰物。三是其《人物论》自评：“悟锐有神，才辞通辩”，称誉自己具有超凡的才性风姿。[②]

从以上论述可以看出，士族出身对僧人的一生影响甚大。或曰：“英雄不论出身。”此语虽不妄，却不适用于两晋门阀社会，否则左思也不会有“世胄摄高位，英俊沉下僚”（《咏史》其二）之叹。兹以竺法深为例，证明士族出身对其影响之大：

> 支道林因人就深公买印山，深公答曰：“未闻巢、由买山而隐。”（《排调》28）

印山属仰山之误。此事，《高僧传》卷四《竺道潜传》与《世说新语》记载颇有不同：

> 支遁遣使求买仰山之侧沃洲小岭，欲为幽栖之处。潜答云：“欲来辄给，岂闻巢、由买山而隐遁。”

由此可以推断，仰山当是竺法深圈占所得，正因为此山可任由其支配，所以才有“欲来辄给”之语。此事即使非法，但以琅邪王氏主政元、明、成三世

① 陈垣．中国佛教史籍概论 [M]. 上海：上海书店出版社，2001：21.

② 徐清祥．东晋出家士族考 [J]. 世界宗教研究，2005（2）.

之地位和权势，此事又算什么大事呢？又有谁能阻止他呢？

三、僧人的经济状况

1."门阀庄园"式的寺院经济

一个寺院，便是佛教的一个传教据点。寺院要维持生活，就要接受捐赠、经营土地、商业等，于是便逐渐形成寺院经济。关于魏晋时期僧人经济状况，上节所论支遁买山、竺法深圈占山林之事已可以推断这些僧人经济收入可观，另《高僧传·支遁传》还记载支遁先后曾在吴郡立支山寺，在剡山沃州小岭立寺，晚年又在石城山立栖光寺。再看康僧渊的一则故事：

康僧渊在豫章，去郭数十里立精舍，旁连岭，带长川，芳林列于轩庭，清流激于堂宇。（《栖逸》11）

此事《高僧传》卷四《康僧渊传》亦载，其云："（康僧渊）后于豫章山立寺，去邑数十里，带江傍岭，林竹郁茂。"足见康僧渊之经济状况颇佳。

买山立寺、求田问舍，这些行为，同《世说新语》中的名士何其相似！我们可以通过《俭啬》第3则来比较一下寺院经济与门阀庄园：

司徒王戎既贵且富，区宅、僮牧、膏田、水碓之属，洛下无比。契疏鞅掌，每与夫人烛下散筹算计。

王戎乃竹林七贤之一，是与嵇康、阮籍齐名的人物，居然也聚敛财富、追逐名利，可见名僧、名士之行为实无根本区别。

而产生这种情况的社会根源，则是其时名士"士当令身名俱泰"的思想：

石崇每与王敦入学戏，见颜、原象而叹曰："若与同升孔堂，去人何必有间！"王曰："不知余人云何，子贡去卿差近。"石正色云："士当令身名俱泰，何至以瓮牖语人！"（《汰侈》10）

引文中富豪石崇对孔子最得意的门生颜回甚为鄙视。颜回是孔子称赞最多的弟子。孔子不仅赞其"好学"，而且还以"仁人"相许。自汉高祖以颜回配享孔子、祀以太牢，曹魏政权将此举定为制度以来，历代帝王均封赠有加。原宪，亦好学而乐道安贫。子贡即端木赐，亦是孔子的学生，曾经在鲁国做官，家累千金。此文中，石崇先以"颜、原"自比，后王敦比其为子贡，他遂醒悟到不该以颜、原为榜样，所以正色而言。由石崇之语可以看出，深受玄学思想影响的名士已不再以坚守儒家节操为自豪，取而代之的则是“慕通达”“贱守节”之风。

僧人求田问舍、经营庄园的直接证据，还可从谢灵运的《山居赋》中找到。《宋书·谢灵运传》引其《山居赋》自注：“昙济道人住孟山，名曰孟埭，芋薯之赠田。清溪秀竹，回开巨石，有趣之极。此中多诸浦涧，傍依茂林，迷不知所通，嵚崎深沉，处处皆然，不但一处。”①

2.“颇致费损”的居士奉养

如前所述，这些名僧之所以有较丰裕的物质基础，首先和他们的士族出身不无关系。但这也并非主要原因，毕竟有竺法深这等显赫出身的僧人极少。绝大多数僧人，出家后不再依赖原来的社会关系，或者本身就是贫苦出身，官府资助和民间供养才是他们收入的主要来源。而且从其时一些资料来看，居士奉养沙门不遗其力，对于佛教的发展居功至伟。如《宋书·刘义庆传》云义庆“晚节奉养沙门，颇致费损”。义庆乃刘宋皇室中佼佼者，奉养沙门竟然“颇致费损”，其赞佛之功可想而知。《高僧传》卷三《畺良耶舍传附僧伽达多传》指出：“时又有天竺沙门僧伽达多，僧加罗多等，并禅学深明，来游宋境。达多……元嘉十八年（441）夏，受临川康王请，于广陵结居，后终于建业。”这里“于广陵结居，后终于建业”，可以推断刘义庆对僧伽达多是奉养始终的。因为刘义庆为南兖州刺史时居于广陵，后因病解州，以本号还朝，逝于建康。离开广陵之后，所奉养的僧人也一并带去建康，可见其奉佛之笃。

《世说新语》中居士奉养沙门的例子，亦不胜枚举，先看王洽供养竺法汰的一则条目：

> 初，法汰北来，未知名，王领军供养之。每与周旋，行来往名胜许，辄与俱。不得汰，便停车不行。因此名遂重。（《赏誉》114）

竺法汰本来随释道安在河北弘法，后来因北方大乱，遂依道安之议渡江。法汰到建康后，初不知名，受中领军王洽供养和礼敬，并常常邀请他与社会名流交往，甚至“不得汰，便停车不行”。因王洽为丞相王导之子，属东晋一等高门，得到他的大力提携，法汰声名日显。

再如殷浩对康僧渊的提携：

① [南朝梁]沈约.宋书[M].北京：中华书局，2000：1164.

康僧渊初过江，未有知者，恒周旋市肆，乞索以自营。忽往殷渊源许，值盛有宾客，殷使坐，粗与寒温，遂及义理，语言辞旨，曾无愧色，领略粗举，一往参诣。由是知之。（《文学》47）

本篇中可以看出，康僧渊初渡江，贫穷之极，与乞丐无异。但因为精通佛理，故受殷浩敬重。而由上引"栖逸"篇所载康僧渊在豫章建精舍隐居的故事，可知他有雄厚的财力。这中间自然少不了殷浩等士人的大力提携。

高平郗超则对释道安钦崇有加：

郗嘉宾钦崇释道安德问，饷米千斛，修书累纸，意寄殷勤。道安答，直云："损米。"愈觉有待之为烦。（《雅量》32）

郗超，字嘉宾，晋中书侍郎、司徒左长史。郗超依附于权臣桓温，连谢安等人都为之忌惮。但他却崇信佛法，是道安于襄阳弘法时的大力赞助者。这里所说的"千斛"，总量是12000斤，能使道安的襄阳僧团受用很长时间，足见郗超护法之诚。而且他不仅"饷米千斛"，且"修书累纸，意寄殷勤"，以实际行动表达对道安僧团的支持。由此可见，郗超虽是朝廷重臣，内心却具名士之出世情怀，他的奉养行为自当属于"颇致费损"之列，

孝武帝也是道安僧团在政治和经济上的有力支持者。《高僧传》卷五《释道安传》：

晋孝武皇帝，承风钦德，遣使通问，并有诏曰："安法师器识伦通，风韵标朗，居道训俗，徽绩兼著。岂直规济当今，方乃陶津来世。俸给一同王公，物出所在。"

可知道安在襄阳的生活和传教费用除得自一般信徒的施舍外，在一段时间内还从当地官府取得相当于王公的俸给。

其时奉养沙门"颇致费损"之名士还有尚书令何充兄弟，试看《排调》第51则:

二郗奉道，二何奉佛，皆以财贿。谢中郎云:"二郗谄于道，二何佞于佛。"

"二郗"是指郗超父亲郗愔和其弟郗昙，他们信奉天师道。"二何"，指晋成帝时辅政大臣尚书令何充和弟弟何准。此条刘孝标注引《晋阳秋》曰："何充性好佛道，崇修佛寺，供给沙门以百数。久在扬州，征役吏民，功赏万计，是以为遐迩所讥。充弟准，亦精勤，唯读佛经，营治寺庙而已矣。"可见其佞

佛之甚也。

其实，在当时高僧大德周围，往往都有一个由地位尊崇人士所组成的居士群体。如道安在襄阳期间，与南北政治人物都有交往，北方有秦主苻坚，南有晋孝武帝、郗超、习凿齿等。再如高僧慧远，桓伊、王凝之、桓玄、何无忌等人在任江州刺史时，都曾与其友好交往，并给予其庐山僧团特殊待遇。

《雅量》第 31 则尤能看出居士对名僧的推重：

支道林还东，时贤并送于征虏亭。蔡子叔前至，坐近林公；谢万石后来，坐小远。蔡暂起，谢移就其处。蔡还，见谢在焉，因合褥举谢掷地，自复坐。谢冠帻倾脱，乃徐起，振衣就席，神意甚平，不觉嗔沮。坐定，谓蔡曰："卿奇人，殆坏我面。"蔡答曰："我本不为卿面作计。"

此则条目，汤用彤先生曾有评析："自佛教传入中国后，由汉至前魏，名士罕有推重佛教者。尊敬僧人，更未之闻。西晋阮、庾与孝龙为友，而东晋名士崇奉林公，可谓空前。此其故不在当时佛法兴隆，实则当代名僧，既理趣符《老》《庄》，风神类谈客。而'支子时秀，领握玄标，大业冲粹，神风清萧'，故名士乐于往还也。"[①]

四、 僧人居所及其功用

东晋崇佛之风一个重要表现是政府大力鼓励佛事，尤其体现在建寺译经上。其实建寺之风在西晋就很兴盛，《法苑珠林》卷一百指出："晋世祖武皇帝，大弘佛事，广树伽蓝。晋惠帝，洛下造兴福寺，常供百僧。晋愍帝，于长安造通灵、白马二寺。西晋二京，合寺一百八十所，译经一十三人，七十三部；僧尼三千七百人。"东晋时期，此风弥甚。《法苑珠林》卷一百："东晋一百四载，立寺一千七百六十八所，译经二十七人二百六十三部，僧尼二万四千人。"又指出："晋中宗元帝，江左造瓦官、龙宫二寺，度丹阳千僧。晋肃宗明帝，造皇兴、道场二寺，集义学百僧。晋显宗成帝，造中兴、鹿野二寺，集义学千僧。晋太宗简文帝，造像、度僧、立寺，长干寺起木塔。晋烈宗武帝（此指孝

① 汤用彤 . 汉魏两晋南北朝佛教史 [M]// 汤用彤全集：第 1 册 . 石家庄：河北人民出版社，2000：136 .

武帝），造皇太，初立本起寺。晋安帝，于育王塔立大石寺。”[①] 这是帝王建寺。其他还有皇后和士族兴建的寺庙，如康帝褚皇后造延兴寺（尼寺），穆帝何后建永安寺（尼寺），恭帝褚皇后建青园寺；彭城敬王司马纯建彭城寺，会稽王司马道子建中寺，中书令何充建建福寺，侍中王坦之建临秦寺和安乐寺等。这些，还只是建康附近的寺庙。

佛寺最初是政府为来华传法的西域僧人提供的活动场所（如洛阳白马寺，建邺建初寺等），后来成为僧尼聚居生活的处所，其主要有两个职能：一是作为偶像供养和进行法事活动的据点，直接影响周围民众。（为方便论述，此作职能 A）二是作为佛教义学活动的中心，进行佛教经典、宗教哲学、道德文化的研究和创造。（此作职能 B）《世说新语》中则增加了第三个职能：即僧俗文化活动的场所。（此作职能 C）其时士僧交流频繁，无论是僧人，还是士族文人，都把佛寺视为一种文化活动的场所和象征。

《世说新语》及刘孝标注中共出现了十所佛寺，其中《世说新语》正文中提到的寺庙有建康瓦官寺、白马寺、东安寺，会稽西寺，豫章康僧渊之精舍。另有顾和与其中外孙所游寺庙以及庾亮所至佛图（均未有名称）。刘孝标注中也提到了几所佛寺，即建康大市寺（即建初寺）、高座寺、祇洹寺等。再者，有的僧人，如慧远之庐山僧团，虽在《世说》中没有提到其所居寺庙名称，但在《高僧传》等资料中是能找到的，故一并论述。

（一）建康佛寺

1. 瓦官寺

关于建康瓦官寺，《高僧传》卷五《竺法汰传》有载：

> 汰下都止瓦官寺。晋太宗简文皇帝深相敬重。……瓦官寺本是河内山玩公墓为陶处。晋兴宁中，沙门慧力启乞为寺，止有堂塔而已。及汰居之，更拓房宇，修立众业，又起重门，以可地势。

瓦官寺原为烧窑的陶官地，东晋兴宁二年（364 年），因慧力之请乃诏令于其地建寺，掘得古瓦棺，因称瓦官寺。此寺本来非常简陋，“止有堂塔而已”，

① ［唐］释道世著，周叔迦、苏晋仁校注．法苑珠林校注 [M]. 北京：中华书局，2003：2889.

至竺法汰驻寺，为简文帝所重，朝廷开始大修。寺名亦因竺法汰而大盛，遂成名蓝。

瓦官寺于孝武帝太元二十一年(396年)罹火灾，堂塔归于灰烬，帝敕令兴复。此寺中藏有三绝，即戴逵所制金像五躯，师子国(今斯里兰卡)遣使所献玉制佛像，顾恺之所画维摩图。此寺还与金陵凤凰台有很深的渊源。宋文帝元嘉十六年(439年)，时有异鸟数只，飞集瓦官寺，朝廷以为祥瑞，乃置凤凰台，即李白《登金陵凤凰台》所咏者也。

《世说新语》中有如下几则故事涉及瓦官寺，兹略引如下：

> 有北来道人好才理，与林公相遇于瓦官寺，讲《小品》。于时竺法深、孙兴公悉共听。(《文学》30)

> 僧意在瓦官寺中，王苟子来，与共语，便使其唱理。意谓王曰："圣人有情不？"王曰："无。"重问曰："圣人如柱邪？"王曰："如筹算，虽无情，运之者有情。"(《文学》57)

> 刘丹阳、王长史在瓦官寺集，桓护军亦在坐，共商略西朝及江左人物。(《品藻》42)

> 戴安道年十余岁，在瓦官寺画。王长史见之，曰："此童非徒能画，亦终当致名。恨吾老，不见其盛时耳！"(《识鉴》17)

> 何次道往瓦官寺礼拜甚勤，阮思旷语之曰："卿志大宇宙，勇迈终古。"何曰："卿今日何故忽见推？"阮曰："我图数千户郡，尚不能得；卿乃图作佛，不亦大乎？"(《排调》22)

上引诸条，《文学》第30则写支遁与一北来僧人清谈佛理，名士孙绰和另一僧人竺法深共听。《文学》第57则，清谈双方为士人王修和僧人僧意。这两则均有士僧参与。《品藻》第42则，清谈者均为士人。《识鉴》第17则，交游双方为王濛和戴逵。戴逵作画，王濛品评。《排调》第22则记何充于瓦官寺礼拜事。所谓礼拜，是指信佛之士向佛行礼致敬。在这些条目中，寺庙的职能均属于C项，即僧俗文化活动的场所。

2. 白马寺

《世说》所载白马寺在建康，据《法苑珠林》卷三九："白马寺，在建康中黄里。太兴二年，晋中宗元皇帝起造。”[1] 此建康白马寺，并不知名，史书记载甚少。然“白马寺”之名，与佛教有极深的因缘。相传佛教传入中国时，最早建立的寺院即为洛阳白马寺，被尊称为中国佛教的“祖庭”。明帝时天竺僧摄摩腾、竺法兰以白马载经来中土，帝敕令于洛阳城西雍门（西阳门）外为之建造居所，称之为白马寺。此事《洛阳伽蓝记》卷四有记载：

白马寺，汉明帝所立也，佛教入中国之始。寺在西阳门外三里御道南。帝梦金人，长丈六，项背日月光明。胡人号曰佛。遣使向西域求之，乃得经像焉。时以白马负经而来，因以为名。[2]

正因“白马寺”之名与佛教有极深的因缘，所以后来寺庙常以此为名，如道安在襄阳传法时就先居白马寺，因寺狭而僧众，遂另建檀溪寺。《世说新语》中有一则条目涉及建康白马寺：

《庄子·逍遥篇》，旧是难处，诸名贤所可钻味，而不能拔理于郭、向之外。支道林在白马寺中，将冯太常共语，因及《逍遥》。（《文学》32）

文中，清谈双方分别为僧人支遁和士人冯怀。此处，白马寺的职能属于C项。

3. 东安寺

东安寺，《世说新语·文学》第42则云支道林初“从东出，住东安寺中”，故知此寺亦在建康，但具体地理位置未知。东安多用于地名，疑此寺或与某一地名“东安”者有关。《高僧传》晋僧居于东安寺者只有支遁（卷四）。宋僧有三位，分别为释慧严（卷七）、释法恭（卷十二）、释昙智（卷十三）。《宋书》卷九七《天竺传》云慧严、慧义并住东安寺，有“东安谈义林”之称。[3]《洛阳伽蓝记》亦不见有“东安寺”名。

《世说新语》中涉及东安寺的条目如下：

支道林初从东出，住东安寺中。王长史宿构精理，并撰其才藻，往与支语，不大当对。王叙致数百语，自谓是名理奇藻。支徐徐谓曰：“身与君别多年，

---

① [唐]释道世著，周叔迦、苏晋仁校注．法苑珠林校注[M]. 北京：中华书局，2003：1245.

② [北魏]杨衒之著，尚荣注．洛阳伽蓝记[M]. 正文书局，2012：276.

③ [南朝梁]沈约．宋书[M]. 北京：中华书局，2000：1592.

君义言了不长进。”王大惭而退。（《文学》42）

此则仍属士僧清谈，双方为支遁和王濛，寺庙的职能属于C项。

4. 大市寺

《世说新语·言语》第39则刘孝标注引《高坐传》曰：

> 和尚胡名尸黎密，西域人。传云国王子，以国让弟，遂为沙门。永嘉中，始到此土，止于大市中。

此处“大市寺”，其实就是建康名寺建初寺。此寺始建于东吴，为江南最早建立之寺院，又因该寺位于长干大市后面，故又称江东大市寺。吴主孙权赤乌十年（248）初，天竺僧康僧会至建邺传法，由于“事应验察”，又得佛之舍利，为孙权所重，遂为之建寺。自此建邺始有佛寺，故曰建初寺。此事《高僧传》卷一《康僧会传》有载。此寺对后世影响很大，使“江左大法遂兴”。”刘孝标注指出，帛尸黎密“止于大市中”，主要目的便是译经，他曾于本寺译出《孔雀王经》等密教经典。此处，寺庙的职能属于B项，即作为佛教义学活动的中心。

5. 祇洹寺

祇洹寺是建初寺的分刹，在金陵凤凰楼之西，孙权所造。东晋时苏峻之乱毁于战火，平乱后由何充出资修复。

《世说新语》刘孝标注涉及祇洹寺的条目如下：

> 王濛恒寻遁，遇祇洹寺中讲，正在高坐上，每举麈尾，常领数百言，而情理俱畅。预坐百余人，皆结舌注耳。濛云听讲众僧：“向高坐者，是钵釪后王、何人也。”（《赏誉》110注引《高逸沙门传》）

王濛、刘惔等清谈名士在祇洹寺听支遁讲论，则寺庙的职能属于C项。

6. 高座寺

此寺是为纪念高座道人帛尸梨密所建，因帛尸梨密为丞相王导等所敬，时人呼为高座，或高座道人，寺名因为高座寺。又因其地有甘露井，亦名甘露寺。宋代之后改称永宁寺，明代分为永宁、高座二寺。

《世说新语·言语》第39则刘孝标注引《塔寺记》云：

> 尸黎密冢曰高坐，在石子冈，常行头陀，卒于梅冈，即葬焉。晋元帝于冢边立寺，因名高坐。

高坐即高座，“常行头陀”指修头陀行（佛教苦行之一）。此条刘注有误，前引《高僧传》卷一《帛尸梨密传》指出帛尸梨密卒于东晋咸康年间，咸康是成帝年号，则立寺者当是成帝，而非元帝。此寺是为纪念帛尸梨密所建，具体职能不详。

（二）会稽佛寺

会稽西寺，即光相寺。《文学》第38则余嘉锡笺疏引李慈铭语云：“西寺即光相寺，在西郭西光坊下岸光相桥之北，去予家仅数十武。光相寺者，传是晋义熙中寺发瑞光，安帝因赐此额。西光坊本名西光相坊，其东曰东光相坊，坊与桥皆因寺得名者。”

《世说新语》中涉及会稽西寺的条目如下：

许掾年少时，人以比王苟子，许大不平。时诸人士及林法师并在会稽西寺讲，王亦在焉。许意甚忿，便往西寺与王论理，共决优劣，苦相折挫，王遂大屈。许复执王理，王执许理，更相覆疏，王复屈。许谓支法师曰：“弟子向语何似？”支从容曰：“君语佳则佳矣，何至相苦邪？岂是求理中之谈哉？”（《文学》38）

文中，许询与王修清谈，支遁评判。寺庙的职能为C项。

（三）豫章佛寺

豫章，郡名，治所在今江西南昌。《世说》中涉及豫章的寺庙有两处，一处是康僧渊所立豫章精舍，一处为豫章太守范宁请佛像之处，后者未有具体名称。例文如下：

康僧渊在豫章，去郭数十里立精舍……乃闲居研讲，希心理味。庾公诸人多往看之。观其运用吐纳，风流转佳，加已处之怡然，亦有以自得，声名乃兴。（《栖逸》11）

范宁作豫章，八日请佛有板，众僧疑或欲作答。有小沙弥在坐末，曰：“世尊默然，则为许可。”众从其义。（《言语》97）

上引第一则康僧渊的事迹，《高僧传》亦载，其云：“（康僧渊）后于豫章山立寺，去邑数十里……名僧胜达，响附成群。常以持心梵经，空理幽远，故偏加讲说。尚学之徒，往还填委。后卒于寺焉。”康僧渊于精舍研读，“运用吐纳”并讲说佛家经义，同时又和名士庾亮等人结交，则此寺同时具备B项和C项职能。《言语》第97则写范宁作豫章太守，于四月八日佛诞日用文书向庙里请佛像，这属于法事活动，寺庙职能为A项。

（四）庐山僧团

如前文所述，慧远年轻时依道安出家，后随其南投襄阳，襄阳城破之前与道安分别，定居庐山修道。慧远始住龙泉寺，后居东林寺（江州刺史桓伊所立）。作为道安最器重的弟子，慧远受道安影响甚深，故庐山僧团之事佛一如以往之襄阳僧团。道安之襄阳僧团，习凿齿曾致书谢安，极力称赞，其书云：

> 来此见释道安，故是远胜，非常道士，师徒数百，斋讲不倦。无变化技术，可以惑常人之耳目；无重威大势，可以整群小之参差。而师徒肃肃，自相尊敬，洋洋济济，乃是吾由来所未见。其人理怀简衷，多所博涉，内外群书，略皆遍睹，阴阳算数，亦皆能通，佛经妙义，故所游刃。作义乃似法兰、法道。恨足下不同日而见，其亦每言思得一叙。（《高僧传》卷五《释道安传》）

此处习凿齿对道安的尊仰，可概括为三个方面。一是道安学识渊博，内外群书多所精通；二是道安以斋讲为务，无神异方术之类，与南方学风相近；三是道安教团整肃有序，既不失佛家规范，又近儒家威仪。这些传统均为慧远之庐山僧团继承并发扬光大：

> 远公在庐山中，虽老，讲论不辍。弟子中或有堕者，远公曰：“桑榆之光，理无远照，但愿朝阳之晖，与时并明耳。”执经登坐，讽咏朗畅，词色甚苦，高足之徒，皆肃然增敬。（《规箴》24）

慧远是兼通儒学、玄学、佛学的名僧，有远大抱负，故其居所职能主要是进行佛教义学活动（即B项），“斋讲不倦”，致力于发扬光大佛学，在这一点上，庐山僧团迥异于支遁之会稽僧团。后庐山亦成为南方最大的佛教中心。

正因如此，其时一心要整顿佛教的权臣桓玄，独对慧远僧团敬重有加，其《沙汰众僧教》列出不应沙汰的僧团标准为：“有能伸述经诰，畅说义理者；或禁行修整，奉戒无亏，恒为阿练若者；或山居养志，不营流俗者，皆足以宣寄大化。亦所以示物以道，弘训作范，幸兼内外，其有违于此者，皆悉罢道。”庐山僧团自然符合这个条件，然桓玄更进一步明确指出："唯庐山道德所居，不在搜简之例。"[①]（《弘明集》卷十二）其敬慧远至矣尽矣。

汤用彤先生曾在其《汉魏两晋南北朝佛教史》中对慧远给予很高的评价：

> 释慧远德行淳至，厉然不群。卜居庐阜，三十余年，不复出山。殷仲堪国之重臣，桓玄威震人主，谢灵运负才傲物，慧义强正不惮，乃俱各倾倒。非其精神卓绝，至德感人，曷能若此。两晋佛法之兴隆，实由有不世出之大师，先后出世，而天下靡然从同也。[②]

又云：

> 盖自安公逝世，罗什未来，其中十有余载，远公潜遁山林，不入都邑。考之《僧传》，僧人之秀，群集匡庐，其在京邑者甚少。当朝廷僧尼遗臭，引起攻难。而远公望重德劭，砥柱中流。为僧伽争人格，为教法作辩护。影不出山，迹不入俗，而佛法自隆。不仕王侯，高尚其事，而群情翕服。遂至桓玄以震主之威，亦相敬礼。公之地位，在僧史中可谓所关非细矣。[③]

然而庐山僧团亦有 C 项职能：

> 殷荆州曾问远公："《易》以何为体？"答曰："《易》以感为体。"殷曰："铜山西崩，灵钟东应，便是《易》耶？"远公笑而不答。（《文学》61）

文中，荆州刺史殷仲堪专门上庐山与慧远清谈《易》理，此事亦见《高僧传·释慧远传》。

（五）其他寺庙

《世说》中还有两则条目，所载寺庙既无地址亦无名称：

> 张玄之、顾敷是顾和中外孙，皆少而聪惠，和并知之，而常谓顾胜。

---

① [南朝梁]释僧祐撰，李小荣校笺．弘明集校笺[M]．上海：上海古籍出版社，2013：702.

② 汤用彤．汉魏两晋南北朝佛教史[M]// 汤用彤全集：第1册．石家庄：河北人民出版社，2000：255.

③ 汤用彤．汉魏两晋南北朝佛教史[M]// 汤用彤全集：第1册．石家庄：河北人民出版社，2000：264.

亲重偏至，张颇不恹。于时张年九岁，顾年七岁，和与俱至寺中，见佛般泥洹像，弟子有泣者，有不泣者。和以问二孙。玄谓："被亲故泣，不被亲故不泣。"敷曰："不然。当由忘情故不泣，不能忘情故泣。"（《言语》51）

庾公尝入佛图，见卧佛，曰："此子疲于津梁。"于时以为名言。（《言语》41）

这两则条目并无僧人出现，第一则写名士顾和与其中外孙顾敷、张玄至寺庙游玩，第二则中主人公为太尉庾亮。巧合的是，他们所评价的对象都是卧佛之像，而且都很智慧幽默。此处寺庙的职能属 C 项。

以上所述寺庙，分布东晋各地，或在建康，或在会稽，或在豫章，或在庐山；涉及名僧或为清谈大家（支遁），或为不世出高僧（慧远）。然这些寺庙均有僧俗文化交游活动之职能，可见当时寺庙已成为文化活动的场所和象征。

附录二：《世说新语》选录[①]

言语第二

29. 元帝始过江，谓顾骠骑曰："寄人国土，心常怀惭。"荣跪对曰："臣闻王者以天下为家，是以耿、亳无定处，九鼎迁洛邑，愿陛下勿以迁都为念。"

30. 庾公造周伯仁，伯仁曰："君何所欣说而忽肥？"庾曰："君复何所忧惨而忽瘦？"伯仁曰："吾无所忧，直是清虚日来，滓秽日去耳。"

31. 过江诸人，每至美日，辄相邀新亭，藉卉饮宴。周侯中坐而叹曰："风景不殊，正自有山河之异！"皆相视流泪。唯王丞相愀然变色曰："当共戮力王室，克复神州，何至作楚囚相对！"

32. 卫洗马初欲渡江，形神惨悴，语左右云："见此芒芒，不觉百端交集。苟未免有情，亦复谁能遣此！"

33. 顾司空未知名，诣王丞相。丞相小极，对之疲睡。顾思所以叩会之，因谓同坐曰："昔每闻元公道公协赞中宗，保全江表。体小不安，令人喘息。"丞相因觉，谓顾曰："此子珪璋特达，机警有锋。"

34. 会稽贺生，体识清远，言行以礼。不徒东南之美，实为海内之秀。

35. 刘琨虽隔阂寇戎，志存本朝。谓温峤曰："班彪识刘氏之复兴，马援知汉光之可辅。今晋祚虽衰，天命未改，吾欲立功于河北，使卿延誉于江南，子其行乎？"温曰："峤虽不敏，才非昔人，明公以桓、文之姿，建匡立之功，岂敢辞命！"

36. 温峤初为刘琨使来过江。于时，江左营建始尔，纲纪未举。温新至，深有诸虑。既诣王丞相，陈主上幽越、社稷焚灭、山陵夷毁之酷，有黍离之痛。

---

① 所选各篇，内容只取东晋部分。

温忠慨深烈，言与泗俱；丞相亦与之对泣。叙情既毕，便深自陈结，丞相亦厚相酬纳。既出，欢然言曰："江左自有管夷吾，此复何忧！"

37. 王敦兄含，为光禄勋。敦既逆谋，屯据南州，含委职奔姑孰。王丞相诣阙谢。司徒、丞相、扬州官僚问讯，仓卒不知何辞。顾司空时为扬州别驾，援翰曰："王光禄远避流言，明公蒙尘路次，群下不宁，不审尊体起居何如？"

38. 郗太尉拜司空，语同坐曰："平生意不在多，值世故纷纭，遂至台鼎。朱博翰音，实愧于怀。"

39. 高坐道人不作汉语。或问此意，简文曰："以简应对之烦。"

40. 周仆射雍容好仪形。诣王公，初下车，隐数人，王公含笑看之。既坐，傲然啸咏。王公曰："卿欲希嵇、阮邪？"答曰："何敢近舍明公，远希嵇、阮！"

41. 庾公尝入佛图，见卧佛，曰："此子疲于津梁。"于时以为名言。

42. 挚瞻曾作四郡太守、大将军户曹参军，复出作内史。年始二十九。尝别王敦，敦谓瞻曰："卿年未三十，已为万石，亦太早。"瞻曰："方于将军，少为太早；比之甘罗，已为太老。"

43. 梁国杨氏子九岁，甚聪惠。孔君平诣其父，父不在，乃呼儿出。为设果，果有杨梅。孔指以示儿曰："此是君家果。"儿应声答曰："未闻孔雀是夫子家禽。"

44. 孔廷尉以裘与从弟沈，沈辞不受。廷尉曰："晏平仲之俭，祠其先人，豚肩不掩豆，犹狐裘数十年，卿复何辞此！"于是受而服之。

45. 佛图澄与诸石游，林公曰："澄以石虎为海鸥鸟。"

46. 谢仁祖年八岁，谢豫章将送客。尔时语已神悟，自参上流。诸人咸共叹之，曰："年少，一坐之颜回。"仁祖曰："坐无尼父，焉别颜回？"

47. 陶公疾笃，都无献替之言，朝士以为恨。仁祖闻之，曰："时无竖刁，故不贻陶公话言。"时贤以为德音。

48. 竺法深在简文坐，刘尹问："道人何以游朱门？"答曰："君自见朱门，贫道如游蓬户。"或云卞令。

49. 孙盛为庾公记室参军，从猎，将其二儿俱行，庾公不知，忽于猎场见齐庄，时年七八岁，庾谓曰："君亦复来邪？"应声答曰："所谓'无小无大，从公于迈'。"

50. 孙齐由、齐庄二人，小时诣庾公。公问齐由何字，答曰："字齐由。"公曰："欲何齐邪？"曰："齐许由。"齐庄何字，答曰："字齐庄。"公曰："欲何齐？"曰："齐庄周。"公曰："何不慕仲尼而慕庄周？"对曰："圣人生知，故难企慕。”庾公大喜小儿对。

51. 张玄之、顾敷是顾和中外孙，皆少而聪惠，和并知之，而常谓顾胜。亲重偏至，张颇不恹。于时张年九岁，顾年七岁，和与俱至寺中，见佛般泥洹像，弟子有泣者，有不泣者。和以问二孙。玄谓：“被亲故泣，不被亲故不泣。”敷曰：“不然。当由忘情故不泣，不能忘情故泣。”

52. 庾法畅造庾太尉，握麈尾至佳。公曰：“此至佳，那得在？”法畅曰：“廉者不求，贪者不与，故得在耳。”

53. 庾稚恭为荆州，以毛扇上武帝，武帝疑是故物。侍中刘劭曰：“柏梁云构，工匠先居其下；管弦繁奏，钟、夔先听其音。稚恭上扇，以好不以新。”庾后闻之，曰：“此人宜在帝左右。”

54. 何骠骑亡后，征褚公入。既至石头，王长史、刘尹同诣褚。褚曰：“真长何以处我？”真长顾王曰：“此子能言。”褚因视王，王曰：“国自有周公。”

55. 桓公北征，经金城，见前为琅邪时种柳，皆已十围，慨然曰：“木犹如此，人何以堪！”攀枝执条，泫然流泪。

56. 简文作抚军时，尝与桓宣武俱入朝，更相让在前，宣武不得已而先之，因曰：“伯也执殳，为王前驱。”简文曰：“所谓‘无小无大，从公于迈。’”

57. 顾悦与简文同年，而发早白。简文曰：“卿何以先白？”对曰：“蒲柳之姿，望秋而落；松柏之质，经霜弥茂。”

58. 桓公入峡，绝壁天悬，腾波迅急，乃叹曰：“既为忠臣，不得为孝子，如何？”

59. 初，荧惑入太微，寻废海西，简文登阼，复入太微，帝恶之。时郗超为中书，在直。引超入曰：“天命修短，故非所计。政当无复近日事不？”超曰：“大司马方将外固封疆，内镇社稷，必无若此之虑。臣为陛下以百口保之。”帝因诵庾仲初诗曰：“志士痛朝危，忠臣哀主辱。”声甚凄厉。郗受假还东，帝曰：“致意尊公，家国之事，遂至于此。由是身不能以道匡卫，思患预防。愧叹之深，言何能喻？”因泣下流襟。

60. 简文在暗室中坐，召宣武，宣武至，问上何在。简文曰：“某在斯。”世人以为能。

61. 简文入华林园，顾谓左右曰：“会心处不必在远，翳然林水，便自有濠、濮间想也，觉鸟兽禽鱼自来亲人。”

62. 谢太傅语王右军曰："中年丧于哀乐，与亲友别，辄作数日恶。"王曰："年在桑榆，自然至此，正赖丝竹陶写，恒恐儿辈觉，损欣乐之趣。"

63. 支道林常养数匹马。或言："道人畜马不韵。"支曰："贫道重其神骏。"

64. 刘尹与桓宣武共听讲礼记。桓云："时有入心处，便觉咫尺玄门。"刘曰："此未关至极，自是金华殿之语。"

65. 羊秉为抚军参军，少亡，有令誉，夏侯孝若为之叙，极相赞悼。羊权为黄门侍郎，侍简文坐。帝问曰："夏侯湛作羊秉叙，绝可想。是卿何物？有后不？"权潸然对曰："亡伯令问夙彰，而无有继嗣；虽名播天听，然胤绝圣世。"帝嗟慨久之。

66. 王长史与刘真长别后相见，王谓刘曰："卿更长进。"答曰："此若天之自高耳。"

67. 刘尹云："人想王荆产佳，此想长松下当有清风耳。"

68. 王仲祖闻蛮语不解，茫然曰："若使介葛卢来朝，故当不昧此语。"

69. 刘真长为丹阳尹，许玄度出都，就刘宿，床帷新丽，饮食丰甘。许曰："若保全此处，殊胜东山。"刘曰："卿若知吉凶由人，吾安得不保此！"王逸少在坐，曰："令巢、许遇稷、契，当无此言。"二人并有愧色。

70. 王右军与谢太傅共登冶城，谢悠然远想，有高世之志。王谓谢曰："夏禹勤王，手足胼胝；文王旰食，日不暇给。今四郊多垒，宜人人自效；而虚谈费务，浮文妨要，恐非当今所宜。"谢答曰："秦任商鞅，二世而亡，岂清言致患邪？"

71. 谢太傅寒雪日内集，与儿女讲论文义，俄而雪骤，公欣然曰："白雪纷纷何所似？"兄子胡儿曰："撒盐空中差可拟。"兄女曰："未若柳絮因风起。"公大笑乐。即公大兄无奕女，左将军王凝之妻也。

72. 王中郎令伏玄度、习凿齿论青楚人物，临成，以示韩康伯，康伯都无言。王曰："何故不言？"韩曰："无可无不可。"

73. 刘尹云："清风朗月，辄思玄度。"

74. 荀中郎在京口，登北固望海云："虽未睹三山，便自使人有凌云意。若秦、汉之君，必当褰裳濡足。"

75. 谢公云："贤圣去人，其间亦迩。"子侄未之许，公叹曰："若郗超闻此语，必不至河汉。"

76. 支公好鹤，住剡东峁山有人遗其双鹤，少时翅长欲飞，支意惜之，乃铩其翮。鹤轩翥不复能飞，乃反顾翅垂头，视之如有懊丧意。林曰："既有陵霄之姿，何肯为人作耳目近玩！"养令翮成，置使飞去。

77. 谢中郎经曲阿后湖，问左右："此是何水？"答曰："曲阿湖。"谢曰："故当渊注渟著，纳而不流。"

78. 晋武帝每饷山涛恒少，谢太傅以问子弟，车骑答曰："当由欲者不多，而使与者忘少。"

79. 谢胡儿语庾道季："诸人莫当就卿谈，可坚城垒。"庾曰："若文度来，我以偏师待之；康伯来，济河焚舟。"

80. 李弘度常叹不被遇。殷扬州知其家贫，问："君能屈志百里不？"李答曰："北门之叹，久已上闻；穷猿奔林，岂暇择木？"遂授剡县。

81. 王司州至吴兴印渚中看，叹曰："非唯使人情开涤，亦觉日月清朗。"

82. 谢万作豫州都督，新拜，当西之都邑，相送累日，谢疲顿。于是高侍中往，径就谢坐，因问："卿今仗节方州，当疆理西蕃，何以为政？"谢粗道其意。高便为谢道形势，作数百语。谢遂起坐。高去后，谢追曰："阿酃故粗有才具。"谢因此得终坐。

83. 袁彦伯为谢安南司马，都下诸人送至濑乡。将别，既自凄惘，叹曰："江山辽落，居然有万里之势！"

84. 孙绰赋遂初，筑室畎川，自言见止足之分。斋前种一松树，恒自手壅治之。高世远时亦邻居，语孙曰："松树子非不楚楚可怜，但永无栋梁用耳！"孙曰："枫柳虽合抱，亦何所施？"

85. 桓征西治江陵城甚丽，会宾僚出江津望之，云："若能目此城者，有赏。"顾长康时为客，在坐，目曰："遥望层城，丹楼如霞。"桓即赏以二婢。

86. 王子敬语王孝伯曰："羊叔子自复佳耳，然亦何与人事，故不如铜雀台上妓。"

87. 林公见东阳长山曰："何其坦迤！"

88. 顾长康从会稽还，人问山川之美，顾云："千岩竞秀，万壑争流，草木蒙笼其上，若云兴霞蔚。"

89. 简文崩，孝武年十余岁立，至暝不临。左右启："依常应临。"帝曰："哀至则哭，何常之有？"

90. 孝武将讲孝经，谢公兄弟与诸人私庭讲习。车武子难苦问谢，谓袁羊曰：

“不问则德音有遗，多问则重劳二谢。”袁曰：“必无此嫌。”车曰：“何以知尔？”袁曰：“何尝见明镜疲于屡照，清流惮于惠风？”

91. 王子敬云：“从山阴道上行，山川自相映发，使人应接不暇。若秋冬之际，尤难为怀。”

92. 谢太傅问诸子侄：“子弟亦何预人事，而正欲使其佳？”诸人莫有言者，车骑答曰：“譬如芝兰玉树，欲使其生于阶庭耳。”

93. 道壹道人好整饰音辞，从都下还东山，经吴中。已而会雪下，未甚寒，诸道人问在道所经。壹公曰：“风霜固所不论，乃先集其惨澹；郊邑正自飘瞥，林岫便已浩然。”

94. 张天锡为凉州刺史，称制四隅。既为苻坚所禽，用为侍中。后于寿阳俱败，至都，为孝武所器。每入言论，无不竟日。颇有嫉己者，于坐问张：“北方何物可贵？”张曰：“桑椹甘香，鸱鸮革响，淳酪养性，人无嫉心。”

95. 顾长康拜桓宣武墓，作诗云：“山崩溟海竭，鱼鸟将何依！”人问之曰：“卿凭重桓乃尔，哭之状其可见乎？”顾曰：“鼻如广莫长风，眼如悬河决溜。”或曰：“声如震雷破山，泪如倾河注海。”

96. 毛伯成既负其才气，常称：“宁为兰摧玉折，不作萧敷艾荣。”

97. 范宁作豫章，八日请佛有板，众僧疑，或欲作答。有小沙弥在坐末，曰：“世尊默然，则为许可。”众从其义。

98. 司马太傅斋中夜坐，于时天月明净，都无纤翳，太傅叹为佳。谢景重在坐，答曰：“意谓乃不如微云点缀。”太傅因戏谢曰：“卿居心不静，乃复强欲滓秽太清邪？”

99. 王中郎甚爱张天锡，问之曰：“卿观过江诸人，经纬江左轨辙，有何伟异？后来之彦，复何如中原？”张曰：“研求幽邃，自王、何以还；因时修制，荀、乐之风。”王曰：“卿知见有余，何故为苻坚所制？”答曰：“阳消阴息，故天步屯蹇，否剥成象，岂足多讥？”

100. 谢景重女适王孝伯儿，二门公甚相爱美。谢为太傅长史，被弹；王即取作长史，带晋陵郡。太傅已构嫌孝伯，不欲使其得谢，还取作咨议，外示絷维，而实以乖间之。及孝伯败后，太傅绕东府城行散，僚属悉在南门，要望候拜。时谓谢曰：“王宁异谋，云是卿为其计。”谢曾无惧色，敛笏对曰：“乐彦辅有言：‘岂以五男易一女？’”太傅善其对，因举酒劝之曰：“故自佳，故自佳。”

101. 桓玄义兴还后，见司马太傅，太傅已醉，坐上多客。问人云："桓温来欲作贼，如何？"桓玄伏不得起。谢景重时为长史，举板答曰："故宣武公黜昏暗，登圣明，功超伊、霍，纷纭此议，裁之圣鉴。"太傅曰："我知，我知。"即举酒云："桓义兴，劝卿酒！"桓出谢过。

102. 宣武移镇南州，制街衢平直。人谓王东亭曰："丞相初营建康，无所因承，而制置纡曲，方此为劣。"东亭曰："此丞相乃所以为巧。江左地促，不如中国。若使阡陌条畅，则一览而尽，故纡余委曲，若不可测。"

103. 桓玄诣殷荆州，殷在妾房昼眠，左右辞不之通。桓后言及此事，殷云："初不眠，纵有此，岂不有贤贤易色也！"

104. 桓玄问羊孚："何以共重吴声？"羊曰："当以其妖而浮。"

105. 谢混问羊孚："何以器举瑚琏？"羊曰："故当以为接神之器。"

106. 桓玄既篡位后，御床微陷，群臣失色。侍中殷仲文进曰："当由圣德渊重，厚地所以不能载。"时人善之。

107. 桓玄既篡位，将改置直馆，问左右："虎贲中郎省应在何处？"有人答曰："无省。"当时殊忤旨。问："何以知无？"答曰："潘岳秋兴赋叙曰：'余兼虎贲中郎将，寓直散骑之省。'"玄咨嗟称善。

108. 谢灵运好戴曲柄笠，孔隐士谓曰："卿欲希心高远，何不能遗曲盖之貌？"谢答曰："将不畏影者，未能忘怀。"

文学第四

21. 旧云，王丞相过江左，止道声无哀乐、养生、言尽意，三理而已，然宛转关生，无所不入。

22. 殷中军为庾公长史，下都，王丞相为之集，桓公、王长史、王蓝田、谢镇西并在。丞相自起解帐带麈尾，语殷曰："身今日当与君共谈析理。"既共清言，遂达三更。丞相与殷共相往反，其余诸贤略无所关。既彼我相尽，丞相乃叹曰："向来语，乃竟未知理源所归。至于辞喻不相负，正始之音，正当尔耳。"明旦，桓宣武语人曰："昨夜听殷、王清言，甚佳，仁祖亦不寂寞，我亦时复造心；顾看两王掾，辄翣如生母狗馨。"

23. 殷中军见佛经，云："理亦应在阿堵上。"

24. 谢安年少时，请阮光禄道《白马论》，为论以示谢。于时谢不即解阮语，重相咨尽。阮乃叹曰："非但能言人不可得，正索解人亦不可得！"

25. 褚季野语孙安国云："北人学问，渊综广博。"孙答曰："南人学问，清通简要。"支道林闻之，曰："圣贤故所忘言。自中人以还，北人看书，如显处视月，南人学问，如牖中窥日。"

26. 刘真长与殷渊源谈，刘理如小屈，殷曰："恶，卿不欲作将善云梯仰攻。"

27. 殷中军云："康伯未得我牙后慧。"

28. 谢镇西少时，闻殷浩能清言，故往造之。殷未过有所通，为谢标榜诸义，作数百语，既有佳致，兼辞条丰蔚，甚足以动心骇听。谢注神倾意，不觉流汗交面。殷徐语左右："取手巾与谢郎拭面。"

29. 宣武集诸名胜讲《易》，日说一卦。简文欲听，闻此便还，曰："义自当有难易，其以一卦为限邪？"

30. 有北来道人好才理，与林公相遇于瓦官寺，讲《小品》。于时竺法深、孙兴公悉共听。此道人语，屡设疑难，林公辩答清析，辞气俱爽。此道人每辄摧屈。孙问深公："上人当是逆风家，向来何以都不言？"深公笑而不答。林公曰："白旃檀非不馥，焉能逆风？"深公得此义，夷然不屑。

31. 孙安国往殷中军许共论，往反精苦，客主无间。左右进食，冷而复暖者数四。彼我奋掷麈尾，悉脱落，满餐饭中。宾主遂至莫忘食。殷乃语孙曰："卿莫作强口马，我当穿卿鼻！"孙曰："卿不见决牛鼻，人当穿卿颊！"

32.《庄子·逍遥篇》，旧是难处，诸名贤所可钻味，而不能拔理于郭、向之外。支道林在白马寺中，将冯太常共语，因及《逍遥》。支卓然标新理于二家之表，立异义于众贤之外，皆是诸名贤寻味之所不得。后遂用支理。

33. 殷中军尝至刘尹所清言。良久，殷理小屈，游辞不已，刘亦不复答。殷去后，乃云："田舍儿，强学人作尔馨语！"

34. 殷中军虽思虑通长，然于才性偏精。忽言及《四本》，便若汤池铁城，无可攻之势。

35. 支道林造《即色论》，论成，示王中郎，中郎都无言。支曰："默而识之乎？"王曰："既无文殊，谁能见赏？"

36. 王逸少作会稽，初至，支道林在焉。孙兴公谓王曰："支道林拔新领异，胸怀所及乃自佳，卿欲见不？"王本自有一往隽气，殊自轻之。后孙与支共载往王许，王都领域，不与交言。须臾支退。后正值王当行，车已在门，支语王曰："君未可去，贫道与君小语。"因论《庄子·逍遥游》。支作数千言，才藻新奇，花烂映发。王遂披襟解带，留连不能已。

37. 三乘佛家滞义，支道林分判，使三乘炳然。诸人在下坐听，皆云可通。支下坐，自共说，正当得两，入三便乱。今义弟子虽传，犹不尽得。

38. 许掾年少时，人以比王苟子，许大不平。时诸人士及林法师并在会稽西寺讲，王亦在焉。许意甚忿，便往西寺与王论理，共绝优劣，苦相折挫，王遂大屈。许复执王理，王执许理，更相覆疏，王复屈。许谓支法师曰："弟子向语何似？"支从容曰："君语佳则佳矣，何至相苦邪？岂是求理中之谈哉？"

39. 林道人诣谢公，东阳时始总角，新病起，体未堪劳。与林公讲论，遂至相苦。母王夫人在壁后听之，再遣信令还，而太傅留之。王夫人因自出，云："新妇少遭家难，一生所寄，唯在此儿。"因流涕抱儿以归。谢公语同坐曰："家嫂辞情慷慨，致可传述，恨不使朝士见！"

40. 支道林、许掾诸人共在会稽王斋头。支为法师，许为都讲。支通一义，四坐莫不厌心。许送一难，众人莫不抃舞。但共嗟咏二家之美，不辩其理之所在。

41. 谢车骑在安西艰中，林道人往就语，将夕乃退。有人道上见者，问云："公何处来？"答云："今日与谢孝剧谈一出来。"

42. 支道林初从东出，住东安寺中。王长史宿构精理，并撰其才藻，往与支语，不大当对。王叙致数百语，自谓是名理奇藻。支徐徐谓曰："身与君别多年，君义言了不长进。"王大惭而退。

43. 殷中军读小品，下二百签，皆是精微，世之幽滞。尝欲与支道林辩之，竟不得。今小品犹存。

44. 佛经以为祛练神明，则圣人可致。简文云："不知便可登峰造极不？然陶练之功，尚不可诬。"

45. 于法开始与支公争名，后精渐归支，意甚不忿，遂遁迹剡下。遣弟子出都，语使过会稽。于时支公正讲小品。开戒弟子："道林讲，比汝至，当在某品中。"因示语攻难数十番，云："旧此中不可复通。"弟子如言诣支公。正值讲，因谨述开意，往反多时，林公遂屈。厉声曰："君何足复受人寄载来！"

46. 殷中军问："自然无心于禀受，何以正善人少，恶人多？"诸人莫有言者。刘尹答曰："譬如泄水注地，正自纵横流漫，略无正方圆者。"一时绝叹，以为名通。

47. 康僧渊初过江，未有知者，恒周旋市肆，乞索以自营。忽往殷渊源许，值盛有宾客，殷使坐，粗与寒温，遂及义理，语言辞旨，曾无愧色，领略祖举，一往参诣。由是知之。

48. 殷、谢诸人共集。谢因问殷："眼往属万形，万形来入眼不？"

49. 人有问殷中军："何以将得位而梦棺器，将得财而梦矢秽？"殷曰："官本是臭腐，所以将得而梦棺尸；财本是粪土，所以将得而梦秽污。"时人以为名通。

50. 殷中军被废东阳，始看佛经。初视《维摩诘》，疑《般若波罗蜜》太多；后见《小品》，恨此语少。

51. 支道林、殷渊源俱在相王许。相王谓二人："可试一交言。而才性殆是渊源崤、函之固，君其慎焉！"支初作，改辄远之；数四交，不觉入其玄中。相王抚肩笑曰："此自是其胜场，安可争锋！"

52. 谢公因子弟集聚，问："《毛诗》何句最佳？"遏称曰："昔我往矣，杨柳依依；今我来思，雨雪霏霏。"公曰："訏谟定命，远猷辰告。"谓："此句偏有雅人深致。"

53. 张凭举孝廉，出都，负其才气，谓必参时彦。欲诣刘尹，乡里及同举者共笑之。张遂诣刘，刘洗濯料事，处之下坐，唯通寒暑，神意不接。张欲自发无端。顷之，长史诸贤来清言，客主有不通处，张乃遥于末坐判之，言约旨远，足畅彼我之怀，一坐皆惊。真长延之上坐，清言弥日，因留宿至晓。张退，刘曰："卿且去，正当取卿共诣抚军。"张还船，同侣问何处宿，张笑而不答。须臾，真长遣传教觅张孝廉船，同侣惋愕。即同载诣抚军。至门，刘前进谓抚军曰："下官今日为公得一太常博士妙选。"既前，抚军与之话言，咨嗟称善，曰："张凭勃窣为理窟。"即用为太常博士。

54. 汰法师云："'六通''三明'同归，正异名耳。"

55. 支道林、许、谢盛德，共集王家，谢顾诸人曰："今日可谓彦会，时既不可留，此集固亦难常，当共言咏，以写其怀。"许便问主人："有《庄子》不？"正得《渔父》一篇。谢看题，便各使四坐通。支道林先通，作七百许语，叙致精丽，才藻奇拔，众咸称善。于是四坐各言怀毕。谢问曰："卿等尽不？"皆曰："今日之言，少不自竭。"谢后粗难，因自叙其意，作万余语，才峰秀逸，既自难干，加意气凝托，萧然自得，四坐莫不厌心。支谓谢曰："君一往奔诣，故复自佳耳。"

56. 殷中军、孙安国、王、谢能言诸贤，悉在会稽王许，殷与孙共论《易象妙于见形》，孙语道合，意气干云，一坐咸不安孙理，而辞不能屈。会稽王慨然叹曰：“使真长来，故应有以制彼。”即迎真长，孙意己不如。真长既至，先令孙自叙本理，孙粗说己语，亦觉殊不及向。刘便作二百许语，辞难简切，孙理遂屈。一坐同时抚掌而笑，称美良久。

57. 僧意在瓦官寺中，王苟子来，与共语，便使其唱理。意谓王曰：“圣人有情不？”王曰：“无。”重问曰：“圣人如柱邪？”王曰：“如筹算，虽无情，运之者有情。”僧意云：“谁运圣人邪？”苟子不得答而去。

58. 司马太傅问谢车骑：“惠子其书五车，何以无一言入玄？”谢曰：“故当是其妙处不传。”

59. 殷中军被废，徙东阳，大读佛经，皆精解。唯至“事数”处不解。遇见一道人，问所签，便释然。

60. 殷仲堪精核玄论，人谓莫不研究。殷乃叹曰：“使我解四本，谈不翅尔。”

61. 殷荆州曾问远公：“《易》以何为体？”答曰：“《易》以感为体。”殷曰：“铜山西崩，灵钟东应，便是《易》耶？”远公笑而不答。

62. 羊孚弟娶王永言女，及王家见婿，孚送弟俱往。时永言父东阳尚在，殷仲堪是东阳女婿，亦在坐。孚雅善理义，乃与仲堪道《齐物》，殷难之。羊云：“君四番后当得见同。”殷笑曰：“乃可得尽，何必相同。”乃至四番后一通。殷咨嗟曰：“仆便无以相异。”叹为新拔者久之。

63. 殷仲堪云：“三日不读《道德经》，便觉舌本间强。”

64. 提婆初至，为东亭第讲《阿毗昙》。始发讲，坐裁半，僧弥便云：“都已晓。”即于坐分数四有意道人，更就余屋自讲。提婆讲竟，东亭问法冈道人曰：“弟子都未解，阿弥那得已解？所得云何？”曰：“大略全是，故当小未精核耳。”

65. 桓南郡与殷荆州共谈，每相攻难。年余后但一两番，桓自叹才思转退，殷云：“此乃是君转解。”

66. 文帝尝令东阿王七步作诗，不成者行大法。应声便为诗曰：“煮豆持作羹，漉菽以为汁。萁在釜下然，豆在釜中泣；本是同根生，相煎何太急？”帝深有惭色。

67. 魏朝封晋文王为公，备礼九锡，文王固让不受。公卿将校当诣府敦喻。司空郑冲驰遣信就阮籍求文。籍时在袁孝尼家，宿醉扶起，书札为之，无所点定，乃写付使。时人以为神笔。

68. 左太冲作《三都赋》初成，时人互有讥訾，思意不惬。后示张公，张曰：“此《二京》可三。然君文未重于世，宜以经高名之士。”思乃询求于皇甫谧，谧见之嗟叹，遂为作叙。于是先相非贰者，莫不敛衽赞述焉。

69. 刘伶著《酒德颂》，意气所寄。

70. 乐令善于清言，而不长于手笔。将让河南尹，请潘岳为表。潘云：“可作耳，要当得君意。”乐为述己所以为让，标位二百许语，潘直取错综，便成名笔。时人咸云：“若乐不假潘之文，潘不取乐之旨，则无以成斯矣。”

71. 夏侯湛作《周诗》成，示潘安仁，安仁曰：“此非徒温雅，乃别见孝悌之性。”潘因此遂作《家风诗》。

72. 孙子荆除妇服，作诗以示王武子。王曰：“未知文生于情，情生于文？览之凄然，增伉俪之重。”

73. 太叔广甚辩给，而挚仲治长于翰墨，俱为列卿。每至公坐，广谈，仲治不能对；退，着笔难广，广又不能答。

74. 江左殷太常父子，并能言理，亦有辩讷之异。扬州口谈至剧，太常辄云：“汝更思吾论。”

75. 庾子嵩作《意赋》成，从子文康见，问曰：“若有意邪，非赋之所尽；若无意邪，复何所赋？”答曰：“正在有意无意之间。”

76. 郭景纯诗云：“林无静树，川无停流。”阮孚云：“泓峥萧瑟，实不可言。每读此文，辄觉神超形越。”

77. 庾阐始作《扬都赋》，道温、庾云：“温挺义之标，庾作民之望。方响则金声，比德则玉亮。”庾公闻赋成，求看，兼赠贶之。阐更改“望”为“俊”，以“亮”为“润”云。

78. 孙兴公作《庾公诔》，袁羊曰：“见此张缓。”于时以为名赏。

79. 庾仲初作《扬都赋》成，以呈庾亮。亮以亲族之怀，大为其名价云：“可三《二京》、四《三都》。”于此人人竞写，都下纸为之贵。谢太傅云：“不得尔，此是屋下架屋耳，事事拟学，而不免俭狭。”

80. 习凿齿史才不常，宣武甚器之，未三十，便用为荆州治中。凿齿谢笺亦云：“不遇明公，荆州老从事耳！”后至都见简文，返命，宣武问：“见相王何如？”答云：“一生不曾见此人。”从此忤旨，出为衡阳郡，性理遂错。于病中犹作《汉晋春秋》，品评卓逸。

81. 孙兴公云："《三都》《二京》，五经鼓吹。"

82. 谢太傅问主簿陆退："张凭何以作母诔，而不作父诔？"退答曰："故当是丈夫之德，表于事行；妇人之美，非诔不显。"

83. 王敬仁年十三作《贤人论》，长史送示真长，真长答云："见敬仁所作论，便足参微言。"

84. 孙兴公云："潘文烂若披锦，无处不善；陆文若排沙简金，往往见宝。"

85. 简文称许掾云："玄度五言诗，可谓妙绝时人。"

86. 孙兴公作《天台赋》成，以示范荣期，云："卿试掷地，要作金石声。"范曰："恐子之金石，非宫商中声。"然每至佳句，辄云："应是我辈语。"

87. 桓公见谢安石作简文谥议，看竟，掷与坐上诸客曰："此是安石碎金。"

88. 袁虎少贫，尝为人佣载运租。谢镇西经船行，其夜清风朗月，闻江渚间估客船上有咏诗声，甚有情致；所咏五言，又其所未尝闻，叹美不能已。即遣委曲讯问，乃是袁自咏其所作《咏史》诗。因此相要，大相赏得。

89. 孙兴公云："潘文浅而净，陆文深而芜。"

90. 裴郎作《语林》，始出，大为远近所传。时流年少，无不传写，各有一通。载王东亭作《经王公酒垆下赋》，甚有才情。

91. 谢万作《八贤论》，与孙兴公往反，小有利钝。谢后出以示顾君齐，顾曰："我亦作，知卿当无所名。"

92. 桓宣武命袁彦伯作《北征赋》，既成，公与时贤共看，咸嗟叹之。时王珣在坐，云："恨少一句。得'写'字足韵，当佳。"袁即于坐揽笔益云："感不绝于余心，溯流风而独写。"公谓王曰："当今不得不以此事推袁。"

93. 孙兴公道："曹辅佐才如白地明光锦，裁为负版绔，非无文采，酷无裁制。"

94. 袁彦伯作《名士传》成，见谢公，公笑曰："我尝与诸人道江北事，特作狡狯耳，彦伯遂以著书。"

95. 王东亭到桓公吏，既伏阁下，桓令人窃取其白事，东亭即于阁下另作，无复向一字。

96. 桓宣武北征，袁虎时从，被责免官。会须露布文，唤袁倚马前令作。手不辍笔，俄得七纸，殊可观。东亭在侧，极叹其才。袁虎云："当令齿舌间得利。"

97. 袁宏始作《东征赋》，都不道陶公。胡奴诱之狭室中，临以白刃，曰：

"先公勋业如是！君作东征赋，云何相忽略？"宏窘蹙无计，便答："我大道公，何以云无？"有诵曰："精金百炼，在割能断。功则治人，职思靖乱。长沙之勋，为史所赞。"

98. 或问顾长康："君《筝赋》何如嵇康《琴赋》？"顾曰："不赏者，作后出相遗。深识者，亦以高奇见贵。"

99. 殷仲文天才宏赡，而读书不甚广博，亮叹曰："若使殷仲文读书半袁豹，才不减班固。"

100. 羊孚作《雪赞》云："资清以化，乘气以霏。遇象能鲜，即洁成辉。"桓胤遂以书扇。

101. 王孝伯在京，行散至其弟王睹户前，问："古诗中何句为最？"睹思未答。孝伯咏"'所遇无故物，焉得不速老？'此句为佳。"

102. 桓玄尝登江陵城南楼云："我今欲为王孝伯作诔。"因吟啸良久，随而下笔。一坐之间，诔以之成。

103. 桓玄初并西夏，领荆、江二州、二府、一国。于时始雪，五处俱贺，五版并入。玄在听事上，版至，即答版后，皆粲然成章，不相揉杂。

104. 桓玄下都，羊孚时为兖州别驾，从京来诣门，笺曰："自顷世故睽离，心事沦蕴。明公启晨光于积晦，澄百流以一源。"桓见笺，驰唤前，云："子道，子道，来何迟！"即用为记室参军。孟昶为刘牢之主簿，诣门谢，见云："羊侯，羊侯，百口赖卿。"

雅量第六

13. 有往来者云："庾公有东下意。"或谓王公："可潜稍严，以备不虞。"王公曰："我与元规虽俱王臣，本怀布衣之好。若其欲来，吾角巾径还乌衣，何所稍严。"

14. 王丞相主簿欲检校帐下，公语主簿："欲与主簿周旋，无为知人几案闲事。"

15. 祖士少好财，阮遥集好屐，并恒自经营。同是一累，而未判其得失。人有诣祖，见料视财物。客至，屏当未尽，余两小簏，着背后，倾身障之，意未能平。或有诣阮，见自吹火蜡屐，因叹曰："未知一生当着几量屐！"神色闲畅。

于是胜负始分。

16. 许侍中、顾司空俱作丞相从事，尔时已被遇，游宴集聚，略无不同。尝夜至丞相许戏，二人欢极，丞相便命使入己帐眠。顾至晓回转，不得快孰。许上床便咍台大鼾。丞相顾诸客曰："此中亦难得眠处。"

17. 庾太尉风仪伟长，不轻举止，时人皆以为假。亮有大儿数岁，雅重之质，便自如此，人知是天性。温太真尝隐幔怛之，此儿神色恬然，乃徐跪曰："君侯何以为此？"论者谓不减亮。苏峻时遇害。或云："见阿恭，知元规非假。"

18. 褚公于章安令迁太尉记室参军，名字已显而位微，人未多识。公东出，乘估客船，送故吏数人投钱唐亭住。尔时，吴兴沈充为县令，当送客过浙江，客出，亭吏驱公移牛屋下。潮水至，沈令起彷徨，问："牛屋下是何物？"吏云："昨有一伧父来寄亭中，有尊贵客，权移之。"令有酒色，有遥问："伧父欲食饼不？姓何等？可共语。"褚因举手答曰："河南褚季野。"远近久承公名，令于是大遽，不敢移公，便于牛屋下修刺诣公，更宰杀为馔，具于公前，鞭挞亭吏，欲以谢惭。公与之酌宴，言色无异，状如不觉。令送公至界。

19. 郗太傅在京口，遣门生与王丞相书，求女婿。丞相语郗信："君往东厢，任意选之。"门生归，白郗曰："王家诸郎亦皆可嘉，闻来觅婿，咸自矜持，唯有一郎在东床上坦腹卧，如不闻。"郗公云："正此好！"访之，乃是逸少，因嫁女与焉。

20. 过江初，拜官，舆饰供馔。羊曼拜丹阳尹，客来早者，并得佳设，日晏渐罄，不复及精，随客早晚，不问贵贱。羊固拜临海，竟日皆美供，虽晚至，亦获盛馔。时论以固之丰华，不如曼之真率。

21. 周仲智饮酒醉，嗔目还面谓伯仁曰："君才不如弟，而横得重名！"须臾，举蜡烛火掷伯仁，伯仁笑曰："阿奴火攻，固出下策耳！"

22. 顾和始为扬州从事，月旦当朝，未入，顷停车州门外。周侯诣丞相，历和车边，和觅虱，夷然不动。周既过，反还，指顾心曰："此中何所有？"顾搏虱如故，徐应曰："此中最是难测地。"周侯既入，语丞相曰："卿州吏中有一令仆才。"

23. 庾太尉与苏峻战，败，率左右十余人乘小船西奔，乱兵相剥掠，射，误中舵工，应弦而倒，举船上咸失色分散。亮不动容，徐曰："此手那可使着贼！"众乃安。

24. 庾小征西尝出未还，妇母阮是刘万安妻，与女上安陵城楼上。俄顷，翼归，策良马，盛舆卫。阮语女："闻庾郎能骑，我何由得见？"妇告翼，翼便为于道开卤簿盘马，始两转，坠马堕地，意色自若。

25. 宣武与简文、太宰共载，密令人在舆前后鸣鼓大叫。卤簿中惊扰，太宰惶怖，求下舆，顾看简文，穆然清恬。宣武语人曰："朝廷间故复有此贤。"

26. 王劭、王荟共诣宣武，正值收庾希家。荟不自安，逡巡欲去；劭坚坐不动，待收信还，得不定，乃出。论者以劭为优。

27. 桓宣武与郗超议芟夷朝臣，条牒既定，其夜同宿。明晨起，呼谢安、王坦之入，掷疏示之。郗犹在帐内。谢都无言，王直掷还，云："多！"宣武取笔欲除，郗不觉窃从帐中与宣武言。谢含笑曰："郗生可谓入幕宾也。"

28. 谢太傅盘桓东山时，与孙兴公诸人泛海戏。风起浪涌，孙、王诸人色并遽，便唱使还。太傅神情方王，吟啸不言。舟人以公貌闲意说，犹去不止。既风转急，浪猛，诸人皆喧动不坐。公徐云："如此，将无归！"众人即承响而回。于是审其量，足以镇安朝野。

29. 桓公伏甲设馔，广延朝士，因此欲诛谢安、王坦之。王甚遽，问谢曰："当作何计？"谢神意不变，谓文度曰："晋阼存亡，在此一行。"相与俱前。王之恐状，转见于色。谢之宽容愈表于貌。望阶趋席，方作洛生咏，讽"浩浩洪流。"桓惮其旷远，乃趣解兵。王、谢旧齐名，于此始判优劣。

30. 谢太傅与王文度共诣郗超，日旰未得前。王便欲去，谢曰："不能为性命忍俄顷？"

31. 支道林还东，时贤并送于征虏亭。蔡子叔前至，坐近林公；谢万石后来，坐小远。蔡暂起，谢移就其处。蔡还，见谢在焉，因合褥举谢掷地，自复坐。谢冠帻倾脱，乃徐起，振衣就席，神意甚平，不觉嗔沮。坐定，谓蔡曰："卿奇人，殆坏我面。"蔡答曰："我本不为卿面作计。"其后，二人俱不介意。

32. 郗嘉宾钦崇释道安德问，饷米千斛，修书累纸，意寄殷勤。道安答，直云："损米。"愈觉有待之为烦。

33. 谢安南免吏部尚书，还东；谢太傅赴桓公司马，出西，相遇破冈。既当远别，遂停三日共语。太傅欲慰其失官，安南辄引以它端。遂信宿中涂，竟不言及此事。太傅深恨在心未尽，谓同舟曰："谢奉故是奇士。"

34. 戴公从东出，谢太傅往看之。谢本轻戴，见，但与论琴书，戴既无吝色，而谈琴书愈妙。谢悠然知其量。

35. 谢公与人围棋，俄而谢玄淮上信至，看书竟，默然无言，徐向局。客问淮上利害，答曰："小儿辈大破贼。"意色举止，不异于常。

36. 王子猷、子敬曾俱坐一室，上忽发火，子猷遽走避，不惶取屐；子敬神色恬然，徐唤左右，扶凭而出，不异平常。世以此定二王神宇。

37. 苻坚游魂近境，谢太傅谓子敬曰："可将当轴，了其此处。"

38. 王僧弥、谢车骑共王小奴许集。僧弥举酒劝谢云："奉使君一觞。"谢曰："可尔。"僧弥勃然起，作色曰："汝故是吴兴溪中钓碣耳！何敢诪张！"谢徐抚掌而笑曰："卫军，僧弥殊不肃省，乃侵陵上国也。"

39. 王东亭为桓宣武主簿，既承藉，有美誉，公甚欲其人地为一府之望。初，见谢失仪，而神色自若。坐上宾客即相贬笑，公曰："不然。观其情貌，必自不凡，吾当试之。"后因月朝阁下伏，公于内走马直出突之，左右皆宕仆，而王不动。名价于是大重，咸云：是公辅器也。"

40. 太元末，长星见，孝武心甚恶之。夜，华林园中饮酒，举杯属星云："长星！劝尔一杯酒，自古何时有万岁天子！"

41. 殷荆州有所识，作赋，是束晳慢戏之流。殷甚以为有才，语王恭："适见新文，甚可观。"便于手巾函中出之。王读，殷笑之不自胜；王看竟，亦不言好恶，但以如意帖之而已。殷怅然自失。

42. 羊绥第二子孚，少有俊才，与谢益寿相好。尝早往谢许，未食。俄而王齐、王睹来。既先不相识，王向席有不说色，欲使羊去。羊了不眄，唯脚委几上，咏瞩自若。谢与王叙寒温数语毕，还与羊谈赏，王方悟其奇，乃合共语。须臾食下，二王都不得餐，唯属羊不暇。羊不大应对之，而盛进食，食毕便退。遂苦相留，羊义不住，直云："向者不得从命，中国尚虚。"二王是孝伯两弟。

赏誉第八

46. 王大将军与元皇表云："舒风概简正，允作雅人，自多于邃，最是臣少所知拔。中间夷甫、澄见语：'卿知处明、茂弘。茂弘已有令名，真副卿清论；处明亲疏无知之者。吾常以卿言为意，殊未有得，恐已悔之？'臣慨然曰：'君以此试。顷来始乃有称者。'展常人正自患知之使过，不知使负实。"

47. 周侯于荆州败绩，还，未得用。王丞相与人书曰："雅流宏器，何可得遗？"

48. 时人欲题目高坐而未能，桓廷尉以问周侯，周侯曰："可谓卓朗。"桓公曰："精神渊著。"

49. 王大将军称其儿云："其神候似欲可。"

50. 卞令目叔向："朗朗如百间屋。"

51. 王敦为大将军，镇豫章，卫玠避乱，从洛投敦，相见欣然，谈话弥日。于时谢鲲为长史，敦谓鲲曰："不意永嘉之中，复闻正始之音。阿平若在，当复绝倒。"

52. 王平子与人书，称其儿："风气日上，足散人怀"。

53. 胡毋彦国吐佳言如屑，后进领袖。

54. 王丞相云："刁亮之察察，戴若思之岩岩，卞望之峰距。"

55. 大将军语右军："汝是我佳子弟，当不减阮主簿。"

56. 世目周侯："嶷如断山"。

57. 王丞相召祖约夜语，至晓不眠。明旦有客，公头鬓未理，亦小倦。客曰："公昨如是，似失眠。"公曰："昨与士少语，遂使人忘疲。"

58. 王大将军与丞相书，称杨朗曰："世彦识器理政，才隐明断。既为国器，且是杨侯淮之子。位望殊为陵迟，卿亦足与之处。"

59. 何次道往丞相许，丞相以麈尾指坐，呼何共坐曰："来，来，此是君坐。"

60. 丞相治扬州廨舍，按行而言曰："我正为次道治此尔！"何少为王公所重，故屡发此叹。

61. 王丞相拜司徒而叹曰："刘王乔若过江，我不独拜公。"

62. 王蓝田为人晚成，时人乃谓之痴。王丞相以其东海子，辟为掾。常集聚，王公每发言，众人竞赞之；述于末坐曰："主非尧、舜，何得事事皆是？"丞相甚相叹赏。

63. 世目杨朗："沈审经断。"蔡司徒云："若使中朝不乱，杨氏作公方未已。"谢公云："朗是大才。"

64. 刘万安，即道真从子，庾公所谓："灼然玉举"。又云："千人亦见，百人亦见。"

65. 庾公为护军，属桓廷尉觅一佳吏，乃经年。桓后遇见徐宁而知之，遂致于庾公，曰："人所应有，其不必有；人所应无，己不必无，真海岱清士。"

66. 桓茂伦云："褚季野皮里阳秋。"谓其裁中也。

67. 何次道尝送东人，瞻望见贾宁在后轮中，曰："此人不死，终为诸侯上客。"

68. 杜弘治墓崩，哀容不称。庾公顾谓诸客曰："弘治至羸，不可以致哀。"又曰："弘治哭不可哀。"

69. 世称庾文康为丰年玉，稚恭为荒年谷。庾家论云："是文康称恭为荒年谷，庾长仁为丰年玉。"

70. 世目杜弘治标鲜，季野穆少。

71. 有人目杜弘治："标鲜清令，盛德之风，可乐咏也。"

72. 庾公云："逸少国举。"故庾倪为碑文云："拔萃国举。"

73. 庾稚恭与桓温书称："刘道生日夕在事，大小殊快。义怀通乐，既佳，且足作友，正实良器，推此与君，同济艰不者也。"

74. 王蓝田拜扬州，主簿请讳，教云："亡祖、先君，名播海内，远近所知；内讳不出于外。余无所讳。"

75. 萧中郎，孙承公妇父。刘尹在抚军坐，时拟为太常。刘尹云："萧祖周不知便可作三公不？自此以还，无所不堪。"

76. 谢太傅未冠，始出西，诣王长史，清言良久。去后，苟子问曰："向客何如尊？"长史曰："向客亹亹，为来逼人。"

77. 王右军语刘尹："故当共推安石。"刘尹曰："若安石东山志立，当与天下共推。"

78. 谢公称蓝田："掇皮皆真。"

79. 桓温行经王敦墓边过，望之云："可儿！可儿！"

80. 殷中军道王右军云："逸少清贵人，吾于之甚至，一时无所后。"

81. 王仲祖称殷渊源："非以长胜人，处长亦胜人。"

82. 王司州与殷中军语，叹云："己之府奥，早已倾泻而见；殷陈势浩汗，众源未可得测。"

83. 王长史谓林公："真长可谓金玉满堂。"林公曰："金玉满堂，复何为简选？"王曰："非为简选，直致言处自寡耳。"

84. 王长史道江道群："人可应有，乃不必有；人可应无，己必无。"

85. 会稽孔沈、魏觊、虞球、虞存、谢奉并是四族之俊，于时之杰。孙兴公目之曰："沈为孔家金，觊为魏家玉，虞为长、琳宗，谢为弘道伏。"

86. 王仲祖、刘真长造殷中军谈，谈竟，俱载去。刘谓王曰："渊源真可。"王曰："卿故堕其云雾中。"

87. 刘尹每称王长史云："性至通而自然有节。"

88. 王右军道谢万石："在风林中，为自遒上"，叹林公："器朗神俊"，道祖士少："风领毛骨，恐没世不复见如此人"，道刘真长："标云柯而不扶疏"。

89. 简文目庾赤玉："省率治除"，谢仁祖云："庾赤玉胸中无宿物。"

90. 庾中军道韩太常曰："康伯少自标置，居然是出群器；及其发言遣辞，往往有情致。"

91. 简文道王怀祖："才既不长，于荣利又不淡；直以真率少许，便足对人多多许。"

92. 林公谓王右军云："长史作数百语，无非德音，如恨不苦。"王曰："长史自不欲苦物。"

93. 殷中军与人书，道谢万："文理转遒，成殊不易。"

94. 王长史云："江思悛思怀所通，不翅儒域。"

95. 许玄度送母，始出都，人问刘尹："玄度定称所闻不？"刘曰："才情过于所闻。"

96. 阮光禄云："王家有三年少：右军、安期、长豫。"

97. 谢公道豫章："若遇七贤，必自把臂入林。"

98. 王长史叹林公："寻微之功，不减辅嗣。"

99. 殷渊源在墓所几十年。于时朝野以拟管、葛，起不起，以卜江左兴亡。

100. 殷中军道右军："清鉴贵要"。

101. 谢太傅为桓公司马。桓诣谢，值谢梳头，遽取衣帻。桓公云："何烦此。"因下共语至暝。既去，谓左右曰："颇曾见如此人不？"

102. 谢公作宣武司马，属门生数十人于田曹中郎赵悦子。悦子以告宣武，宣武云："且为用半。"赵俄而悉用之，曰："昔安石在东山，缙绅敦逼，恐不豫人事。况今自乡选，反违之邪？"

103. 桓宣武表云："谢尚神怀挺率，少致民誉。"

104. 世目谢尚为"令达"。阮遥集云："清畅似达。"或云："尚自然令上。"

105. 桓大司马病。谢公往省病，从东门入。桓公遥望，叹曰：“吾门中久不见如此人！”

106. 简文目敬豫为：“朗豫”。

107. 孙兴公为庾公参军，共游白石山，卫君长在坐。孙曰：“此子神情都不关山水，而能作文。”庾公曰：“卫风韵虽不及卿诸人，倾倒处亦不近。”孙遂沐浴此言。

108. 王右军目陈玄伯：“垒块有正骨”。

109. 王长史云：“刘尹知我，胜我自知。”

110. 王、刘听林公讲，王语刘曰：“向高坐者，故是凶物。”复更听，王又曰”“自是钵釪后王、何人也。”

111. 许玄度言：“琴赋所谓‘非至精者，不能与之析理’，刘尹其人；‘非渊静者，不能与之闲止’，简文其人。”

112. 魏隐兄弟少有学义，总角诣谢奉。奉与语，大说之，曰：“大宗虽衰，魏氏已复有人。”

113. 简文云：“渊源语不超诣简至，然经纶思寻处，故有局陈。”

114. 初，法汰北来，未知名，王领军供养之。每与周旋，行来往名胜许，辄与俱。不得汰，便停车不行。因此名遂重。

115. 王长史与大司马书，道渊源：“识致安处，足副时谈。”

116. 谢公云：“刘尹语审细。”

117. 桓公语嘉宾：“阿源有德有言，向使作令仆，足以仪行百揆。朝廷用违其才耳。”

118. 简文语嘉宾：“刘尹语末后亦小异，回复其言，亦乃无过。”

119. 孙兴公、许玄度共在白楼亭，共商略先往名达。林公既非所关，听讫，云：“二贤故自有才情。”

120. 王右军道东阳：“我家阿林，章清太出。”

121. 王长史与刘尹书，道渊源：“触事长易。”

122. 谢中郎云：“王修载乐托之性，出自门风。”

123. 林公云：“王敬仁是超悟人。”

124. 刘尹先推谢镇西，谢后雅重刘，曰：“昔尝北面。”

125. 谢太傅称王修龄曰：“司州可与林泽游。”

126. 谚曰："扬州独步王文度，后来出人郗嘉宾。"

127. 人问王长史江虨兄弟群从。王答曰："诸江皆复足自生活。"

128. 谢太傅道安北："见之乃不使人厌，然出户去，不复使人思。"

129. 谢公云："司州造胜遍决。"

130. 刘尹云："见何次道饮酒，使人欲倾家酿。"

131. 谢太傅语真长："阿龄于此事故欲太厉。"刘曰："亦名士之高操者。"

132. 王子猷说："世目士少为朗，我家亦以为彻朗。"

133. 谢公云："长史语甚不多，可谓有令音。"

134. 谢镇西道敬仁："文学镞镞，无能不新。"

135. 刘尹道江道群："不能言而能不言"。

136. 林公云："见司州警悟交至，使人不得住，亦终日忘疲。"

137. 世称："苟子秀出，阿兴清和。"

138. 简文云："刘尹茗柯有实理。"

139. 谢胡儿作著作郎，尝作王堪传，不谙堪是何似人，咨谢公。谢公答曰："世胄亦被遇。堪，烈之子。阮千里姨兄弟，潘安仁中外。安仁诗所谓'子亲伊姑，我父唯舅'。是许允婿。"

140. 谢太傅重邓仆射，常言："天道无知，使伯道无儿。"

141. 谢公与王右军书曰："敬和栖托好佳。"

142. 吴四姓旧目云："张文，朱武，陆忠，顾厚。"

143. 谢公语王孝伯："君家蓝田，举体无常人事。"

144. 许掾尝诣简文，尔时风恬月朗，乃共作曲室中语。襟情之咏，偏是许之所长。辞寄清婉，有逾平日。简文虽契素，此遇尤相咨嗟，不觉造膝，共叉手语，达于将旦。既而曰："玄度才情，故未易多有许。"

145. 殷允出西，郗超与袁虎书云："子思求良朋，托好足下，勿以开美求之。"世目袁为："开美"，故子敬诗曰："袁生开美度。"

146. 谢车骑问谢公："真长至峭，何足乃重？"答曰："是不见耳！阿见子敬，尚使人不能已。"

147. 谢公领中书监，王东亭有事应同上省。王后至，坐促，王、谢虽不通，太傅犹敛膝容之。王神意闲畅，谢公倾目。还谓刘夫人曰："向见阿瓜，故自未易有。虽不相关，正是使人不能已已。"

148. 王子敬语谢公："公故萧洒。"谢曰："身不萧洒，君道身最得，身正自调畅。"

149. 谢车骑初见王文度，曰："见文度，虽萧洒相遇，其复愔愔竟夕。"

150. 范豫章谓王荆州："卿风流俊望，真后来之秀。"王曰："不有此舅，焉有此甥？"

151. 子敬与子猷书，道："兄伯萧索寡会，遇酒则酣畅忘反，乃自可矜。"

152. 张天锡世雄凉州，以力弱诣京师，虽远方殊类，亦边人之桀也。闻皇京多才，钦羡弥至。犹在渚住，司马著作往诣之。言容鄙陋，无可观听。天锡心甚悔来，以遐外可以自固。王弥有俊才美誉，当时闻而造焉。既至，天锡见其风神清令，言话如流，陈说古今，无不贯悉。又谙人物氏族，中来皆有证据。天锡讶服。

153. 王恭始与王建武甚有情，后遇袁悦之间，遂至疑隙。然每至兴会，故有相思。时恭尝行散至京口射堂，于时清露晨流，新桐初引，恭目之曰："王大故自濯濯。"

154. 司马太傅为二王目曰："孝伯亭亭直上，阿大罗罗清疏。"

155. 王恭有清辞简旨，能叙说而读书少，颇有重出。有人道孝伯常有新意，不觉为烦。

156. 殷仲堪丧后，桓玄问仲文："卿家仲堪，定是何似人？"仲文曰："虽不能休明一世，足以映彻九泉。"

品藻第九

12. 王大将军在西朝时，见周侯，辄扇障面不得住。后度江左，不能复尔，王叹曰："不知我进，伯仁退？"

13. 会稽虞𬴂，元皇时与桓宣武同侠，其人有才理胜望。王丞相尝谓𬴂曰："孔愉有公才而无公望，丁潭有公望而无公才，兼之者其在卿乎？"𬴂未达而丧。

14. 明帝问周伯仁："卿自谓何如郗鉴？"周曰："鉴方臣，如有功夫。"复问郗，郗曰："周顗比臣，有国士门风。"

15. 王大将军下，庾公问："闻卿有四友，何者是？"答曰："君家中郎、我家太尉、阿平、胡毋彦国。阿平故当最劣。"庾曰："似未肯劣。"庾又问："何者居其右？”王曰：“自有人。”又问：“何者是？”王曰：“噫！其自有公论。”左右蹑公，公乃止。

16. 人问王丞相：“周侯何如和峤？”答曰：“长舆嵯峨。”

17. 明帝问谢鲲：“君自谓何如庾亮？”答曰：“端委庙堂，使百僚准则，臣不如亮；一丘一壑，自谓过之。”

18. 王丞相二弟不过江，曰颖、曰敞。时论以颖比邓伯道，敞比温忠武，议郎、祭酒者也。

19. 明帝问周侯：“论者以卿比郗鉴，云何？”周曰：“陛下不须牵觊比。”

20. 王丞相云：“顷下论以我比安期、千里。亦推此二人；唯共推太尉，此君特秀。”

21. 宋祎曾为王大将军妾，后属谢镇西。镇西问祎：“我何如王？”答曰：“王比使君，田舍、贵人耳。”镇西妖冶故也。

22. 明帝问周伯仁：“卿自谓何如庾元规？”对曰：“萧条方外，亮不如臣；从容廊庙，臣不如亮。”

23. 王丞相辟王蓝田为掾，庾公问丞相：“蓝田何似？”王曰：“真独简贵，不减父祖，然旷澹处，故当不如尔。”

24. 卞望之云：“郗公体中有三反，方于事上，好下佞己，一反；治身清贞，大修计校，二反；自好读书，憎人学问，三反。”

25. 世论温太真是过江第二流之高者。时名辈共说人物，第一将尽之间，温常失色。

26. 王丞相云：“见谢仁祖，恒令人得上。”与何次道语，唯举手指地曰：“正自尔馨。”

27. 何次道为宰相，人有讥其信任不得其人。阮思旷慨然曰：“次道自不至此。但布衣超居宰相之位，可恨！唯此一条而已。”

28. 王右军少时，丞相云：“逸少何缘复减万安邪？”

29. 郗司空家有伧奴，知及文章，事事有意。王右军向刘尹称之。刘问：“何如方回？”问曰：“此正小人有意向耳，何得便比方回？”刘曰：“若不如方回，故是常奴耳。”

30. 时人道阮思旷：“骨气不及右军，简秀不如真长，韶润不如仲祖，思致不如渊源，而兼有诸人之美。”

31. 简文云："何平叔巧累于理，嵇叔夜俊伤其道。"

32. 时人共论晋武帝出齐王之与立惠帝，其失孰多？多谓立惠帝为重。桓温曰："不然，使子继父业，弟承家祀，有何不可？"

33. 人问殷渊源："当世王公以卿比裴叔道，云何？"殷曰："故当以识通暗处。"

34. 抚军问殷浩："卿定何如裴逸民？"良久答曰："故当胜耳。"

35. 桓公少于殷侯齐名，常有竞心。桓问殷："卿何如我？"殷云："我与我周旋久，宁作我。"

36. 抚军问孙兴公："刘真长何如？"曰："清蔚简令。""王仲祖何如？"曰："温润恬和。""桓温何如？"曰："高爽迈出。""谢仁祖何如？"曰："清易令达。""阮思旷何如？"曰："弘润通长。""袁羊何如？"曰："洮洮清便。""殷洪远何如？"曰："远有致思。""卿自谓何如？"曰："下官才能所经，悉不如诸贤；至于斟酌时宜，笼罩当世，亦多所不及。然以不才，时复托怀玄胜，远咏老、庄，萧条高寄，不与时务经怀，自谓此心无所与让也。"

37. 桓大司马下都，问真长曰："闻会稽王语奇进，尔邪？"刘曰："极进，然故是第二流中人耳。"桓曰："第一流复是谁？"刘曰："正是我辈耳！"

38. 殷侯既废，桓公语诸人曰："少时与渊源共骑竹马，我弃去，己辄取之，故当出我下。"

39. 人问抚军："殷浩谈竟何如？"答曰："不能胜人，差可献酬群心。"

40. 简文云："谢安南清令不如其弟，学义不及孔岩，居然自胜。"

41. 未废海西时，王元琳问桓元子："箕子、比干迹异心同，不审明公孰是孰非？"曰："仁称不异，宁为管仲。"

42. 刘丹阳、王长史在瓦官寺集，桓护军亦在坐，共商略西朝及江左人物。或问："杜弘治何如卫虎？"桓答曰："弘治肤清，卫虎奕奕神令。"王、刘善其言。

43. 刘尹抚王长史背曰："阿奴比丞相，但有都长。"

44. 刘尹、王长史同坐，长史酒酣起舞。刘尹曰："阿奴今日不复减向子期。"

45. 桓公问孔西阳："安石何如仲文？"孔思未对，反问公曰："何如？"答曰："安石居然不可陵践其处，故乃胜也。"

46. 谢公与时贤共赏说，遏、胡儿并在坐，公问李弘度曰："卿家平阳何如乐令？”于是李潸然流涕曰：“赵王篡逆，乐令亲授玺绶。亡伯雅正，耻处乱朝，遂至仰药，恐难以相比！此自显于事实，非私亲之言。”谢公语胡儿曰：“有识者果不异人意。”

47. 王修龄问王长史：“我家临川，何如卿家宛陵？”长史未答，修龄曰：“临川誉贵。”长史曰：“宛陵未为不贵。”

48. 刘尹至王长史许清言，时苟子年十三，倚床边听。既去，问父曰：“刘尹语何如尊？”长史曰：“韶音令辞，不如我，往辄破的，胜我。”

49. 谢万寿春败后，简文问郗超：“万自可败，那得乃尔失士卒情？”超曰：“伊以率任之性，欲区别智勇。”

50. 刘尹谓谢仁祖曰：“自吾有四友，门人加亲。”谓许玄度曰：“自吾有由，恶言不及于耳。”二人皆受而不恨。

51. 世目殷中军：“思纬淹通，比羊叔子。”

52. 有人问谢安石、王坦之优劣于桓公。桓公停欲言，中悔，曰：“卿喜传人语，不能复语卿。”

53. 王中郎尝问刘长沙曰：“我何如苟子？”刘答曰：“卿才乃当不胜苟子，然会名处多。”王笑曰：“痴！”

54. 支道林问孙兴公：“君何如许掾？”孙曰：“高情远致，弟子早已服膺；一吟一咏，许将北面。”

55. 王右军问许玄度：“卿自言何如安石？”许未答，王因曰：“安石故相为雄，阿万当裂眼争邪？”

56. 刘尹云：“人言江虨田舍，江乃自田宅屯。”

57. 谢公云：“金谷中苏绍最胜。”绍是石崇姊夫，苏则孙，愉子也。

58. 刘尹目庾中郎：“虽言不愔愔似道，突兀差可以拟道。”

59. 孙承公云：“谢公清于无奕，润于林道。”

60. 或问林公：“司州何如二谢？”林公曰：“故当攀安提万。”

61. 孙兴公、许玄度皆一时名流。或重许高情，则鄙孙秽行，或爱孙才藻，而无取于许。

62. 郗嘉宾道谢公：“造膝虽不深彻，而缠绵纶至。”又曰：“右军诣嘉宾。”嘉宾闻之曰：“不得称诣，政得谓之朋耳。”谢公以嘉宾言为得。

63. 庾道季云：“思理伦和，吾愧康伯；志力强正，吾愧文度。自此已还，吾皆百之。”

64. 王僧恩轻林公，蓝田曰：“勿学汝兄，汝兄自不如伊。”

65. 简文问孙兴公：“袁羊何似？”答曰：“不知者不负其才，知之者无取其体。”

66. 蔡叔子云：“韩康伯虽无骨干，然亦肤立。”

67. 郗嘉宾问谢太傅曰：“林公谈何如嵇公？”谢云：“嵇公勤著脚，裁可得去耳。”又问：“殷何如支？”谢曰：“正尔有超拔，支乃过殷；然亹亹论辩，恐殷欲制支。”

68. 庾道季云：“廉颇、蔺相如虽千载上死人，懔懔恒如有生气；曹蜍、李志虽见在，厌厌如九泉下人。人皆如此，便可结绳而治，但恐狐狸猯貉啖尽。”

69. 卫君长是萧祖周妇兄，谢公问孙僧奴：“君家道卫君长云何？”孙曰：“云是世业人。”谢哀叹：“殊不尔，卫自是理义人。”于时以比殷洪远。

70. 王子敬问谢公：“林公何如庾公？”谢殊不受，答曰：“先辈初无论，庾公自足没林公。”

71. 谢遏诸人共道：“竹林”优劣，谢公曰：“先辈初不臧贬‘七贤’。”

72. 有人以王中郎比车骑，车骑闻之曰：“伊窟窟成就。”

73. 谢太傅谓王孝伯：“刘尹亦奇自知，然不言胜长史。”

74. 王黄门兄弟三人俱诣谢公，子猷、子重多说俗事，子敬寒温而已。既出，坐客问谢公：“向三贤孰愈？”谢公曰：“小者最胜。”客曰：“何以知之？”谢公曰：“吉人之辞寡，躁人之辞多。推此知之。”

75. 谢公问子敬：“君书何如君家尊？”答曰：“固当不同。”公曰：“外人论殊不尔。”王曰：“外人那得知。”

76. 王孝伯问谢太傅：“林公何如长史？”太傅曰：“长史韶兴。”问：“何如刘尹？”谢曰：“噫！刘尹秀。”王曰：“若如公言，并不如此二人邪？”谢云：“身意正尔也。”

77. 人有问太傅：“子敬可是先辈谁比？”谢曰：“阿敬近撮王、刘之标。”

78. 谢公语孝伯：“君祖比刘尹，故为得逮。”孝伯云：“刘尹非不能逮，直不逮。”

79. 袁彦伯为吏部郎，子敬与郗嘉宾书曰：“彦伯已入，殊足顿兴往之气。故知捶挞自难为人，冀小却，当复差耳。”

80. 王子猷、子敬兄弟共赏高士传人及赞，子敬赏井丹高洁。子猷云："未若长卿慢世。"

81. 有人问袁侍中曰："殷中堪何如韩康伯？"答曰："理义所得，优劣乃复未辨；然门庭萧寂，居然有名士风流，殷不及韩。"故殷作诔云："荆门昼掩，闲庭晏然。"

82. 王子敬问谢公："嘉宾何如道季？"答曰："道季诚复钞撮清悟，嘉宾故自上。"

83. 王珣疾，临困，问王武冈曰："世论以我家领军比谁？"武冈曰："世以比王北中郎。"东亭转卧向壁，叹曰："人固不可以无年！"

84. 王孝伯道谢公浓至。又曰："长史虚，刘尹秀，谢公融。"

85. 王孝伯问谢公："林公何如右军？"谢曰："右军胜林公，林公在司州前亦贵彻。"

86. 桓玄为太傅，大会，朝臣毕集，坐裁竟，问王桢之曰："我何如卿第七叔？"于时宾客为之咽气。王徐徐答曰："亡叔是一时之标，公是千载之英。"一坐欢然。

87. 桓玄问刘太常曰："我何如谢太傅？"刘答曰："公高，太傅深。"又曰："何如贤舅子敬？"答曰："楂、梨、橘、柚，各有其美。"

88. 旧以桓谦比殷仲文。桓玄时，仲文入，桓于庭中望见之，谓同坐曰："我家中军那得及此也！"

容止第十四

19. 卫玠从豫章至下都，人闻其名，观者如堵墙。玠先有羸疾，体不堪劳，遂成病而死，时人谓看杀卫玠。

20. 周伯仁道桓茂伦："嵚崎历落，可笑人。"或云谢幼舆言。

21. 周侯说王长史父："形貌既伟，雅怀有概，保而用之，可作诸许物也。"

22. 祖士少见卫君长云："此人有旄杖下形。"

23. 石头事故，朝廷倾覆，温忠武与庾文康投陶公求救。陶公云："肃祖顾命不见及。且苏峻作乱，衅由诸庾，诛其兄弟，不足以谢天下。"于时庾在温船后，闻之，忧怖无计。别日，温劝庾见陶，庾犹豫未能往。温曰："溪狗我所悉，卿但见之，必无忧也。”庾风姿神貌，陶一见便改观，谈宴竟日，爱重顿至。

24. 庾太尉在武昌，秋夜气佳景清，使吏殷浩、王胡之之徒登南楼理咏，音调始遒，闻函道中有屐声甚厉，定是庾公。俄而率左右十许人步来，诸贤欲起避之，公许云：“诸君少住，老子于此处兴复不浅。”因便据胡床，与诸人咏谑，竟坐甚得任乐。后王逸少下，与丞相言及此事，丞相曰：“元规尔时风范，不得不小颓。”右军答曰：“唯丘壑独存。”

25. 王敬豫有美形，问讯王公。王公抚其肩曰：“阿奴恨才不称！”又云：“敬豫事事似王公。”

26. 王右军见杜弘治，叹曰：“面如凝脂，眼如点漆，此神仙中人。”时人有称王长史形者，蔡公曰：“恨诸人不见杜弘治耳！”

27. 刘尹道桓公：鬓如反猬皮，眉如紫石棱，自是孙仲谋、司马宣王一流人。

28. 王敬伦风姿似父。作侍中，加授桓公，公服从大门入。桓公望之曰：“大奴固自有凤毛。”

29. 林公道王长史：“敛衿作一来，何其轩轩韶举！”

30. 时人目王右军：“飘如游云，矫如惊龙。”

31. 王长史尝病，亲疏不通。林公来，守门人遽启之曰：“一异人在门，不敢不启。”王笑曰：“此必林公。”

32. 或以方谢仁祖不乃重者，桓大司马曰：“诸君莫轻道，仁祖企脚北窗下弹琵琶，故自有天际真人想。”

33. 王长史为中书郎，往敬和许。尔时积雪，长史从门外下车，步入尚书，着公服，敬和遥望，叹曰：“此不复似世中人！”

34. 简文作相王时，与谢公共诣桓宣武。王珣先在内，桓语王:“卿尝欲见相王，可住帐里。”二客既去。桓谓王曰：“定如何？”王曰：“相王作辅自然湛若神君。公亦万夫之望，不然，仆射何得自没？”

35. 海西时，诸公每朝，朝堂犹暗；唯会稽王来，轩轩如朝霞举。

36. 谢车骑道谢公：“游肆复无乃高唱，但恭坐捻鼻顾睐，便自有寝处山泽间仪。”

37. 谢公云：“见林公双眼黯黯明黑。”孙舆公见林公：“棱棱露其爽。”

38. 庾长人与诸弟入吴，欲住亭中宿。诸弟先上，见群小满屋，都无相避意。长仁曰：“我试观之。”乃策杖将一小儿，始入门，诸客望其神姿，一时退匿。

39. 有人叹王恭形茂者，云："濯濯如春月柳。"

伤逝第十七

8. 庾亮儿遭苏峻难遇害。诸葛道明女为庾儿妇，既寡，将改适，与亮书及之。亮答曰："贤女尚少，故其宜也。感念亡儿，若在初没。"

9. 庾文康亡，何扬州临葬，云："埋玉树着土中，使人情何能已已！"

10. 王长史病笃，寝卧灯下，转麈尾视之，叹曰："如此人，曾不得四十！"及亡，刘尹临殡，以犀柄麈尾着柩中，因恸绝。

11. 支道林丧法虔之后，精神賈丧，风味转坠。常谓人曰："昔匠石废斤于郢人，牙生辍弦于钟子，推己外求，良不虚也。冥契既逝，发言莫赏，中心蕴结，余其亡矣！"却后一年，支遂殒。

12. 郗嘉宾丧，左右白郗公："郎丧。"既闻不悲，因语左右："殡时可道。"公往临殡，一恸几绝。

13. 戴公见林法师墓，曰："德音未远，而拱木已积。冀神理绵绵，不与气运俱尽耳！"

14. 王子敬与羊绥善。绥清淳简贵，为中书郎，少亡。王深相痛悼，语东亭云："是国家可惜人。"

15. 王东亭与谢公交恶。王在东闻谢丧，便出都诣子敬道："欲哭谢公。"子敬始卧，闻其言，便惊起曰："所望于法护。"王于是往哭。督帅刁约不听前，曰："官平生在时，不见此客。"王亦不与语，直前哭，甚恸，不执末婢手而退。

16. 王子猷、子敬俱病笃，而子敬先亡。子猷问左右："何以都不闻消息？此已丧矣！"语时了不悲。便索舆奔丧，都不哭。子敬素好琴，便径入坐灵床上，取子敬琴弹，弦既不调，掷地云："子敬！子敬！人琴俱亡。"因恸绝良久。月余亦卒。

17. 孝武山陵夕，王孝伯入临，告其诸弟曰："虽榱桷惟新，便自有黍离之哀！"

18. 羊孚年三十一卒，桓玄与羊欣书曰："贤从情所信寄，暴疾而殒，祝予之叹，如何可言！"

19. 桓玄当篡位，语卞鞠云："昔羊子道恒禁吾此意。今腹心丧羊孚，爪牙失索元，而匆匆作此诋突，讵允天心？”

栖逸第十八

5. 何骠骑弟以高情避世，而骠骑劝之令仕，答曰：“予第五之名，何必减骠骑？”

6. 阮光禄在东山，萧然无事，常内足于怀。有人以问王右军，右军曰：“此君近不惊宠辱，遂古之沈冥，何以过此？”

7. 孔车骑少有嘉遁意，年四十余，始应安东命。未仕宦时，常独寝，歌吹自箴诲。自称孔郎，游散名山。百姓谓有道术，为生立庙，今犹有孔郎庙。

8. 南阳刘驎之，高率善史传，隐于阳岐。于时苻坚临江，荆州刺史桓冲将尽讠于谟之益，征为长史，遣人船往迎，赠贶甚厚。驎之闻命，便升舟，悉不受所饷，缘道以乞穷乏，比至上明亦尽。一见冲，因陈无用，翛然而退。居阳岐积年，衣食有无常与村人共，值已匮乏，村人亦如之。甚厚为乡闾所安。

9. 南阳翟道渊与汝南周子南少相友，共隐于寻阳。庾太尉说周以当世之务，周遂仕。翟秉志弥固。其后周诣翟，翟不与语。

10. 孟万年及弟少孤，居武昌阳新县。万年游宦，有盛名当世。少孤未尝出，京邑人士思欲见之，乃遣信报少孤，云：“兄病笃”。狼狈至都，时贤见之者，莫不嗟重。因相谓曰：“少孤如此，万年可死。”

11. 康僧渊在豫章，去郭数十里立精舍，旁连岭，带长川，芳林列于轩亭，清流激于堂宇。乃闲居研讲，希心理味。庾公诸人多往看之。观其运用吐纳，风流转佳，加已处之怡然，亦有以自得，声名乃兴。后不堪，遂出。

12. 戴安道既厉操东山，而其兄欲建式遏之功。谢太傅曰：“卿兄弟志业，何其太殊？”戴曰：“下官不堪其忧，家弟不改其乐。”

13. 许玄度隐在永兴南幽穴中，每致四方诸侯之遗。或谓许曰：“尝闻箕山人似不尔耳。”许曰：“筐篚苞苴，故当轻于天下之宝耳！”

14. 范宣未尝入公门。韩康伯与同载，遂诱俱入郡，范便于车后趋下。

15. 郗超每闻欲高尚隐退者，辄为办百万资，并为造立居宇。在剡，为戴公起宅，甚精整。戴始往旧居，与所亲书曰：“近至剡，如官舍。”郗为傅约亦办百万资，傅隐事差互，故不果遗。

16. 许掾好游山水，而体便登陟。时人云："许非徒有胜情，实有济胜之具。"

17. 郗尚书与谢居士善，常称："谢庆绪识见虽不绝人，可以累心处都尽。"

任诞第二十三

27. 温公喜慢语，卞令礼法自居。至庾公许，大相剖击，温发口鄙秽，庾公徐曰："太真终日无鄙言。"

28. 周伯仁风德雅重，深达危乱。过江积年，恒大饮酒，尝经三日不醒。时人谓之："三日仆射。"

29. 卫君长为温公长史，温公甚善之。每率尔提酒脯就卫，箕踞相对弥日；卫往温许亦尔。

30. 苏峻乱，诸庾逃散。庾冰时为吴郡，单身奔亡。民吏皆去，唯郡卒独以小船载冰出钱塘口，籧篨覆之。时峻赏募觅冰，属所在搜检甚急。卒舍船市渚，因饮酒醉还，舞棹向船曰："何处觅庾吴郡，此中便是！"冰大惶怖，然不敢动。监司见船小装狭，谓卒狂醉，都不复疑。自送过浙江，寄山阴魏家，得免。后事平，冰欲报卒，适其所愿。卒曰："出自厮下，不愿名器。少苦执鞭，恒患不得快饮酒；使其酒足余年毕矣。无所复须。"冰为起大舍，市奴婢，使门内有百斛酒，终其身。时谓此卒非唯有智，且亦达生。

31. 殷洪乔作豫章郡，临去，都下人因附百许函书。既至石头，悉掷水中，因祝曰："沉者自沉，浮者自浮，殷洪乔不能作致书邮。"

32. 王长史、谢仁祖同为王公掾，长史云："谢掾能作异舞。"谢便起舞，神意甚暇。王公熟视，谓客曰："使人思安丰。"

33. 王、刘共在杭南，酣宴于桓子野家。谢镇西往尚书墓还，葬后三日反哭。诸人欲要之，初遣一信，犹未许，然已停车；重要，便回驾。诸人门外迎之，把臂便下。裁得脱帻着帽。酣宴半坐，乃觉未脱衰。

34. 桓宣武少家贫，戏大轮，债主敦求甚切，思自振之方，莫知所出。陈郡袁耽俊迈多能。宣武欲求救于耽。耽时居艰，恐致疑，试以告焉，应声便许，略无嫌吝。遂变服怀布帽随温去，与债主戏。耽素有艺名，债主就局，曰："汝故当不办作袁彦道邪？"遂共戏。十万一掷，直上百万数，投马绝叫，傍若无人，探布帽掷对人曰："汝竟识袁彦道不？"

35. 王光禄云："酒，正使人人自远。"

36. 刘尹云："孙承公狂士，每至一处，赏玩累日，或回至半路却返。"

37. 袁彦道有二妹：一适殷渊源，一适谢仁祖。语桓宣武云："恨不更有一人配卿！"

38. 桓车骑在荆州，张玄为侍中，使至江陵，路经阳岐村。俄见一人持半小笼生鱼，径来造船，云："有鱼，欲寄作脍。"张云乃维舟而纳之，问其姓字，称是刘遗民。张素闻其名，大相忻待。刘既知张衔命，问："谢安、王文度并佳不？"张甚欲话言，刘了无停意。既进脍，便去，云："向得此鱼，观君船上当有脍具，是故来耳。"于是便去，张乃追至刘家，为设酒，殊不清旨。张高其人，不得已而饮之。方共对饮，刘便先起，云："今正伐荻，不宜久废。"张亦无以留之。

39. 王子猷诣郗雍州，雍州在内，见有氍毹，云："阿乞那得有此物！"令左右送还家。郗出觅之，王曰："向有大力者负之而趋。"郗无忤色。

40. 谢安始出西戏，失车牛，便杖策步归。道逢刘尹，语曰："安石将无伤？"谢乃同载而归。

41. 襄阳罗友有大韵，少时多谓之痴。尝伺人祠，欲乞食，往太早，门未开。主人迎神出见，问以非时，何得在此？答曰："闻卿祠，欲乞一顿食耳。"遂隐门侧，至晓，得食便退，了无怍容。为人有记功，从桓宣武平蜀，按行蜀城阙观宇，内外道陌广狭，植种果竹多少，皆默记之。后宣武漂洲与简文集，友亦预焉。共道蜀中事，亦有遗忘，友皆名列，曾无错漏。宣武验以蜀城阙簿，皆如其言。坐者叹服。谢公云："罗友讵减魏阳元。"后为广州刺史，当之镇，刺史桓豁语令莫来宿，答曰："民已有前期，主人贫，或有酒馔之费，见与甚有旧。请别日奉命。"征西密遣人察之，至日，乃往荆州门下书佐家，处之怡然，不异胜达。在益州语儿云："我有五百人食器。"家中大惊，其由来清，而忽有此物，定是二百五十沓乌樏。

42. 桓子野每闻清歌，辄唤："奈何！"谢公闻之，曰："子野可谓一往有深情。"

43. 张湛好于斋前种松柏。时袁山松出游，每好令左右作挽歌。时人谓："张屋下陈尸，袁道上行殡。"

44. 罗友作荆州从事，桓宣武为王车骑集别，友进，坐良久，辞出，宣武曰：卿向欲咨事，何以便去，答曰："友闻白羊肉美，一生未曾得吃，故冒求前耳，无事可咨。今已饱，不复须驻。”了无惭色。

45. 张驎酒后，挽歌甚凄苦。桓车骑曰：“卿非田横门人，何乃顿尔至致？”

46. 王子猷尝暂寄人空宅住，便令种竹。或问：“暂住何烦尔？”王啸咏良久，直指竹曰：“何可一日无此君？”

47. 王子猷居山阴，夜大雪，眠觉，开室命酌酒，四望皎然。因起彷徨，咏左思《招隐诗》。忽忆戴安道。时戴在剡，即便夜乘小舟就之。经宿方至，造门不前而返。人问其故，王曰：“吾本乘兴而行，兴尽而返，何必见戴？”

48. 王卫军云：“酒正引人着胜地。”

49. 王子猷出都，尚在渚下。旧闻桓子野善吹笛，而不相识。遇桓于岸上过，王在船中，客有识之者云：“是桓子野。”王便令人与相闻，云：“闻君善吹笛，试为我一奏。”桓时已贵显，素闻王名，即便回下车，踞胡床，为作三调。弄毕，便上车去。客主不交一言。

50. 桓南郡被召作太子洗马，船泊荻渚，王大服散后已小醉，往看桓。桓为设酒，不能冷饮，频语左右：“令温酒来！”桓乃流涕呜咽，王便欲去。桓以手巾掩泪，因谓王曰：“犯我家讳，何预卿事！”王叹曰：“灵宝故自达。”

51. 王孝伯问王大：“阮籍何如司马相如？”王大曰：“阮籍胸中垒块，故须酒浇之。”

52. 王佛大叹言：“三日不饮酒，觉形神不复相亲。”

53. 王孝伯言：“名士不必须奇才，但使常得无事，痛饮酒，熟读离骚，便可称名士。”

54. 王长史登茅山，大恸哭曰：“郎邪王伯兴，终当为情死！”

简傲第二十四

7. 高坐道人于丞相坐，恒偃卧其侧。见卞令，肃然改容云：“彼是礼法人。”

8. 桓宣武作徐州，时谢奕为晋陵，先粗经虚怀，而乃无异常。及桓还荆州，将西之间，意气甚笃，奕弗之疑。唯谢虎子妇王悟其旨，每曰：“桓荆州有意殊异，必与晋陵俱西矣。”俄而引奕为司马。奕既上，犹推布衣交。在温坐，岸帻啸咏，无异常日。宣武每曰：“我方外司马。”遂因酒，转无朝夕礼。桓舍入内，奕辄复随去。后至奕醉，温往主许避之。主曰：“君无狂司马，我何由得相见？”

9. 谢万在兄前，欲起索便器。于时阮思旷在坐，曰："新出门户，笃而无礼。"

10. 谢中郎是王蓝田女婿。尝着白纶巾，肩舆径至扬州听事见王，直言曰："人言君侯痴，君侯信自痴。"蓝田曰："非无此论，但晚令耳。"

11. 王子猷作桓车骑骑兵参军。桓问曰："卿何署？"答曰："不知何署，时见牵马来，似是马曹。"桓又问："官有几马？"答曰："'不问马'，何由知其数？"又问："马比死多少？"答曰："'未知生，焉知死。'"

12. 谢公与谢万共出西，过吴郡，阿万欲相与共萃王恬许，太傅云："恐伊不必酬汝，意不足尔。"万犹苦要，太傅坚不回，万乃独往。坐少时，王便入门内，谢殊有欣色，以为厚待己。良久，乃沐头散发而出，亦不坐，仍据胡床，在中庭晒头，神气傲迈，了无相酬意。谢于是乃还，未至船，逆呼太傅，安曰："阿螭不作尔。"

13. 王子猷作桓车骑参军。桓谓王曰："卿在府久，比当相料理。"初不答，直高视，以手版拄颊云："西山朝来，致有爽气。"

14. 谢万北征，常以啸咏自高，未尝抚慰众士。谢公甚器爱万，而审其必败，乃俱行，从容谓万曰："汝为元帅宜数唤诸将宴会，以说众心。"万从之。因召集诸将，都无所说，直以如意指四坐云："诸君皆是劲卒。"诸将甚愤恨之。谢公欲深著恩信，自队主将帅以下，无不身造，厚相逊谢。及万事败，军中因欲除之。复云："当为隐士。"故幸而得免。

15. 王子敬兄弟见郗公，蹑履问讯，甚修外生礼。及嘉宾死，皆着高屐，仪容轻慢。命坐，皆云："有事，不暇坐。"既去，郗公慨然曰："使嘉宾不死，鼠辈敢尔！"

16. 王子猷尝行过吴中，见一士大夫家极有好竹，主已知子猷当往，乃洒埽施设，在听事坐相待。王肩舆径造竹下，讽咏良久，主已失望，犹冀还当通。遂直欲出门。主人大不堪，便令左右闭门，不听出。王更以此赏主人，乃留坐，尽欢而去。

17. 王子敬自会稽经吴，闻顾辟疆有名园。先不识主人，径往其家。值顾方集宾友酣燕，而王游历既毕，指麾好恶，傍若无人。顾勃然不堪曰："傲主人，非礼也；以贵骄人，非道也。失此二者，不足齿之伧耳！"便驱其左右出门。王独在舆上回转，顾望左右移时不至，然后令送著门外，怡然不屑。

排调第二十五

10. 陆太尉诣王丞相。王公食以酪。陆还，遂病。明日，与王笺云：“昨食酪小过，通夜委顿。民虽吴人，几为伧鬼。”

11. 元帝皇子生，普赐群臣。殷洪乔谢曰：“皇子诞育，普天同庆。臣无勋焉，而猥颁厚赉。”中宗笑曰：“此事岂可使卿有勋邪？”

12. 诸葛令、王丞相共争姓族先后。王曰：“何不言葛、王，而云王、葛？”令曰：“譬言驴马，不言马驴，驴宁胜马邪？”

13. 刘真长始见王丞相，时盛暑之月，丞相以腹熨弹棋局，曰：“何乃渹？”刘既出，人问王公云何，刘曰：“未见他异，唯闻作吴语耳。”

14. 王公与朝士共饮酒，举琉璃碗谓伯仁曰：“此碗腹殊空，谓之宝器，何邪？”答曰：“此碗英英，诚为清澈，所以为宝耳。”

15. 谢幼舆谓周侯曰：“卿类社树，远望之，峨峨拂青天；就而视之，其根则群狐所托，下聚溷而已！”答曰：“枝条拂青天，不以为高；群狐乱其下，不以为浊。聚溷之秽，卿之所保，何足自称？”

16. 王长豫幼便和令，丞相爱恣甚笃。每共围棋，丞相欲举行，长豫按指不听。丞相曰：“讵得尔？相与似有瓜葛。”

17. 明帝问周伯仁：“真长何如人？”答曰：“故是千斤牛害特。”王公笑其言。伯仁曰：“不如卷角牸，有盘辟之好。”

18. 王丞相枕周伯仁膝，指其腹曰：“卿此中何所有？”答曰：“此中空洞无物，然容卿辈数百人。”

19. 干宝向刘真长叙其《搜神记》，刘曰：“卿可谓鬼之董狐。”

20. 许思文往顾和许，顾先在帐中眠，许至，便径就床角枕共语。既而唤顾共行，顾乃命左右取枕上新衣，易己体上所着。许笑曰：“卿乃复有行来衣乎？”

21. 康僧渊目深而鼻高，王丞相每调之，僧渊曰：“鼻者，面之山；目者，面之渊。山不高则不灵，渊不深则不清。”

22. 何次道往瓦官寺礼拜甚勤，阮思旷语之曰：“卿志大宇宙，勇迈终古。”何曰：“卿今日何故忽见推？”阮曰：“我图数千户郡，尚不能得；卿乃图作佛，不亦大乎？”

23. 庾征西大举征胡，既成行，止镇襄阳。殷豫章与书，送一折角如意以调之。庾答书曰："得所致，虽是败物，犹欲理而用之。"

24. 桓大司马乘雪欲猎，先过王、刘诸人许。真长见其装束单急，问："老贼欲持此何作？"桓曰："我若不为此，卿辈亦那得坐谈？"

25. 褚季野问孙盛："卿国史何当成？"孙云："久应竟，在公无暇，故至今日。"褚曰："古人'述而不作'，何必在蚕室中？"

26. 谢公在东山，朝命屡降而不动。后出为桓宣武司马，将发新亭，朝士咸出瞻送。高灵时为中丞，亦往相祖。先时，多所饮酒，因倚如醉，戏曰："卿屡违朝旨，高卧东山，诸人每相与言：'安石不肯出，将如苍生何！'今亦苍生将如卿何？"谢笑而不答。

27. 初，谢安在东山居，布衣，时兄弟已有富贵者，翕集家门，倾动人物。刘夫人戏谓安曰："大丈夫不当如此乎？"谢乃捉鼻曰："但恐不免耳！"

28. 支道林因人就深公买山，深公答曰："未闻巢、由买山而隐。"

29. 王、刘每不重蔡公。二人尝诣蔡，语良久，乃问蔡曰："公自言何如夷甫？"答曰："身不如夷甫。"王、刘相目而笑曰："公何处不如？"答曰："夷甫无君辈客。"

30. 张吴兴年八岁，亏齿，先达知其不常，故戏之曰："君口中何为开狗窦？"张应声答曰："正使君辈从此出入！"

31. 郝隆七月七日出日中仰卧。人问其故，答曰："我晒书。"

32. 谢公始有东山之志，后严命屡臻，势不获已，始就桓公司马。于时人有饷桓公药草，中有"远志"。公取以问谢："此药又名'小草'，何一物而有二称？"谢未即答。时郝隆在坐，应声答曰："此甚易解：处则为远志，出则为小草。"谢甚有愧色。桓公目谢而笑曰："郝参军此过乃不恶，亦极有会。"

33. 庾园客诣孙监，值行，见齐庄在外，尚幼，而有神意。庾试之曰："孙安国何在？"即答曰："庾稚恭家。"庾大笑曰："诸孙大盛，有儿如此！"又答曰："未若诸庾之翼翼。"还，语人曰："我故胜，得重唤奴父名。"

34. 范玄平在简文坐，谈欲屈，引王长史曰："卿助我！"王曰："此非拔山力所能助！"

35. 郝隆为桓公南蛮参军。三月三日会，作诗。不能者，罚酒三升。隆初以不能受罚，既饮，揽笔便作一句云："娵隅跃清池。"桓问："娵隅是何物？"答曰："蛮名鱼为娵隅。"桓公曰："作诗何以作蛮语？"隆曰："千里投公，始得蛮府参军，那得不作蛮语也？”

36. 袁羊尝诣刘恢，恢在内眠未起。袁因作诗调之曰：“角枕粲文茵，锦衾烂长筵。”刘尚晋明帝女，主见诗不平，曰：“袁羊，古之遗狂！”

37. 殷洪远答孙兴公诗云：“聊复放一曲。”刘真长笑其语拙，问曰：“君欲云那放？”殷曰：“榻腊亦放，何必其鎗铃邪？”

38. 桓公既废海西，立简文。侍中谢公见桓公，拜，桓惊笑曰：“安石，卿何事至尔？”谢曰：“未有君拜于前，臣立于后！”

39. 郗重熙与谢公书，道：“王敬仁闻一年少怀问鼎，不知桓公德衰？为复后生可畏？”

40. 张苍梧是张凭之祖，尝语凭父曰：“我不如汝。”凭父未解所以，苍梧曰：“汝有佳儿。”凭时年数岁，敛手曰：“阿翁，讵宜以子戏父？”

41. 习凿齿、孙兴公未相识，同在桓公坐。桓语孙：“可与习参军共语。”孙云：“‘蠢尔蛮荆’，敢与大邦为雠！”习云：“‘薄伐猃狁’，至于太原。”

42. 桓豹奴是王丹阳外生，形似其舅，桓甚讳之。宣武云：“不恒相似，时似耳。恒似是形，时似是神。”桓逾不说。

43. 王子猷诣谢万，林公先在坐，瞻瞩甚高。王曰：“若林公须发并全，神情当复胜此不？”谢曰：“唇齿相须，不可以偏亡。须发何关于神明！”林公意甚恶，曰：“七尺之躯，今日委君二贤。”

44 郗司空拜北府，王黄门诣郗门拜，云：“应变将略，非其所长。”骤咏之不已。郗仓谓嘉宾曰：“公今日拜，子猷言语殊不逊，深不可容！”嘉宾曰：“此是陈寿作诸葛评，人以汝家比武侯，复何所言？”

45. 王子猷诣谢公，谢曰：“云何七言诗？”子猷承问，答曰：“昂昂若千里之驹，泛泛若水中之凫。”

46. 王文度、范荣期俱为简文所要。范年大而位小，王年小而位大。将前，更相推在前，既移久，王遂在范后。王因谓曰：“簸之扬之，糠秕在前。”范曰：“洮之汰之，砂砾在后。”

47. 刘遵祖少为殷中军所知，称之于庾公。庾公甚忻然，便取为佐。既见，坐之独榻上与语。刘尔日殊不称，庾小失望，遂名之为“羊公鹤”。昔羊叔子有鹤善舞，尝向客称之，客试使趋来，氃氋而不肯舞，故称比之。

48. 魏长高雅有体量，而才学非所经。初宦当出，虞存嘲之曰：“与卿约法三章：谈者死，文笔者刑，商略抵罪。”魏怡然而笑，无忤于色。

49. 郗嘉宾书与袁虎，道戴安道、谢居士云：“恒任之风，当有所弘耳。”以袁无恒，故以此激之。

50. 范启与郗嘉宾书曰：“子敬举体无饶，纵掇皮无余润。”郗答曰：“举体无余润，何如举体非真者？”范性矜假多烦，故嘲之。

51. 二郗奉道，二何奉佛，皆以财贿。谢中郎云：“二郗谄于道，二何佞于佛。”

52. 王文度在西州，与林法师讲，韩、孙诸人并在坐，林公理每欲小屈。孙兴公曰：“法师今日如着弊絮在荆棘中，触地挂阂。”

53. 范容期见郗超俗情不淡，戏之曰：“夷、齐、巢、许一诣垂名。何必劳神苦形，支策据梧邪？”郗未答，韩康伯曰：“何不使游刃皆虚？”

54. 简文在殿上行，右军与孙兴公在后。右军指简文语孙曰：“此啖名客！”简文顾曰：“天下自有利齿儿。”后王光禄作会稽，谢车骑出曲阿祖之，王孝伯罢秘书丞，在坐，谢言及此事，因视孝伯曰：“王丞齿似不钝。”王曰。“不钝，颇亦验。”

55. 谢遏夏月尝仰卧，谢公清晨卒来，不暇着衣，跣出屋外，方蹑履问讯。公曰：“汝可谓‘前倨而后恭’。”

56. 顾长康作殷荆州佐，请假还东。尔时例不给布帆，顾苦求之，乃得发。至破冢，遭风大败。作笺与殷云:“地名破冢，真破冢而出，行人安稳，布帆无恙。”

57. 苻朗初过江，王咨议大好事，问中国人物及风土所生，终无极已。朗大患之。次复问奴婢贵贱，朗曰:“谨厚有识，中者，乃至十万；无意为奴婢，问者，止数千耳。”

58. 东府客馆是版屋。谢景重诣太傅，时宾客满中，初不交言，直仰视云：“王乃复西戎其屋。”

59. 顾长康啖甘蔗，先食尾。问所以，云：“渐至佳境。”

60. 孝武属王珣求女婿，曰：“王敦、桓温，磊砢之流，既不可复得；且小如意，亦好豫人家事，酷非所须。正如真长、子敬比，最佳。”珣举谢混。后袁山松欲拟谢婚，王曰：“卿莫近禁脔！”

61. 桓南郡与殷荆州语次，因共作了语。顾恺之曰：“火烧平原无遗燎。”桓曰：“白布缠棺竖旒旐。”殷曰：“投鱼深渊放飞鸟。”次作危语。桓曰：“矛头淅米剑头炊。”殷曰：“百岁老翁攀枯枝。”顾曰：“井上辘轳卧婴儿。”殷有一参军在坐，云：“盲人骑瞎马，夜半临深池。”殷曰：“咄咄逼人！”仲堪眇目故也。

62. 桓玄出射，有以刘参军朋赌，垂成，唯少一破。刘谓周曰：“卿此起不破，我当挞卿。”周曰：“何至受卿挞？”刘曰：“伯禽之贵，尚不免挞，而况于卿！”周殊无忤色。桓语庾伯鸾曰：“刘参军宜停读书，周参军且勤学问。”

63. 桓南郡与道曜讲《老子》，王侍中为主簿，在坐。桓曰：“王主簿，可顾名思义。”王未答，且大笑。桓曰：“王思道能作大家儿笑。”

64. 祖广行恒缩头。诣桓南君，始下车，桓曰：“天甚晴朗，祖参军如从屋漏中来。”

65. 桓玄素轻桓崖，崖在京下有好桃，玄连就求之，遂不得佳者。玄与殷仲文书，以为嗤笑曰：“德之休明，肃慎贡其楛矢；如其不尔，篱壁间物，亦不可得也。”

参考文献

1. 百喻经 [M]// 大正藏：第 4 册．[南齐] 求那毗地，译．

2. [唐] 虞世南，撰．[明] 陈禹谟，补注．北堂书钞 [M]．天津：天津古籍出版社，1988．

3. 长阿含经 [M]// 大正藏：第 1 册．[姚秦] 佛陀耶舍，竺佛念，译．

4. [南朝梁] 释僧佑，撰．苏晋仁，等，点校．出三藏记集 [M]．北京：中华书局，1995．

5. 大智度论 [M]// 大正藏：第 25 册．[姚秦] 鸠摩罗什，译．

6. 大般若 [M]// 大正藏：第 5 册．[唐] 玄奘，译．

7. 方广锠．道安评传 [M]．北京：昆仑出版社，2004．

8. 田余庆．东晋门阀政治 [M]．北京：北京大学出版社，1989．

9. 法华经 [M]// 大正藏：第 9 册．[姚秦] 鸠摩罗什，译．

10. 法华义疏 [M]// 大正藏：第 34 册．[隋] 释吉，藏．

11. [唐] 释道世．法苑珠林校注 [M]．周叔迦，等，校注．北京：中华书局，2003．

12. 放光般若波罗蜜经 [M]// 大正藏：第 8 册．[晋] 无罗叉，竺叔兰，译．

13. 放光般若波罗蜜经 [M]// 中华大藏经：第 7 册．[晋] 无罗叉，竺叔兰，译．

14. 陈洪．佛教与中古小说 [M]．上海：学林出版社，2007．

15. 龚贤．佛典与南朝文学 [M]．南昌：江西人民出版社，2008．

16. 汤一介．佛教与中国文化 [M]．北京：宗教文化出版社，1999．

17. 姚卫群．佛教般若思想发展源流 [M]．北京：北京大学出版社，1996．

18. 许抗生．佛教的中国化 [M]．北京：宗教文化出版社，2008．

19. 张曼涛．佛教与中国文化 [M]．影印本．上海：上海书店，1987．

20. 张中行．佛教与中国文学 [M]．合肥：安徽教育出版社，1984.

21. 朱庆之．佛教汉语研究 [M]．北京：商务印书馆，2009.

22. 许理和．佛教征服中国 [M]．李四龙，等，译．南京：江苏人民出版社，1989.

23. 孙昌武．佛教与中国文学 [M]．上海：上海人民出版社，2007.

24. 祁志祥．佛教与中国文化 [M]．上海：学林出版社，2007.

25. 佛说维摩诘经 [M]// 大正藏：第 14 册．[三国吴] 支谦，译.

26. [清] 赵翼．陔余丛考 [M]．北京：商务印书馆，1957.

27. 高僧传 [M]// 大正藏：第 50 册．[南朝梁] 释慧皎，译.

28. 高僧传 [M]// 汤用彤全集：第 6 卷．[南朝梁] 释慧皎，译．汤用彤，校注.

29. 鲁迅．古小说钩沉 [M]．济南：齐鲁书社，1997.

30. 程毅中．古小说简目 [M]．北京：中华书局，1986.

31. [唐] 释道宣．广弘明集 [M]．北京：商务印书馆，1922.

32. [汉] 班固．汉书 [M]．[唐] 颜师古，注．北京：中华书局，1962.

33. 王青．汉朝的本土宗教与神话 [M]．台北：台湾洪叶文化事业有限公司，1998.

34. 葛晓音．汉魏六朝文学与宗教 [M]．上海：上海古籍出版社，2005.

35. 郭朋．汉魏两晋南北朝佛教 [M]．济南：齐鲁书社，1986.

36. 汤用彤．汉魏两晋南北朝佛教史 [M]// 汤用彤全集：第 1 卷.

37. 任继愈．汉唐佛教思想论集 [M]．北京：人民出版社，1973.

38. 王枝忠．汉魏六朝小说史 [M]．杭州：浙江古籍出版社，1997.

39. [南朝梁] 释僧祐．弘明集 [M]．李小荣，校笺．北京：商务印书馆，1922.

40. 曹虹．慧远评传 [M]．南京：南京大学出版社，2002.

41. 纪赟．慧皎《高僧传》研究 [M]．上海：上海古籍出版社，2009.

42. [唐] 许嵩．建康实录 [M]．张忱石，点校．北京：中华书局，1986.

43. [唐] 房玄龄，等．晋书 [M]．北京：中华书局，1974.

44. [明] 葛寅亮．金陵梵刹志 [M]．何孝荣，点校．天津：天津人民出版社，2007.

45. 孔颖达. 礼记正义 [M]. 十三经注疏本. 北京：中华书局，1980.

46. [唐] 张彦远. 历代名画记 [M]. 北京：人民美术出版社，1963.

47. 汤用彤. 理学 · 佛学 · 玄学 [M]. 北京：北京大学出版社，1991.

48. 吕思勉. 两晋南北朝史 [M]. 上海：上海古籍出版社，2005.

49. [北魏] 杨衒之. 洛阳伽蓝记校笺 [M]. 杨勇，校笺. 上海：正文书局，1971.

50. 王永平. 六朝家族 [M]. 南京：南京出版社，2018.

51. 陈文新. 六朝小说 [M]. 北京：文化艺术出版社，1988.

52. 鲁迅. 鲁迅全集 [M]. 北京：人民文学出版社，1973.

53. 论语注疏 [M]. 十三经注疏本. 北京：中华书局，1980.

54. 黑格尔. 美学 [M]. 朱光潜，译. 北京：商务印书馆，1979.

55. 李泽厚. 美的历程 [M]. 桂林：广西师范大学出版社，2000.

56. 宗白华. 美学散步 [M]. 上海：上海人民出版社，2005.

57. 徐清祥. 门阀信仰 [M]. 北京：中国社会科学出版社，2010.

58. 摩诃般若波罗蜜经 [M]// 大正藏：第 8 册. [姚秦] 鸠摩罗什，译.

59. [唐] 李延寿. 南史 [M]. 北京：中华书局，2000.

60. 普慧. 南朝佛教与文学 [M]. 北京：中华书局，2002.

61. [宋] 吴曾. 能改斋漫录 [M]. 上海：上海古籍出版社，1979.

62. [清] 钱大听. 廿二史考异 [M]. 上海：上海古籍出版社，2004.

63. [晋] 裴启. 裴启语林 [M]. 周楞伽，辑注. 北京：文化艺术出版社，1988.

64. [清] 严可均，辑. 全上古三代秦汉三国六朝文 [M]. 北京：中华书局，1958.

65. [魏] 刘劭. 人物志 [M]. 郑州：中州古籍出版社，2004.

66. [晋] 陈寿. 三国志校笺 [M]. 赵幼文，校笺. 成都：巴蜀书社，2001.

67. 许抗生. 僧肇评传 [M]. 南京：南京大学出版社，1998.

68. 诗经正义 [M]. 十三经注疏本. 北京：中华书局，1980.

69. 余英时. 士与中国文化 [M]. 上海：上海人民出版社，2003.

70. [唐] 刘知几. 史通通释 [M]. [清] 浦起龙，释. 北京：商务印书馆，1937.

71. [清]王鸣盛. 十七史商榷[M]. 上海：上海书店出版社，2005.

72. [汉]司马迁. 史记[M]. [南朝宋]裴骃，集解，[唐]司马贞，索引，[唐]张守节，正义. 北京：中华书局，1963.

73. [汉]刘熙. 释名[M]. 丛书集成初编本.

74. 陈洪. 诗化人生[M]. 保定：河北大学出版社，2001.

75. [南朝宋]刘义庆. 世说新语[M]. 宋绍兴八年董弅据刻晏殊校定刻本(影印本). 北京：中华书局，1999.

76. 徐震堮. 世说新语校笺[M]. 北京：中华书局，1984.

77. 余嘉锡. 世说新语笺疏》[M]. 北京：中华书局，2007.

78. 朱铸禹. 世说新语汇校集注[M]. 上海：上海古籍出版社，2002.

79. 张万言. 世说新语词典[M]. 北京：商务印书馆，1993.

80. 杨勇. 世说新语校笺[M]. 北京：中华书局，2006.

81. 刘强. 世说新语会评[M]. 南京：凤凰出版社，2007.

82. 朱奇志. 世说新语校注[M]. 长沙：岳麓书社，2007.

83. 张撝之. 世说新语译注[M]. 上海：上海古籍出版社，1996.

84. 张万起，刘尚慈. 世说新语译注[M]. 北京：中华书局，1998.

85. 范子烨.《世说新语》研究[M]. 哈尔滨：黑龙江教育出版社，1998.

86. 刘强.《世说学》引论[M]. 上海：上海古籍出版社，2012.

87. 王能宪.《世说新语》研究[M]. 南京：江苏古籍出版社，1992.

88. 王守华.《世说新语》发微[M]. 上海：上海文艺出版社，1998.

89. 吴金华. 世说新语考释[M]. 合肥：安徽教育出版社，1994.

90. 萧艾.《世说》探幽[M]. 长沙：湖南出版社，1992.

91. 萧虹.《世说新语》整体研究. 上海：上海古籍出版社，2011.

92. [韩]朴美龄.《世说新语》中所反映的思想[M]. 北京：文津出版社，1990.

93. [清]永瑢，纪昀，等编. 四库全书总目[M]. 北京：中华书局，1965.

94. [南朝梁]沈约. 宋书[M]. 北京：中华书局，2000.

95. [晋]干宝. 搜神记[M]. 汪绍楹，校注. 北京：中华书局，1979.

96. [晋]陶潜. 搜神后记[M]. 汪绍楹，校注. 北京：中华书局，1981.

97. [唐]魏徵，等. 隋书[M]. 北京：中华书局，1973.

98．[宋] 李昉，等．太平御览 [M]．北京：中华书局，1960．

99．[宋] 李昉，等．太平广记 [M]．北京：中华书局，1986．

100．[三国魏] 王弼．王弼集校释 [M]．楼宇烈，校释．北京：中华书局，1980．

101．维摩诘经 [M]// 中华大藏经：第 15 册．[三国吴] 支谦，译．

102．王新水．《维摩诘》经思想新论 [M]．合肥：黄山书社，2009．

103．王青．魏晋南北朝的佛教信仰与神话 [M]．北京：中国社会科学出版社，2001．

104．方立天．魏晋南北朝佛教 [M]．北京：中国人民大学出版社，2006．

105．郭廉夫．王羲之评传 [M]．江苏：南京大学出版社，1996．

106．何启民．魏晋思想与谈风 [M]．台北：台湾学生书局，1982．

107．孔繁．魏晋玄谈 [M]．沈阳：辽宁教育出版社，1991．

108．刘大杰．魏晋思想论 [M]．上海：上海古籍出版社，1998．

109．罗宗强．魏晋南北朝文学思想史 [M]．北京：中华书局，2006．

110．宁稼雨．魏晋士人人格精神 [M]．天津：南开大学出版社，2003．

111．汤用彤．魏晋玄学论稿 [M]．上海：上海古籍出版社，2001．

112．唐冀民．魏晋清谈 [M]．台北：东大图书公司，1992．

113．王仲荦．魏晋南北朝史 [M]．上海：上海人民出版社，2003．

114．[南朝梁] 刘勰．文心雕龙注 [M]．范文澜，注．北京：人民文学出版社，1958．

115．[宋] 普济．五灯会元 [M]．北京：中华书局，1984．

116．王青．先唐神话、宗教与文学论考 [M]．北京：中华书局，2007．

117．王青．西域文化影响下的中古小说 [M]．北京：中国社会科学出版社，2006．

118．小品般若波罗蜜经 [M]// 大正藏：第 8 册．[姚秦] 鸠摩罗什，译．

119．吕澂．新编汉文大藏经目录 [M]．济南：齐鲁书社，1980．

120．逯钦立，辑校．先秦汉魏晋南北朝诗 [M]．北京：中华书局，1983．

121．[唐] 释道宣．续高僧传 [M]// 大正藏：第 50 册．

122．李建中．玄学与魏晋社会 [M]．石家庄：河北人民出版社，2003．

123．罗宗强．玄学与魏晋士人心态 [M]．天津：天津教育出版社，2005．

124．[南朝梁]殷芸．殷芸小说[M]．上海：上海古籍出版社，1984．

125．陈洪．隐逸人格[M]．武汉：长江文艺出版社，1996．

126．吕澂．印度佛学源流略讲[M]．上海：上海人民出版社，2002．

127．[南朝宋]刘义庆．幽明录[M]．郑晚晴，辑注．北京：文化艺术出版社，1988．

128．杂阿含经[M]// 大正藏：第2册．[南朝宋]求那跋陀罗，译．

129．增一阿含经[M]// 大正藏：第2册．[东晋]僧伽提婆，译．

130．[唐]释元康．肇论疏[M]// 大正藏：第45册．

131．中阿含经[M]// 大正藏：第1册．[东晋]瞿昙，僧伽提婆，译．

132．[隋]释吉藏．中观论疏[M]// 大正藏：第42册．

133．[日]安澄．中论疏记[M]// 大正藏：第65册．

134．曹道衡．中古文学史论文集[M]．北京：中华书局，2002．

135．陈垣．中国佛教史籍概论[M]．上海：上海书店出版社，2001．

136．杜继文．中国佛教与中国文化[M]．北京：宗教文化出版社，2003．

137．冯友兰．中国哲学史新编[M]．北京：人民出版社 2004．

138．何剑平．中国中古维摩诘信仰研究[M]．成都：巴蜀书社，2009．

139．侯忠义．中国文言小说参考资料[M]．北京：北京大学出版社，1985．

140．李泽厚．中国古代思想史论[M]．天津：天津社会科学院出版社，2008．

141．李泽厚，刘纲纪．中国美学史[M]．北京：中国社会科学出版社，1985．

142．鲁迅．中国小说史略[M]．上海：上海古籍出版社，1998．

143．吕澂．中国佛学源流略讲[M]．北京：中华书局，1979．

144．宁稼雨．中国志人小说史[M]．沈阳：辽宁人民出版社，1996．

145．潘桂明．中国居士佛教史[M]．北京：中国社会科学出版社，2000．

146．任继愈．中国佛教史[M]．北京：中国社会科学出版社，1988．

147．任继愈．中国道教史[M]．北京：中国社会科学出版社，2001．

148．任继愈．中国哲学发展史[M]．北京：人民出版社，1988．

149．孙昌武．中国文学中的维摩与观音[M]．天津：天津教育出版社，2005．

150．[日] 井波律子．中国人的机智 [M]．上海：学林出版社，1998．

151．周易正义 [M]．十三经注疏本．北京：中华书局，1980．

152．[东晋] 僧肇．注维摩诘所说经 [M]．上海：上海古籍出版社，2011．

153．[东晋] 僧肇．注维摩诘经 [M]// 大正藏：第 38 册．

154．[清] 郭庆藩．庄子集释 [M]．新编诸子集成．

155．[宋] 司马光．资治通鉴 [M]．胡三省，注，张一桂，校正，吴勉学，复校．北京：中华书局，1956．

156．[清] 李慈铭．越缦堂读书简端记 [M]．王利器，辑．天津：天津人民出版社，1980．

致　　谢

首先，愿所有读过此文的师长朋友，得蒙佛佑，多受福报，一生平安。

本书是在笔者博士论文的基础上完成的，2013 年 9 月到 2016 年 6 月，笔者有幸在南京师范大学读博三年。学术乃学者立身之本，然而，学术的增长，却需要空间。就中国古代文学而言，南京是学术空间自由广阔的地方。就本书的选题范围而言，南京则是学术空间最大的地方，因建康乃东晋的都城，又是名寺荟萃之地。

能够幸运地在此学习三年，有赖于南京师范大学的支持，有赖于导师王青先生以及古代文学专业各位博导的关怀。诸位师长之道德学问，永为我辈学子的楷模。

感谢王青先生的信任与支持，他宽容地对待我知识的浅薄，使我能够顺利地定下选题并完成写作。本书从选题、写作到修改、定稿，先生都进行了悉心指导。然而令我尤为感激的是先生在我论文写作过程中体现出的雅量，思之愧疚于心。读博者有言，做学术三者缺一不可：一个充满榜样力量的导师、绝对的抗压能力和工作狂的精神。这三者我虽都有幸具备，但做得还很不够，比如有时候需要先生督促才意识到文章写作进度的缓慢。在此再一次感谢先生的督促和教导。

本书的选题和写作，还得到了钟振振、陈书录、程杰、徐克谦、高峰、陆林等几位老师的指导和帮助；本书的最终出版，得蒙同事吴胜伟博士和编辑孔令刚先生大力协助。谨此一并致以最诚挚的谢意。

姜广振

2022 年 3 月 10 日